JN167136

涼宮ハルヒの暴走

谷川 流

角川文庫
21496

目次

序章・夏

溜息《ためいき》にまみれた映画撮影《さつえい》以前、高校がまだ夏の長期休暇《きゅうか》中での話だ。孤島《ことう》でトンチキな推理劇を演じることになったSOS団夏期合宿から帰ってきて数日が経過し、ようやく俺は夏休み気分を味わい始めていた。

なんせ強制連行も同然に連れて行かれた自称《じしょう》合宿は、こらえ性《しょう》のない団長によって出発日時が休み初日に設定されてたもんだから、長い休みの最初の数日くらいは誰《だれ》にも文句を言われず昼過ぎまで寝《ね》続ける日々を送ろうとしていた俺の周到《しゅうとう》な計画もあえなく破綻《はたん》、おかげで身体《からだ》が例年通りの夏休みモードに切り替《か》わったのは七月も残り少なくなってからである。

言うまでもなく学校からわんさと背負わされた課題の山なんてのを切り崩《くず》す気になんか全然ならず、なーにこんなもん八月にやりゃいいのさとかノンビリ構えているうちに七月はあっさり終了《しゅうりょう》しちまい、八月に入ったら入ったで俺は見事なハシャギぶりでそこら中を飛び跳《は》ねる妹を伴《ともな》って田舎《いなか》へ赴《おもむ》き、久しぶりに顔を合わせたイトコやらハトコやら甥《おい》やら姪《めい》やらと二週間ばかり川や海や山や草原で誰かにザマミロと言ってやりたいほど心ゆくまで遊び倒《たお》してやった。

もちろんやりたくもない課題になんぞ、学習能力のある鳥が毒蛾《どくが》の幼虫を忌避《きひ》するがごとく手を出すことはなく、結果として設問を何一つ解くことなく遊びほうけた日数だけがカレンダー上に刻まれて、いつの間にやら八月も半ばを過ぎようとしていた頃《ころ》……。

それは人知れず始まっていたらしい。

エンドレスエイト

何かおかしい。

そう気付き始めたのは、お盆《ぼん》を過ぎた夏の盛《さか》りの日のことだ。

その時、俺は家の居間でダラダラしながら別に観たくもない高校野球をテレビで眺《なが》めていた。うっかり午前中なんかに起きてしまったせいで、ヒマではあるが山と積まれた夏休みの課題に立ち向かうほど気力に満ちあふれているわけでもない、という程度には時間を持て余していたのである。

テレビに映る試合は俺とはまったく縁《えん》もゆかりも行ったこともない県同士の闘《たたか》いだが、判官贔屓《ほうがんびいき》的精神により7対0で負けているほうをなんとなく応援《おうえん》していると、何故《なぜ》だか解《わか》らないがそろそろハルヒが騒《さわ》ぎ出すような気が、これもなんとなくした。

ここしばらくハルヒとは顔を合わせていない。俺は妹を連れて母親の実家がある田舎まで避暑《ひしょ》と先祖供養《くよう》を兼ねて遠出しており、昨日帰ってきたばかりだ。それは毎年の行事だからであったわけなのだが、そもそも夏休みなんだからそうそうSOS団の連中とも会う機会はなく、当たり前と言えばその通りである。それに休みに入るや否《いな》や変な島に行って変な目に遭《あ》うというSOS団夏期合宿はとっくにすんでいる。いくらハルヒでも小旅行第二弾《だん》を言い出したりはしないだろう。それなりに満足している頃合いだ。

「それにしても」

俺は呟《つぶや》き、どういうわけだか俺は鳴ってもいない携帯《けいたい》電話を、ふと——本当にふと、ストラップに指を引っかけて手元に引き寄せた時、部屋のどこかに隠《かく》しカメラでも仕込んであるのかと疑うべき事態が発生した。

まさにベストタイミングとしか言いようのない無駄《むだ》のなさ、電話が着信音をがなり立て始めやがったのだ。予知能力に目覚めてしまったのかと一瞬《いっしゅん》考え、頭を振《ふ》って放《ほう》棄《き》する。バカらしい。

「何だってんだ」

表示されている電話の主は、まさしく涼宮《すずみや》ハルヒに相違《そうい》ない。

俺はスリーコールほどの間を持たせた後、これまたなんとなくゆっくりと通話ボタンを押した。ハルヒが何を言い出すのか、すでに解っているような気分がして俺は自分を訝《いぶか》る。

『今日あんたヒマでしょ』

というのが第一ハルヒ声だった。

『二時ジャストに駅前に全員集合だから。ちゃんと来なさいよ』

と、言ったきり、あっさり切っちまいやがった。時候の挨拶《あいさつ》も抜《ぬ》きならハローもなしだ。ついでに出たのが俺かどうかの確認《かくにん》すらしやがらねえ。さらに言えば、俺が今日がヒマだと何で解るんだ。これでも俺は……まあ、まったく何の予定もないわけだが。

再び電話が鳴り出す。

「なんだ」

『持参物を言い忘れてたわ』

早口な声が持ってくるべきものを告げて、

『それとあんたは自転車で来ること。それから充分《じゅうぶん》なお金ね。おーばー♪』

切れた。

俺は電話を放《ほう》り出して首を傾《かし》げた。何だろう、この夢の続きみたいな変な感覚は。涼しげな音がテレビから響《ひび》いて目を遣《や》ると、心情的敵チームの得点はとうとう二桁《けた》に達しているところだった。金属バットに硬球《こうきゅう》が当たる音が容赦《ようしゃ》なく俺に告げる。

夏も終わりが近い。

クーラーをガンガンに効かせた閉めきった部屋に、アブラゼミの大合唱が壁《かべ》からしみ出すように漏《も》れ届いていた。

「しょうがねえな」

しかしハルヒの奴《やつ》、夏休みが始まるや否や合宿と称《しょう》して俺たちを変な島に連れて行ったただけでは不十分だったのか。このクソ暑いのにいったい何をしようと言うんだ？　俺は冷房《れいぼう》の効いている場所から動く気は全然しないぜ。

そう思いつつ、俺は言われた通りのブツを出すために洋服箪笥《だんす》へと向かった。


「遅《おそ》いわよ、キョン。もっとやる気を見せなさい！」

涼宮ハルヒがビニールバッグを振り回して、ご機嫌《きげん》さんな顔で俺に人差し指を突《つ》きつけた。こいつは何も変わっちゃいない。

「みくるちゃんも有希《ゆき》も古泉《こいずみ》くんも、あたしが来る前にはしっかり到着《とうちゃく》してたわよ。団長を待たせるなんて、あんた、何様のつもり？　ペナルティよ、ペナルティ」

集合場所に現れた最後の人物は俺だった。ちゃんと十五分前に来たってのに、他《ほか》のメンツは急なハルヒの呼び出しをあらかじめ解っていたような速度で集合したらしい。おかげで毎回俺が奢《おご》るハメになるんだが、もう慣れたしあきらめたね。しょせん一介《いっかい》の一般人《いっぱんじん》たる俺が、この特殊《とくしゅ》な背後関係を持つ三人を出し抜くことなどできはしないのさ。

俺はハルヒを無視して、生真面目《きまじめ》な団員たちに向けて片手を挙げた。

「待たせてすみませんね」

他の二人はともかく、この人にだけは言っておかないといけない。上品なリボン付き帽子《ぼうし》の下で、朝比奈《あさひな》みくるさんはまろやかに微笑《ほほえ》んで俺にぺこりと頭を下げた。

「だいじょうぶです。あたしも今来たとこ」

朝比奈さんは両手でバスケットを持っていた。何か期待していいようなモノが入っていそうな気配を感じ、俺はなんとなく楽しい気分になる。いつまでもそんな気分に浸《ひた》っていたかったのだが、横から邪魔者《じゃまもの》が声を割り込ませてきた。

「お久しぶりですね。あれからまた旅行にでも出かけていたのですか？」

古泉一樹《いつき》が輝《かがや》かんばかりに白い歯を見せつつ俺に向かって指を立てた。胡散臭《うさんくさ》い笑顔《えがお》は夏休み半ばになってもそのまま代わり映《ば》えしないようだ。お前こそどこぞに旅行へ行っていればいいものを、なんでまたホイホイとハルヒの呼び出しに素早《すばや》く応じるのか疑問は尽《つ》きない。たまには断れ。

俺は古泉の明るい偽善者面《ぎぜんしゃづら》を経由して、視線をその横に転進させた。まるで古泉の影《かげ》みたいに立っているのは、長門《ながと》有希の無情に無機質な姿である。高校の夏服を着て、汗《あせ》一つかかずに直立しているのも最早《もはや》お馴染《なじ》みの光景だ。汗腺《かんせん》があるのかどうかも疑わしい。

「…………」

動かないネズミのオモチャを見るような目つきで長門は俺を見上げ、ゆるりと首を傾《かたむ》けた。会釈《えしやく》のつもりだろうか。

「それじゃあ、全員揃《そろ》ったことだし、出発しましょ」

ハルヒが声を張り上げる。俺は一応の義務感にかられて訊《き》いた。

「どこに？」

「市民プールに決まっているじゃないの」

俺は自分の右手がつかんでいるタオルと海パン入りのスポーツバッグを見下ろした。

まあ、どこかのプールが行き先だとは思っていたさ。

「夏は夏らしく、夏じみたことをしないといけないの。真っ冬に水浴びして喜べるのは白鳥とかペンギンくらいなのよね」

奴らなら年中水浴びしてるだろうし、それも別に喜んでやってるわけじゃないだろう。そんな比較《ひかく》対象として相応《ふさわ》しくない動物を挙げられてまんまと言いくるめられる俺ではないぞ。

「失った時間は決して取り戻《もど》すことは出来ないのよ。だから今やるの。このたった一度きりの高一の夏休みに！」

いつもの調子で、ハルヒは誰《だれ》の意見にも耳を貸すつもりがないようだった。基本的に俺以外の三人はハルヒに意見するなどという無駄《むだ》な行為《こうい》をしないので、毎度耳を貸されないのは俺の意見だけということになる。常識的に考えて理不尽《りふじん》そのものなのだが、確かに常識的な人間なのは俺だけだからそうなる運命なのかもしれん。いやな運命だな。

俺が運命と宿命の違《ちが》いについて考えていると、

「プールまでは自転車で行くわよ」

ハルヒ宣言が発せられ、誰も賛同していないのに勝手に実行されることになった。

聞けば古泉も自転車で来させられたのだと言う。女三人組は徒歩でここまでやって来たのだそうだ。ちなみに自転車は合計二台。ＳＯＳ団のメンツは五人。さてどうするつもりなのか。

ハルヒは明るく言い放った。

「二人乗りと三人乗りでちょうどじゃない。古泉くん、あなたはみくるちゃんを乗せてあげなさい。あたしと有希はキョンの後ろに乗るから」

そんなわけで、俺は必死にペダルを踏《ふ》みしめている。暑くて汗ダラダラであるのはまだしも、俺の頭の後ろでさっきから音量調整機能が故障したスピーカーみたいな声がずっと響《ひび》いているのはどうにかして欲しい。

「ほらキョン！　古泉くんに置いてかれるわよ！　しっかり漕《こ》ぎなさい！　もっと速

く、追い抜《ぬ》くのっ！」

俺の霞《かす》みつつある視界に、古泉の自転車の荷台にて横座りしている朝比奈さんが控《ひか》えめに片手を振《ふ》っているお姿が映った。どうして古泉はアレで、俺がコレなんだ。不公平という言葉の語源は今の俺の状況《じょうきょう》なのではないかと思えてくるくらいだ。

俺の自転車と両脚《りょうあし》は、襲《おそ》い来る負荷《ふか》に耐《た》え難《がた》きを堪《た》え忍《しの》んでいるところである。荷台にちょこんと座っているのが長門で、後輪のステップに足を乗せて俺の両肩《りょうかた》をつかんでいるのがハルヒという、曲芸じみた三人乗りだ。いつからSOS団は雑伎団《ざつぎだん》を目指すようになったのか。

ちなみに走り出す前、ハルヒはこう言った。

「有希はちっこいし、体重なんてあってなきがごとしだわ」

確かにその通りだった。まるで自重をゼロにしているのか、反重力でも使っているかは不明だが、漕いでいる感覚ではハルヒ分の重みしか感じられない。まあ、長門が重力制御《せいぎょ》してくれているのだとしてももはや驚《おど》きはない。こいつに出来ないことが何なのか、逆に知りたい。

ハルヒの体重もどうにかしてくれたら言うことないのだが、俺の背中と肩はしっかりと重みを感じているようだった。

朝比奈さんの頭越《ご》しにチラリと振り返る古泉の腹立たしい微笑《びしょう》が見え隠《かく》れして、俺はこの世のさらなる無常さを感じ、バルザック的に自らを嘆《なげ》いた。くそ、帰りは絶対、朝比奈さんとの二人乗りを満喫《まんきつ》してやりたい。この俺のママチャリだってきっとそう思っているはずさ。

市民プールはいっそのこと庶民《しょみん》プールと看板を書き換《か》えたほうがいいのではないかというくらいのチャチな所で、なんせ五十メートルプールが一つと、お子様用の水深十五センチくらいのでっかい水たまりしかない。

こんなプールに泳ぎに来ようという高校生はよほど行く場所に困った奴《やつ》だけであり、すなわち我々だけであった。見事にジャリどもとその親——特に母親——しか存在していない。俺はプールを埋《う》め尽《つ》くすかのように浮《う》いている浮き袋《ぶくろ》付きの年齢《ねんれい》一桁台《ひとけただい》たちを一見し、すぐさまげんなりとした。どうも俺の視神経を楽しませてくれるのは朝比奈さんだけのようである。

「うん、この消毒液の匂《にお》い。いかにもって気がするわ」

太陽光の下、深紅《しんく》のタンキニを身体《からだ》に貼《は》り付かせたハルヒが目を閉じて鼻をくんくん鳴らしている。朝比奈さんの手を引くようにして更衣室《こういしつ》から出てきた。バスケット片手の朝比奈さんは、まるで子供用みたいなヒラヒラつきワンピースで、長門は地味で飾《かざ》り気のない競泳用みたいな水着である。この二人の水着もハルヒが選んだものだろう。自分の衣装《いしょう》には無頓着《むとんちゃく》なくせに、他人の（特に朝比奈さんの）衣装にはうるさい奴だからな。

「とりあえず荷物置く場所を確保して。それから泳ぎましょ。競争よ、競争。プールの端《はし》から端まで誰が一番速く泳げるか」

実に子供っぽいことを言い出して、準備運動もせずにざぶんとプールに飛び込んだ。あちこちに書いてある「飛び込み禁止」という言葉が読めないのか、こいつは。

「早くきなさーい！　水が温《ぬる》くて気持ちいいわよ！」

俺は肩をすくめて朝比奈さんと目を合わせ、手近な日陰《ひかげ》に敷布《しきふ》やバッグを置くために歩き出した。

ガキどもが異常発生したアメンボみたいに水面を覆《おお》っているため、真っ直《す》ぐ泳ぐことは不可能であった。そのような劣悪《れつあく》な状況の中で実施《じっし》された団員対抗《たいこう》五十メートル自由形競争だが、意外と思うべきかそうでないのか、どちらにしても一着になったのは長門である。

どうやらこいつは息継《いきつ》ぎすることなくずっと潜水《せんすい》でプールの底ぎりぎりを泳いでい

たらしい。顔に貼り付いたままのショートヘアから水滴《すいてき》を落としつつ、ゴール地点で俺たちの到着《とうちゃく》を黙《だま》って見守っていた。言うまでもないがビリは朝比奈さんである。彼女は息継ぎのたびに立ち止まり、近くに飛んできたビーチボールを投げ返してやったりしていて、長門の十倍くらいの時間をかけてようやく対岸までたどり着き、着いたときにはすでにフゥフゥ言っていた。

「スポーツで悩《なや》み事が発散されるなんて大嘘《おおうそ》よね。身体と頭は別物なのだわ。だって身体は考えなくても動くけど、頭は考えないと回らないもの」

ハルヒは、いかにも良《い》いこと言ってるでしょ？　的な表情で、

「だから、もう一勝負よ。有希、今度は負けないからね！」

『だから』という接続詞はそういう場合に使うのではないということを誰《だれ》かこいつに教えてやる大人はいなかったのか。何が、だから、だ。単なる負けず嫌《ぎら》いだろ。それも勝つまで挑戦《ちょうせん》し続けるつもりの持久力勝負だ。

だから、俺は長門が空気を読んでくれることを期待して、プールから身体を上げた。勝負ならサシでやってくれ。俺はプールサイドで外馬をやらせてもらう。俺は長門に賭《か》けるが、誰かハルヒにベットする奴はいないかい？

五十メートルプールを五往復したハルヒと長門だったが、そのうちSOS団の女子ユニット三人は、たまたま居合わせた小学生グループと一緒《いっしょ》になって水球ごっこを始

めていた。すっかり手持ちぶさたとなった俺と古泉は、プールサイドに座り込んで水と戯《たわむ》れる彼女たちの様子を、他《ほか》にすることもないので眺《なが》めている。

「楽しそうですね」

古泉はハルヒたちを見つめて、

「微笑《ほほえ》ましい光景です。それに平和を感じます。涼宮さんも、けっこう常識的な楽しみ方を身につけてきたと思いませんか？」

俺に言っているらしいので、答えてやることにする。

「いきなり電話かけてきて一方的に用件だけ言って切っちまうような誘《さそ》い方はあまり常識的とは言えないだろ」

「思い立ったが吉日《きちじつ》という言葉もあることですし」

「あいつが何かを思い立って、それで俺たちが凶《きょう》以外のクジを引いたことなんてあったか？」

俺の脳裏《のうり》には、アホみたいな草野球とかバカみたいに巨大《きょだい》なカマドウマの姿が去来していた。

古泉はスマイリーな口調で、

「それでも、僕から言わせてもらえばこんなのは充分《じゅうぶん》以上に平和ですよ。ああやって楽しげに笑っている涼宮さんは、この世を揺《ゆ》るがすようなことはしないでしょうからね」

だといいのだが。

俺がわざとらしく溜息《ためいき》をついたのをどう取ったか、軽く鼻を鳴らすように笑い……、

――その時、古泉は奇妙《きみよう》な表情を見せた。見慣れない表情である。つまり、薄《うす》ら笑い以外の顔つきになったのだ。

「ん？」

と、古泉は眉《まゆ》を寄せるような仕草を取る。

「どうした」と俺は訊《き》いた。

「いえ……」

珍《めず》しくも歯切れ悪く、古泉は言いよどむ態度を作ったが、すぐに微笑《びしよう》を取り戻《もど》した。

「たぶん僕の気のせいです。春先から色々あったせいで、ちょっと神経質になっているだけでしょう。あ、上がってこられましたよ」

古泉が指した方向から、雛《ひな》の許《もと》にエサを運ぶ皇帝《こうてい》ペンギンのような勢いでハルヒが歩いてくるのが見えた。満面の笑《え》み。その後から、城から出奔《しゆつぽん》した姫君《ひめぎみ》に付き従うような雰囲気《ふんいき》で、朝比奈さんと長門がついてくる。

「そろそろゴハンにしましょう。なんと！　みくるちゃんの手作りサンドイッチよ。時価にしたら五千円くらい、オークションに出せば五十万くらいで売れるわね。それをあんたにタダで喰《く》わせてあげるんだから、あたしに感謝なさい」

「ありがとうございます」

と俺は言った。朝比奈さんに。

古泉も俺に倣《なら》って頭を下げていた。

「恐縮《きょうしゅく》です」

「いえ、いえ」

朝比奈さんは照れ気味にうつむき、指先をもじもじさせながら、

「うまくできたかどうか解《わか》らないけど……。美味《おい》しくなかったらごめんなさい」

そんなことがあり得るはずもないね。朝比奈さんのたおやかな指先がしめやかに調理した飲食物はいつどこで何をどうしようと美味なのさ。この際、5W1Hで最も重要なのはフーダニットの部分だからな。

そういうわけで朝比奈さんハンドメイドのミックスサンドは感動的な味で、おかげで美味《うま》いのかどうかも解らないくらいだ。もう何でもいい。手ずから注《つ》いでくれたポットの熱い日本茶も、サンドイッチには全然合っていなかったがまるっきりのノープロブレム、吹《ふ》き出す汗《あせ》も心なしか清々《すがすが》しくすらあった。

自分の分をあっと言う間にたいらげたハルヒは、身体《からだ》中にたぎる熱量を発散させようかという勢いで、

「もう一泳ぎしてくるわ。みんなも食べ終わったら来るのよ」

と言葉を残して、再びプールにダイブした。

よくもまあこんな障害物だらけの所でスイスイ泳げるものだ。人類海中進化説もあながち誤りではないかもしれない。もっともハルヒの遠い祖先となったような人類なら、着の身着のままで月面に飛ばされてもそこに順応しそうだが。

それからややあって、ゆっくりゆっくり黙々《もくもく》と喰い続ける長門を残し、俺たち三人は求愛中のオットセイのように水中を踊《おど》るハルヒを目指した。その頃《ころ》には、ハルヒは今度は女子小学生の集団とたちどころに仲良くなっていて、水中ドッジボールに参加していた。

「みくるちゃんも、ほらこっちこっち！」

「はぁい」

のんびりうなずいたばっかりに、直後、朝比奈さんはハルヒの放った剛速《ごうそく》ビーチボールに顔面を直撃《ちょくげき》されて水面下に沈《しず》んだ。

それから一時間ほど後、水から上がった俺と古泉は、陽気な幼児たちの金切り声に押し出されるようにプールサイドで腰掛《こしか》けている。

どうにも場違《ばちが》いだ。ハルヒは何を思ってこんな何もない市民プールを選んだのだろう。ウォータースライダーくらい増設してろとは言わないが、もっと快活な高校生グループが出かけそうな場所がありそうなものだが。

じりじりと焼き付く陽光に、肌《はだ》が大急ぎでメラニン色素を増強しようとしているのが解る。そういや長門も日に焼けたりするのかなと思って姿を捜すと、小柄《こがら》な短髪《たんぱつ》無言娘《むすめ》はさっきの日陰《ひかげ》にぺたんと座り込んだまま、怜悧《れいり》な瞳《ひとみ》を宙に固定させていた。

いつもの姿だ。どこに行っても変わりなく、土偶《どぐう》のように静止している長門の姿である——のだが、

「うん？」

不可解な風が俺の心を上滑《うわすべ》りして消えた。また、あの妙《みょう》な感じだ。何だか長門が退屈《たいくつ》そうにしているような感覚が一瞬《いっしゅん》流れる。そして既視感《デジャブ》。次に何が起こるのか、俺はどっかで経験した。そうだ、ハルヒがこんなことを言い出すのだ——。

「この二人があたしの団員よ。何でも言うこと聞くから、何でも言っちゃいなさい」

目をプールに戻した俺は、女子児童の群れを引き連れて俺たちの足元までやってきたハルヒを発見した。

元気溌剌《はつらつ》な小学生たちの相手に疲《つか》れたのか、朝比奈さんは顎《あご》まで水面に浸《つ》けて軽く目を閉じている。小学生以上に悩《なや》みなく絶好調なハルヒはキラキラ輝《かがや》く瞳を俺と古泉に向けて、

「さあ、遊ぶわよ。水中サッカーをするの。男二人はキーパーやってちょうだい」

それはどんなルールのどんなスポーツだ、と聞き返す前に俺の感じたデジャブは消え失《う》せた。

「……ああ」

おざなりに答えながら、俺は立ち上がる。古泉も微笑《びしょう》を振《ふ》りまきつつ子供たちの輪に加わっている。

さっきの違和《いわ》感は、今はもうない。

ふむ。ま、よくあることさ。日常のある一瞬を夢で見ていたような感覚なんてのはな。それにこのプールは俺も子供時代に来たことがある。その記憶《きおく》が不意に浮上《ふじょう》したのかもしれない。あるいは脳の情報伝達に小難しいプロセスの齟齬《そご》があったのかもしれん。

俺は近くに浮《う》いていたイルカ型浮き輪を押し返しつつ、ハルヒがオーバーヘッドキックの要領で蹴《け》り飛ばしたビーチボールを追いかけた。

ふんだんに遊び果て、ようやく俺たちは市民プールを後にした。帰りも俺は曲芸三人乗り、古泉は青春タンデムである。こうやって人の心って荒《すさ》むんだな。

荷台に女座りする朝比奈さんは、もともと色白だったためか、顔の部分部分が上気した感じに赤くなっている。その片手がサドルに跨《また》がる運転手の腰《こし》に回されているのを見て、俺の心はますます荒みゆく。耳を傾《かたむ》ければびょうびょうという荒野《こうや》を吹き抜《ぬ》ける空っ風のまく音さえ聞こえそうな気配だよ。

ハルヒが気ままに示す方角に自転車を漕《こ》いでいたら、集合場所の駅前に舞《ま》い戻《もど》ることになった。

ああ、そうだったな。俺は全員に奢《おご》らなければならないのだったな。

喫茶店《きっさてん》に落ち着いた俺は冷たいおしぼりを頭に載《の》せて椅子《いす》にもたれ込んだ。すかさず、

「これからの活動計画を考えてみたんだけど、どうかしら」

テーブルに一枚の紙切れが厳《おごそ》かに降臨し、俺たちに見ろとばかりに人差し指が突《つ》きつけられる。破いたノートのA4紙切れ。

「何の真似《まね》だ」

俺の質問に、ハルヒは自慢《じまん》たらしい表情で、

「残り少ない夏休みをどうやって過ごすかの予定表よ」

「誰《だれ》の予定表だ」

「あたしたちの。SOS団サマースペシャルシリーズよ」

ハルヒはお冷やを飲み干して、おかわりを店員に要求してから、

「ふと気付いたのよ。夏休みはもうあと二週間しかないのよね。愕然《がくぜん》たる気分になったわ。ヤバイ！　やり残したことがたくさんあるような気がするのに、それだけしか時間が残ってないわけ。ここからは巻きでいくわよ」

ハルヒの手書き計画書には、次のような日本語が書いてある。

○『夏休み中にしなきゃダメなこと』

・夏期合宿。
・プール。
・盆踊《ぼんおど》り。
・花火大会。
・バイト。
・天体観測。
・バッティング練習。
・昆虫《こんちゅう》採集。
・肝試《きもだめ》し。
・その他。

夏休み熱。

たぶん、そんな熱病がどっかの密林からチョロチョロ出てきたんじゃないだろうか。蚊《か》だか何だかを媒介《ばいかい》にしてウツるんだきっと。ハルヒの血を吸ったその蚊に同情するね。食あたりで落下してるだろうからな。

上記のうち、夏期合宿とプールには大きなバッテンマークが重なっていた。どうやら終了《しゅうりょう》済みという印らしい。

するとだ、あと以下これだけのメニューを二週間足らずでこなさないといけないわけか。しかも「その他」って何だ。まだ何かするというのか。

「何か思いついたらするけどね。今んとこはこれくらいよ。あんたは何かしたいことある？　みくるちゃんは？」

「えーと……」

真面目《まじめ》に考え始める朝比奈さんに、俺は横目を使ってメッセージを送る。あまり突《とっ》飛《ぴ》なことは言わないほうが……。

「あたしは金魚すくいがいいです」

「オッケー」

ハルヒの持つボールペンがリストに新たな一項目《こうもく》を付け加えた。

さらにハルヒは長門と古泉の要望も聞こうとしたが、長門は黙《だま》って首を振り、古泉も微笑《ほほえ》みながら固辞した。正しい選択《せんたく》だな。

「ちょっと失礼」

はやばやとアイスオーレを空にした古泉が、用紙をつまみ上げてしげしげ見つめ始めた。考えているような、何かを追い出そうとしているような風情《ふぜい》だが、こんなイベント列挙に思い当たるフシでもあるのか。

長門が音もなくソーダ水をストローで吸っているだけの光景がしばし続き、

「どうも」

古泉はハルヒ称《しょう》するところの計画表を卓上《たくじょう》に戻して、かすかに首をひねった。何のつもりだ。

「明日から決行よ。明日もこの駅前に集まること！　この近くで明日に盆踊りやってるとこってある？　花火大会でもいいけど」

せめて調べてから決行してくれ。

「僕が調べておきましょう」

古泉が買って出た。

「おって涼宮さんに連絡《れんらく》します。とりあえずは盆踊り、または花火大会の開催《かいさい》場所ですね」

「金魚すくいも忘れないでね、古泉くん。みくるちゃんのたっての希望なんだから」

「盆踊りと縁日《えんにち》がセットになっているところを探したほうがよいでしょうね」

「うん、おねがい。任せたわよ古泉くん」

上機嫌《じょうきげん》にハルヒはコーヒーフロートのアイスを一口で飲み込み、宝島の在処《ありか》を示す地図でも仕舞《しま》うような手つきでノートの紙を畳《たた》んだ。


俺に支払《しはら》いさせている間に、ハルヒは大会間近のジョガーのように走り去っていた。明日に備えてたぎる思いを溜《た》め込んでおくつもりなのかもしれない。どうせ爆発《ばくはつ》するならじわじわじゃなくて一発ドカンといってもらいたいね。破片《はへん》を回収する手間がはぶけていい。

団員四人もそれぞれにばらけて解散し、ほどよく離《はな》れたところを見計らって俺は一人の背中を呼び止めた。

「長門」

俺の声に、夏用セーラー服を着た有機ヒューマノイドが振り返る。

「……………」

無言の無表情が俺を見つめ返す。拒絶《きょぜつ》することも受け入れることも知らない、無機の双眸《そうぼう》が白い顔の上で開かれていた。

変な感じに気になった。長門がノーエモーショナルなのはいつでもどこでもだが、具体的に指摘《してき》はできないものの今日の長門は何かおかしいものがあるように思ったのだ。

「いや……」

呼び止めたのはいいが、よく考えたら言うべき言葉がないのに気付いて俺は少しばかり狼狽《ろうばい》した。

「何でもないんだけどな。最近どうだ？　元気でやってるか？」

なんてバカなことを訊《き》いてるんだ俺は。

長門はパチリと瞬《まばた》きをして、分度器で測らないと解《わか》らないくらいのうなずきを返した。

「元気」

「そりゃよかった」

「そう」

ほんの少ししか動かないほぼ凝固顔《ぎょうこがお》が、ことさらに固まっているような……いや逆か、変に緩《ゆる》んでいるような……。なんでそんな矛盾《むじゅん》する意見が出てくるのか俺にも解らん。人間の認識力《にんしきりょく》なんかそんなものじゃないか？　と言って逃《に》げておこう。

結局それきり言葉は続かず、俺は適当な別れの言葉を漏《も》らすように言って、なぜか逃げるように長門から背を向けた。

なんだか解らないが、そうしたほうがいいように思えたからだった。そして自転車に乗って家まで戻《もど》り、晩飯喰《く》って風呂《ふろ》入ってテレビを観《み》ているうちに寝《ね》た。

翌朝、俺から惰眠《だみん》を奪《うば》い去ったのはまたしてもハルヒからの電話である。

盆踊《ぼんおど》り会場が見つかった。時間は今夜。場所は市内の市民運動場。

だそうだ。

よくもそうタイミング良く見つかったものだ。俺が感心半ばでいるとハルヒがまず言い出したのは、

「みんなで浴衣《ゆかた》を買いに行くの」

スケジュールの手始めはそうなっているらしい。

「ホントは七夕の時に着せたかったんだけどウッカリ忘れてたのよ。あの時のあたしはどうかしてたわ。日本に二ヶ月連続で浴衣着る風習があって大助かり」

誰《だれ》が助かったんだろう。

ちなみに今はまだ真っ昼間である。夜に集まればいいのに早すぎだろうと思っていたらそういうことだったらしい。昨日に引き続き、ハルヒは威勢《いせい》良く、朝比奈さんはふわふわと、長門は無言で古泉はニヘラ笑いで、言わずと知れた駅前大集合である。

「みくるちゃんも有希も浴衣持ってないんだって。あたしも持ってない。この前商店

街を通りかかったら下駄《げた》とセットで安いやつが売ってたわ。それにしましょう」

朝比奈さんと長門の立ち姿を眺《なが》めつつ、俺は女連中の浴衣姿を夢想する。

まあ、夏だしな。

俺と古泉は普段着《ふだんぎ》で行かせてもらうことになった。浴衣を着るのは旅館くらいで充《じゅう》分《ぶん》だ。男の浴衣姿なんか見ても楽しいもんじゃない。

「そうね。古泉くんなら似合いそうだけど、あんたはね」

ふふんとハルヒは笑って俺の上から下までを見回し、

「さ、行きましょ」

持参していた団扇《うちわ》を振《ふ》り回しつつ号令をかけた。

「いざ、浴衣売り場に！」


婦人物衣料の量販店《りょうはんてん》に飛び込んだハルヒは、朝比奈さんと長門のぶんも勝手に選んでずかずか試着室へと向かった。

長門以外の二人は着付けの仕方を知らなかったため、女の店員に着せてもらうことになったのだが、これがやけに時間がかかる。俺と古泉はただあてどもなく女物の洋服が立ち並ぶ棚《たな》の周囲をウロウロとしてようやくのこと、三人が鏡の前に出そろった。

ハルヒは派手なハイビスカス柄《がら》で、朝比奈さんは色とりどりの金魚柄、長門はそっけなく地味な幾何学《きかがく》模様であった。それぞれの浴衣姿はそれぞれに趣《おもむき》があって、俺はなぜだか視線を向ける先に困った。

女店員は「どっちがどの娘《こ》の彼氏なのかしら」と言いたげな表情で俺と古泉をちらりちらーりと眺めているが、おあいにく様と言っておきたい。古泉はともかく、俺は単なる付き添《そ》いさ。ここは残念だと思うべきところなのかね。

まあ俺は朝比奈さん浴衣バージョンを拝見できただけでもういいや。ハルヒも長門も似合ってて、それはそれで風情《ふぜい》があったけどな。別に言葉に出して言うべきものでもないさ。

「みくるちゃん、あなた……」

ハルヒは朝比奈さんを見て我がことのように喜んでいるようだった。

「可愛《かわい》いわ！　さすがはあたしね。あたしのやることに目の狂《くる》いはないのよね！　あなたの浴衣姿にこの世の九十五％の男はメロメロね！」

残りの五％は何なのかと訊《き》いてみた。

「この可愛さはガチなゲイの男には通用しないの。男が百人くらいいたら五人はゲイなのよ。よおく覚えておきなさい」

覚える必要性があるとも思えない。

朝比奈さんもまんざらではないらしく、フィッティングルームの鏡の前でくるりと回りながら自分の衣装《いしょう》を確認《かくにん》している。

「これがこの国の古典的な民族衣装なんですね。ちょっと胸が苦しいけど、でも素敵《すてき》……」

ハルヒ押しつけのコスチュームの中ではトップクラスにマシな代物《しろもの》だ。バニーほど露出《ろしゅつ》しているわけでもなければメイドほど普遍性《ふへんせい》がないわけでもないから、この季節に限っては町中を歩いていても別段問題視される衣装でもない。夏の風物詩みたいなものだ。おまけに激似合ってるし。まるで俺の妹が浴衣着ているような雰囲気《ふんいき》すら漂《ただよ》っていて、それにしては帯の上部分がアンバランスに膨《ふく》らみすぎているが可愛ければ何でもアリだ。すべてを許してしまえる神々《こうごう》しさが朝比奈さんの体軀《たいく》から放出されている。たとえ彼女が銀行強盗《ごうとう》の主犯となったとしても、俺は弁護側の席に座るね。ハルヒだとどうかは解らないが。

時間配分能力皆無《かいむ》のハルヒが早速《さっそく》と招集をかけたおかげで、盆踊り大会までえらく時間が余った。仕方なく駅前公園で暇《ひま》つぶしのためにたむろして、その間にハルヒは朝比奈さんと長門の髪《かみ》を結《ゆ》ってやっていた。人形のようにおとなしくベンチに座ってる二人と、刻々と形を変える彼女たちの髪型は、そのまま連続写真で撮《と》っておきたいくらい絵になっていたことを申し添えつつ、夕暮れ時を迎《むか》えた俺たちは市民グラウンドへと隊列を組む。

日没《にちぼつ》前なのにすでに賑《にぎ》わっている盆踊《ぼんおど》り会場には、どこからともなく市民たちが湧《わ》き溢《あふ》れ蠢《うごめ》きあっていた。よくもまあこれだけ集まれるものだ。

「わあ」

素直に感嘆《かんたん》しているのが朝比奈さんで、

「…………」

どうやったって無反応なのが長門である。

盆踊りで本当に踊っている奴《やつ》をあんまり見たことがないのだが、今回もそうだった。

しかし盆踊りね。なんだかすごく久しぶりに見るな——。

「ん？」

まただ。デジャブっぽい感覚が偏頭痛《へんずつう》のように登場した。ここに来るのは久しぶりのはずなのに、つい最近来たような気もする。グラウンド中央に組まれた櫓《やぐら》や、周囲に連なる縁日《えんにち》の出店の数々を見たことがあるようなないような……。

しかし、千切れて空を舞《ま》う蜘蛛《くも》の糸をつかもうとしたように、そんな感覚もするりと消えた。

ハルヒの声が聞こえる。

「みくるちゃん、あなたがやりたがってた金魚すくいもあるわよ。じゃんじゃんすくいなさい。黒い出目金はプラス二百ポイントだからね」

勝手なルールを決めて、ハルヒは朝比奈さんの手を引いて金魚すくいの水槽《すいそう》へとダッシュしていく。

「僕たちもやりましょうか。何匹《なんびき》すくえるか、一勝負いかがです？」

ゲーム好き古泉が提案し、俺は首を振《ふ》った。金魚なんか連れ帰っても入れる鉢《はち》がない。それよりも、そこかしこで食欲増進を後押しする芳香漂《ほうこうただよ》う屋台のほうに興味があるね。

「長門はどうだ？　何か喰《く》うか？」

笑わない目が俺を見つめ、ゆるやかに視線が移動。そこにあったのはお面売り場である。そんなもんに興味があるのか。こいつの趣味《しゅみ》も解《わか》らないな。

「まあいいか。とりあえず一周してみようぜ」

スピーカーが唸《うな》るように響《ひび》かせているイージーリスニングみたいな祭囃子《まつりばやし》。それに誘《さそ》われるように、俺は長門をお面の屋台へと連れて行くことにした。少しばかり古泉が邪魔《じゃま》だと感じつつ。

「大漁だったけど、たくさんもいらないって言うから一匹だけ貰《もら》ってきたわ。みくるちゃんは全然すくえなかったんだけどね。あたしの分をあげたの」

朝比奈さんの指にぶら下がっている小さなビニール袋《ぶくろ》では、何の変哲《へんてつ》もないオレンジ色の小魚が何も考えていないような顔で泳いでいた。紐《ひも》をしっかり握《にぎ》りしめている朝比奈さんの仕草がいちいち可愛らしい。もう片手に握りしめているのはリンゴ飴《あめ》で、俺は妹にも買って帰ってやろうかと考えた。たまには妹のご機嫌《きげん》取りもいいだろう。

一方ハルヒは、左手で水風船をボンボンさせながら右手にタコヤキのトレイを捧《ささ》げ持ち、「一個だけなら食べてもいいわよ」

と言って差し出してくる。俺がソースでベタベタのタコヤキを味わっていると、

「あれ、有希。そのお面どうしたの？」

「買った」

長門はタコヤキから生えている爪楊枝《つまようじ》をじっと見つめながらそう呟《つぶや》く。長門が頭に横掛《よこが》けしているのは光の国出身の銀色宇宙人のものだ。何代目なのかは俺も知らないが、宇宙人だけに何か波長の重なるものがあったんだろ。浴衣《ゆかた》の袂《たもと》からガマ口を出して所望《しょもう》したのがそれだった。

なんとなく長門には世話になっているような気がしたのでそれくらい買ってやって

もよかったのだが、無言のうちに長門は拒絶《きょぜつ》して自分の金を出していた。そういや、こいつの収入事情はどうなっているんだろう。

櫓の周りでは炭坑節《たんこうぶし》にあわせて浴衣婦人と子供たちがユラユラと踊っている。どこかの老人会と婦人会と子供会のメンツばかりのように見えた。単に遊びに来た奴は盆踊りで生真面目《きまじめ》に踊るなんてことはしないだろうからな。もちろん、俺たちもしない。

朝比奈さんは、どこか未開のジャングルに行って現地人から歓迎《かんげい》の踊りを披露《ひろう》されたような顔で踊る人間たちを見つめ、

「へぇー。はぁー」

感心するような小声を出していた。未来には盆に踊る風習はないのかね？

ハルヒを先頭とする俺たち一団は、それから縁日のひやかしを専《もっぱ》らとし、後はハルヒの「あれ食べよう」とか「これやってみましょう」という言葉にただ付き従う従僕《じゅうぼく》となった。ハルヒはやたらに楽しそうで、朝比奈さんもそのようだったから俺も楽しいことではあった。長門が楽しがっているかどうかは俺には解らず、古泉が楽しかろうがどうだろうが知ったことではない。

古泉は時折、妙《みょう》に押し黙《だま》ったり、かと思えばやにわに微笑《ほほえ》んだりして、こいつはこいつで最近情緒《じょうちょ》不安定なんじゃなかろうか。SOS団なんぞに入った人間は誰《だれ》でもそうなってしまう運命なのかもしれないが。

夏で、夏休みだった。

浴衣の三人娘《むすめ》を眺《なが》める俺は、それだけですべてを許してしまえる気がしていた。

だからハルヒが、

「花火しましょう花火。せっかくこんな格好してるんだし、まとめて今日やっちゃいましょ」

そう言い出したときも、ほとんど全面的に賛同したくらいだ。露店《ろてん》で売っていた子供向けのチャチな花火セットを購入《こうにゅう》した我々は、月と火星くらいしか見えない淀《よど》んだ夏の夜空の下を近くの河原へと移動を開始し、途中《とちゅう》で百円ライターとインスタントカメラも買い求め、水風船と団扇《うちわ》を振り回して歩くハルヒについていく。いつも以上にハルヒはハイになっているようだ。なぜか馬子《まご》にも衣装《いしょう》なんていう言葉が俺の脳裏《のうり》を通り過ぎた。

ハルヒの跳《は》ねる後ろ髪《がみ》を見ていると、浴衣姿での大股《おおまた》歩きを注意しようという気にもならない。丈夫《じょうぶ》で頑丈《がんじょう》なのがハルヒの取り柄《え》なのだ。

それから一時間後、線香《せんこう》花火に目を丸くする朝比奈さんや、ドラゴン花火を両手に持って走り回るハルヒ、にょろにょろとのたくるヘビ玉をいつまでも見つめ続ける長門などの写真をカメラで撮《と》りまくって、今日のSOS団的サマーイベントは終《しゅう》了《りょう》した。

川の水を浴びせかけた花火の残骸《ざんがい》をコンビニ袋へ片付けている古泉を横目に、ハルヒは指で唇《くちびる》の端《はし》を押さえるようにしていたが、

「じゃあ、明日は昆虫《こんちゅう》採集ね」

何が何でもリストに挙げた項目《こうもく》は消化するつもりらしい。

「ハルヒよ。遊ぶのもいいんだが、夏休みの宿題は終わってるのか？」

まるっきり終わっていない俺が言うのも何だがな。ハルヒは一瞬《いっしゅん》ぽかんとした表情を浮《う》かべて、

「なにあんた。あれくらいの宿題なんて、三日もあればぜんぶできるじゃん。あたしは七月に片づけちゃったわよ。いつもそうしてるの。あんな面倒《めんどう》なものは先にちゃっちゃと終わらせて、後顧《こうこ》の憂《うれ》いなく遊び倒《たお》すのが夏休みの正しい楽しみ方」

ハルヒにとっては真剣《しんけん》にその程度のものでしかないらしい。なんでこんな奴《やつ》の頭がいいのか、人に対する天のパラメータ配分はずいぶん適当なんだな。

ハルヒは俺たちをキッと睨《にら》みつつ、

「虫網《むしあみ》と虫カゴ持って全員集合のこと。いいわね。そうね、全員で捕った数を競《きそ》うの。一番多く虫を捕《つか》まえた人には一日団長の権利を譲《ゆず》ってあげる」

まったく欲しくない称号《しょうごう》だな。それで、虫ならなんでもいいのか？

「うーんと……、セミ限定！　そう、これはSOS団内セミ捕り合戦なのよ。ルールは……種類はなんでもいいから、一匹《ぴき》でも多かった人の勝ち！」

一人で言い出してやる気になっているハルヒは、団扇を捕虫網《ほちゅうあみ》に見立てて虫を追うモーションをシャドープレイしている。網とカゴか。家の物置にあったかな。昔使ってたやつ。

そうしてやっと自宅に帰り着いたとき、俺はリンゴ飴《あめ》のテイクアウトを忘れていたことに気付いた。

翌日、雨でも降ればいいとテルテル坊主《ぼうず》に五寸釘《ごすんくぎ》を刺《さ》していたのに、とんでもない日本晴れが到来《とうらい》し、この夏一番というくらいの気温にセミも大いに喜んでいるようだった。

「セミって食べられるのかしらね。天ぷらにしたら美味《おい》しいかも。あ。あたしタマに思うんだけど、天ぷらが美味しいのって、ひょっとしたら衣《ころも》が美味しいだけなんじゃない？　だったらこのセミもそうかもよ」

お前一人で喰《く》ってろ。

いい年した高校生が五人も集まって、それぞれ虫捕り網とカゴ持参で歩いている図というのも異様だよ。

　昼前に集合した俺たちは、緑を求めて北高へ至るルートを踏破《とうは》していた。なんせ我々の高校は山の中にあるので、無駄《むだ》に木々が生えくさっており、森や林を根城とする昆虫たちの絶好の住処《すみか》にもなっているのだ。俺の住む街はけっこうな都会だと思っていたのだが、そんなに悲観したものではなかった。

　木の幹にはまるでセミのなる木みたいに、わんわん鳴く虫が溢《あふ》れていた。入れ食い状態だ。わたわたこわごわ網を振り回す朝比奈さんでさえ収穫《しゅうかく》があったくらいだから、ここいらのセミは人間をこの世で最も警戒《けいかい》すべき動物だとは認識《にんしき》していないのかもしれない。今のうちに教えてやるべきだろう。

　そうやって捕獲《ほかく》しまくった俺は、虫カゴの中でじっとしているセミたちを眺《なが》めた。何年地中にいたのかは知らないが、ハルヒに油で揚《あ》げられるために成虫になったんじゃないよな。それでなくとも、俺は年々少なくなっているような気のする夏の虫の声にわびしいものと欺瞞《ぎまん》的な罪悪感を覚えているんだ。すまないな、アスファルトなんか敷《し》いちまってさ。人間の勝手さ加減を許して欲しいね。

　そんな俺のモノローグを感じ取ったわけではないだろうが、ハルヒもこう言った。

「やっぱキャッチアンドリリースの精神が必要よね。逃《に》がしてあげたら将来、恩返しに来てくれるかもしれないし」

俺は人間大のセミが家の扉《とびら》をノックしている姿を思い描《えが》いてげんなりする。一方的に捕まえて逃がして、それで恩返しに来る奴がいたら、そいつはまさに虫なみの知能だ。どうせならリベンジしに来るほうがまだいい。

ハルヒは虫カゴのフタを開けると、前後に揺《ゆ》り動かした。

「ほら！　山に帰りなさい！」

ジジジ——。何匹ものセミたちがカゴの中をアチコチぶつかりながら飛び出していく。朝比奈さんが可愛《かわい》い悲鳴を漏《も》らしてしゃがみ込む、その上で舞《ま》い踊《おど》り、棒立ちの長門の頭をかすめ、あるものは螺旋《らせん》を描き、あるものは一直線に、夕焼け空へと遠ざかっていく。

俺もハルヒに倣《なら》った。湧《わ》き出るセミを見ているうちに、なんだか自分がヘルメスから与《あた》えられた箱をうっかり開けてしまったパンドラになったような気分になる。せめて最後の一匹を残しておこうかと考えたのは、すべてのセミが見えなくなるほど遠くに飛び去ってしまった後のことだった。

またその次の日は、アルバイトが待ち受けていた。

ハルヒがどこからか取り付けてきたアルバイトで、有り難《がた》くも俺たちに斡旋《あっせん》してくれたのである。その一日だけのアルバイト内容とは、

「い、いらっしゃいませー」

朝比奈さんのギコチナイ声がくぐもって聞こえる。

「はぁい、みんな並んでくださぁい。あっあっ……押さないでぇ」

ハルヒがブローカーのように俺たちに押しつけたバイトは、地元スーパーマーケットの創業記念セールの集客業務だった。

なんだか解《わか》らないうちに集められた俺たちは、なんだか解らないままに手渡《てわた》された衣装《いしょう》を着込まされ、朝の十時からスーパーの店頭でデモンストレートなことをさせられていた。

それも全員、着ぐるみの中に入ってだ。

まったく意味が解らない。なんで俺までもがこんな格好をしなくちゃならんのだ。コスチュームを取っ替《か》え引っ替えするのは朝比奈さん担当じゃなかったのか……おい、古泉と長門。お前らもクレームの一つくらい付けろよ。何を黙々《もくもく》と言いなりになってやがるのか。

「一列に並んでくださぁいっ。おねがいでーすっ」

全身緑色の衣装を着込んだ朝比奈さんの舌足らずな声を聞きながら、俺はタラタラ

と汗《あせ》をかいていた。

俺たちの扮装《ふんそう》はカエルである。それでもって、子供たちに風船を配る役どころである。このスーパーが毎年創業記念日にやってる特別イベントなんだそうだ。家族連れで来店したお客様への風船サービス。

さすが子供、こんなどうでもいいオマケできゃいきゃい喜んでいる。おい、そこのアホ面《づら》幼児、これをくれてやるよ。赤い風船だ。ほらよ。

アマガエルの朝比奈さんが特に人気者だ。ちなみに古泉はトノサマガエルで、俺はガマガエルだ。他《ほか》に何かなかったのかと言いたい。アマゾンツノガエルの格好をした長門がボンベを操作して風船を膨《ふく》らまし、俺たち三人が配りまくり、ハルヒはと言うと一人だけ普段《ふだんぎ》着姿のまま団扇《うちわ》片手に店内で涼《すず》んでいる。これで日当の配分が同じなんだとしたら暴動モノだぞ。

聞いたところによるとこのスーパーの店主はハルヒの知り合いなんだそうだ。気軽に「おっちゃん」とか呼ばれて、そのおっちゃんはニコニコしていた。

二時間ほどの労働で風船は品切れとなり、ハルヒを除く俺たちは倉庫らしき控《ひか》え室で余計なガワをようやく脱《ぬ》げた。脱皮《だっぴ》した直後のヘビの気持ちがよく解る一瞬《いっしゅん》だ。こんなにホッとしたことは近年まれにみる。

長門はひょうひょうとした表情で出てきたが、俺と朝比奈さんと古泉は全身汗みずくのうえ、這《は》うようにしてカエルから脱出し、しばらく声も出なかった。

「ふえー」

薄《うす》いタンクトップと短いキュロットスカートという格好でうずくまる朝比奈さんをじっくり観察する体力も俺にはない。

「ごくろーさん」

アイスを舐《な》めながらハルヒが現れたときには、真剣《しんけん》に、こいつどこかの熱い砂浜《すなはま》に首から下を埋《う》めてやろうかと思ったほどだ。

おまけにバイト代はアマガエルの衣装に化けちまった。平気な顔でハルヒがそう告白したところによると、最初からハルヒの狙《ねら》いはこれだったようで、中身が抜《ぬ》けて薄っぺらくなった緑色の化けガエルを小脇《こわき》に抱《かか》え、一気に十万石《ごく》くらいを加増された成り上がり武将みたいな顔をしている。俺たちに支払《しはら》われるべき日当は、当然のように存在しない。

「いいじゃないの。あたしはずっとこれが欲しいと思ってたのよね。願いが叶《かな》ったわ。おっちゃんもみくるちゃんに免《めん》じてくれることにしたって言ってたわ。みくるちゃん、あなたには特別にあたしの手作り勲章《くんしょう》をあげる。まだ作ってないけど、待っててね」

朝比奈さんの持ち物に、また一つゴミが増えることになる。どうせ「くんしょう」と書いてある腕章《わんしょう》か何かですますつもりに相違《そうい》ない。

だが、

「このカエル、記念に部室に飾《かざ》っとくわ。みくるちゃん、いつでも好きなときにこれ着ていいわよ。あたしが許すわ！」

そんなハルヒの顔を見ていれば、なぜか怒《おこ》る気にもなれなかった。


さすがにぐったりした。連日連夜、プールだの虫捕りだの着ぐるみサウナなんぞをやっていたら、いくら健全かつ健康的な一高校生男子だって疲弊《ひへい》すると言うものだ。であるから、俺はこの夜、安らかな眠《ねむ》りをひたすら貪《むさぼ》っていて、携帯《けいたい》電話が鳴るまでの平和を夢の中で実感していた。

何がろくでもないと言って夜中の電話に起こされるほどムカっ腹の立つことはない。電話をするには非常識な時間であり、そんな常識を持っていないアホはハルヒくらいしか俺の周囲にはおらず、寝《ね》ぼけつつも怒鳴《どな》りつけてやろうとして携帯電話のボタンを押した俺の耳に届いたのは、

『……ぅぅ（しくしくしくしく）……ぅぅぅぅ（しくしく）』

女の泣き声であった。素晴《すば》らしくゾっとした。一瞬で目が覚めた。これはヤバイ。聞いてはいけないものがかかってきた。

携帯電話を放《ほう》り投げようとした一秒前に、

『キョンくーん……』

嗚咽《おえつ》にまみれてはいたが、紛《まぎ》れもなく朝比奈さんの声がそう言った。

さっきと違《ちが》う意味でゾクリときた。

「もしもし、朝比奈さん？」

よもや、これは今生の別れの電話ではないだろうな。かぐや姫《ひめ》が月へと帰ろうとしているのではあるまいな。朝比奈さんにとって、「ここ」がかりそめの宿だということを俺は知っている。いつか、未来に帰るだろうということもだ。それがこの時なのか？　声だけのバイバイなんて、俺は認めたくないぞ。

しかし電話の向こうにいるお方は、

『あたしです……あああ、とても良くないことが……ひくっ……うく……このままじゃ……あたし、ううううえ』

全然意味の解《わか》らないことを、小学生みたいな滑舌《かつぜつ》の悪さで呻《うめ》いていらっしゃるばかりで、さっぱり通じない。これはどうしたものかと途方《とほう》に暮れていたら、

『やあ、どうも。古泉です』

ほがらかに野郎《やろう》の声が取って代わった。

なんだ？　この二人はこんな時間に一緒《いっしょ》にいるのか？　なぜ俺はそこにいないん

だ？　どういうことか俺が納得《なっとく》し、かつ安心する回答を聞かない限り古泉、お前の首は胴《どう》から離《はな》れる五秒前だ。

『ちょっとした事情がありましてね。それも、やっかいな。それもあって、朝比奈さんが僕に連絡《れんらく》してきたのですよ』

俺より先にか。面白《おもしろ》くない。

『あなたに相談しても仕方のないことですし……いや失敬。実は僕も何の役にも立てそうにないんですよ。緊急《きんきゅう》事態というやつです』

俺はバリバリと頭をかいた。

「またハルヒが世界を終わらせるようなことを始めたのか」

『厳密に言えば違いますね。むしろ逆です。世界が決して終わらないような事態に、現在陥《おちい》っているんです』

はあ？　まだ夢の中にいるのかね。何を言ってるんだ。

俺の困惑《こんわく》をよそに、古泉は続けた。

『長門さんにも先ほど連絡しました。予想はしていましたが、彼女は知っていたようですね。詳《くわ》しい事は長門さんに聞けば判明するでしょう。ということでですね、今から集合することは可能ですか？　もちろん、涼宮さんは抜《ぬ》きで』

可能か不可能かと言われれば可能に決まっている。シクシク泣いている朝比奈さんを放置する奴《やつ》がいたとしたら、そいつは七回重ね斬《ぎ》りしてもお釣《つ》りが来るほどだろう。

「すぐに行く。どこだ？」

古泉は場所を告げた。いつもの駅前。そこはＳＯＳ団御用達《ごようたし》の集合場所だった。


かくて、着替《きが》えた上に自宅の廊下《ろうか》を抜き足忍《しの》び足したあげく自転車に飛び乗って到《とう》着《ちゃく》した俺を、三つの人影《ひとかげ》が出迎《でむか》えてくれたわけである。人通りは皆無《かいむ》ではなく、学生風の連中がそこらでチラホラ見かけられる。おかげで俺たちも夏休みの夜に行き場をなくしたモラトリアム野郎どもに紛れ、怪《あや》しい集まりに心おきなく出席できるというものだ。さすがにまた眠くなってはいたが。

駅前ではパステルカラー姿の朝比奈さんがうずくまっていて、その両脇《りょうわき》にラフな格好の古泉とセーラー服長門が門松《かどまつ》みたいに立っている。朝比奈さんは、とにかくその辺りにあったものを着てきました、みたいな上下デタラメな服装だ。よほど慌《あわ》てていたか時間がなかったんだろう。

俺に気付いたか、背の高いほうが片手を挙げて合図をよこした。

「いったい何なんだよ」

街灯のぼやんとした光が、古泉の柔和《にゅうわ》な表情を照らしている。

「夜分に申しわけありません。ですが、朝比奈さんがこの通りな事態ですので」

しゃがみ込んだ朝比奈さんは、溶《と》けかけの雪だるまみたいにグズグズだった。泣きべそ顔が俺を見上げ、濡《ぬ》れきった瞳《ひとみ》が露《あらわ》になる。これが、すべてを投げ出して力になってやりたいと思ってしまうような、魅惑《みわく》の瞳なんだよな。

「ふええ、キョンくん、あたし……」

洟《はな》を啜《すす》りつつ朝比奈さんは独白のように呟《つぶや》いた。

「未来に帰れなくなりましたぁ……」

「白状してしまいますと、つまりですね、こういうことです。我々は同じ時間を延々とループしているのです」

そんな非現実的なことを明るく言われてもな。古泉は自分が何を言ってるのか、自分で解《わか》っているのか？

「解っています。これ以上ないと言うくらいにね。さっき朝比奈さんと話し合ってみたんですけど」

呼べよ、俺も。その話し合いに。

「その結果、ここ最近の時間の流れがおかしくなっていることに気付きました。これは朝比奈さんの功績と言ってもいいでしょう。おかげで僕にも確信が持てましたよ」

何の確信だよ。

「我々は同じ時間を、もう何度も繰《く》り返し経験しているということをです」

それはさっき聞いた。

「正確に言えば八月十七日から、三十一日までの間ですね」

古泉のセリフが、俺には虚《うつ》ろに聞こえる。

「僕たちは終わりなき夏休みのまっただ中にいるわけですよ」

「確かに今は夏休みだが」

「決して終わらないエンドレスサマーです。この世界には秋どころか九月が来ない。八月以降の未来がないんですよ。朝比奈さんが未来に帰れないのも道理です。理にかなっていますね。未来との音信不通は、未来そのものがないからです。当然と言えます」

物理的ノーフューチャーのどこが当然だ。時間なんか放《ほう》っておいても着々と流れ続けるもんだろ。俺は朝比奈さんの頭頂部を見つめて言った。

「それを誰《だれ》が信じるんだ？」

「せめてあなたには信じてもらいたいところです。涼宮さんに言うわけにもいきませんので」

古泉も朝比奈さんを見下ろしている。

一応、朝比奈さんは説明しようとしてくれた。時折しゃくり上げつつも、

「うー、ええと……、『禁則事項《じこう》』でいつも未来と連絡《れんらく》したり『禁則事項』したりしてるんですけど……くすん。一週間くらい『禁則事項』がないなぁおかしいなぁって思っていたの。そしたら『禁則事項』……。あたしすごくビックリして慌てて『禁則事項』してみたんだけどぜんぜん『禁則事項』でー……うう。ひい。あたしどうしたら……」

どうしたらいいのか、俺にも解りませんが。ひょっとしてその『禁則事項』とやらは放送禁止用語かなんかなのかな？

「俺たちはハルヒの作った変な世界に閉じこめられているのか？　あの閉鎖《へいさ》空間の現実的バージョンとかさ」

腕《うで》を組んで自販機《じはんき》にもたれてる古泉は、ゆるやかに否定した。

「世界を再生させたわけではありません。涼宮さんは時間を切り取ったんです。八月十七日から三十一日の間だけをね。だから今のこの世界には、たった二週間しか時間がないのです。八月十七日から前の時間はなく、九月一日以後もない。永遠に九月の来ない世界なんです」

失敗した口笛みたいな息を吐《は》き、

「時間が八月三十一日の二十四時ジャストになった瞬間《しゅんかん》、一気にすべてがリセットさ

れて、また十七日に戻《もど》って来るというプロセスですよ。よくは解りませんが、十七日の早朝あたりにセーブポイントがありそうですね」

俺たちの……いや、全人類のと言うべきだな、その記憶《きおく》はどうなってるんだ。

「それもすべてリセットです。それまでの二週間はなかったことになる。もう一度最初からやり直しとなるのです」

よくよく時間をひねくり回すのが好きなようだな。未来人が交じっているんだから仕方ないような気もするとはいえ。

「いえ、この件に朝比奈さんは無関係ですよ。事態は、そのように些細《ささい》な範疇《はんちゅう》に収まらないのです」

なぜ解る。

「こんなことが出来るのは涼宮さんだけです。あなたは他《ほか》に心当たりがあるんですか？」

そんなもんに心当たりのある奴《やつ》は妄想癖《もうそうへき》があるか妄想しかできない奴だ。

「俺にどうしろって言うんだ」

「それが解れば解決したも同然ですね」

なぜか古泉は楽しげに見える。少なくとも困った顔はしていない。なぜだ？

「ここしばらく僕を悩《なや》ましていた違和《いわ》感の元が明らかになったものでね」

古泉は明かす。

「あなたもそうだったのでしょうが、市民プールの日から今まで、不定期に強烈《きょうれつ》な既視《きし》感がありました。今思えば、それは前回以前のループで経験した記憶の残滓《ざんし》――としか言いようがないですね――だったのだと解ります。リセットからこぼれ落ちた部分が、僕たちにそれを感じさせたのでしょう」

ひょっとして全人類が感じているのか。

「それはないようです。僕やあなたは特殊《とくしゅ》な事例なんですよ。涼宮さんに近しい人間ほど、この異常を感じ取れることになっているようです」

「ハルヒはどうなんだ。あいつはちょっとでも自覚しているのか」

「まったくしていないようですね。してもらっては困るというのもありますが……」

長門のほうへ流し目を送って古泉は宇宙人に尋《たず》ねた。さり気なく。

「それで、何回くらい僕たちは同じ二週間をリプレイしているのですか?」

長門は平気な顔で答えた。

「今回が、一万五千四百九十八回目に該当《がいとう》する」

思わずクラリときたね。

いちまんごせんよんひゃくきゅうじゅうはち。平仮名で二十文字もかかる単語も15498と書けばまだ少なく思える。素晴《すば》らしきかなアラビア数字。誰か知らんがこれを考え出した人に感謝の祈《いの》りを捧《ささ》げたい。あんたスゴイよ。そんなどうでもいいことを考えてしまうくらい、途方《とほう》もないヨタ話である。

「同じ二週間を一万何千回です。自分がそんなループに囚《とら》われていると自覚して、記憶もそのまま蓄積《ちくせき》するのだとしたら、通常の人間の精神では持たないでしょう。涼宮さんは、たぶん我々以上に完璧《かんぺき》な記憶抹消《まっしょう》を受けていると思いますよ」

こう言うときは一番の物知りに訊《き》くに限る。俺は長門に確認《かくにん》してみた。

「それはマジな話なのか？」

「そう」

こくりと長門。

するとだ。明日に俺たちがやる予定になっていることも、すでに俺たちは過去においてやってしまっているのか。この前の盆踊《ぼんおど》りと金魚すくいも？

「必ずしもそうではない」

長門は声にも表情がない。

「過去一万五千四百九十七回のシークエンスにおいて、涼宮ハルヒが取った行動はすべてが一致《いっち》しているわけではない」

淡々《たんたん》と俺を見つめ続ける長門は、やはり淡々と言った。

「一万五千四百九十七回中、盆踊りに行かなかったシークエンスが二回ある。盆踊りに行ったが金魚すくいをしなかったパターンは四百三十七回が該当《がいとう》する。市民プールには今のところ毎回行っている。アルバイトをおこなったのは九千二十五回であるが、アルバイトの内容は六つに分岐《ぶんき》する。風船配り以外では、荷物運び、レジ打ち、ビラ配り、電話番、モデル撮影会《さつえいかい》があり、そのうち風船配りは六千十一回おこない、二種類以上が重複したパターンは三百六十回。順列組み合わせによる重複パターンは——」

「いや、もういい」

エイリアン印の人造人間を黙《だま》らせて、俺は考え込んだ。

俺たちは八月後半の二週間を一万五千ええいめんどくさい、15498回もやっている最中なのだという。八月三十一日でリセットされて、八月十七日からのやり直しだと。しかし俺にはそんな記憶《きおく》はなく、長門にはあるようで——何でだ？

「長門さん、と言うよりも情報統合思念体が、時間も空間も超越《ちょうえつ》している存在だからでしょう」

古泉得意の薄笑《うすわら》いも、この時ばかりは強《こわ》ばって見えたのは光の加減かな。

いや別にそれはいい。置いとこう。長門とその親玉がそれくらいしそうなのは解《わか》っている。俺が気になったのはそこではなくて、ってことはつまり……。

「すると長門。お前はこの二週間を15498回もずっと体験してきたのか？」

「そう」

何でもなさそうに長門はうなずいた。そう、ってお前、他《ほか》に言うことはないのか。そんなもん俺だって言うことが思いつかん。が、

「ええとだな……」

待てよな。15498回だぞ。それも、×《かける》二週間だ。のべ日数に直せば216972日、えーえー、約594年分だぞ。それだけの時間を、こいつは平然と過ごしてはまたやり直し、過ごしてはやり直し、っつうのをじっと眺《なが》めていたのか。いくらなんでも飽《あ》きるだろそれじゃあ。15498回も市民プールに行っていれば。

「お前……」

言いかけて俺は口を閉《と》ざす。長門が小鳥のように首を傾《かたむ》けて俺を見ている。

プールサイドにいる長門を見て思った感覚が蘇《よみがえ》った。退屈《たいくつ》そうに見えたのは間《ま》違《ちが》いではなかったのかもしれない。さすがの長門もうんざり気味だったのかもしれない。こいつは何も言わないが、人知れず舌打ちの一つでもしていたのかも——と考えて閃《ひらめ》いた。現象はなんとなく解ったが、何でこうなったのかを未確認だ。

「何でハルヒはこんなことをやっているんだ？」

「推測ですが」

とは古泉の前置き。

「涼宮さんは夏休みを終わらせたくないんでしょう。彼女の識閾下《しきいき》がそう思っているのですよ。だから終わらないわけです」

そんな登校拒否児《きょひじ》みたいな理由でか。

古泉は缶《かん》コーヒーの縁《ふち》を無意識のようになぞっている。

「彼女は夏休みにやり残したことがあると感じているんでしょう。それをせずに新学期を迎《むか》えるわけにはいかない。それをしてからでないと心残りがある。そのモヤモヤを抱《かか》えながら八月三十一日の夜を迎えて眠《ねむ》りに就《つ》き……」

目を覚ましたら綺麗《きれい》さっぱり二週間分、時間を巻き戻《もど》しているってわけか。何というか、もう愛想《あいそ》も呆《あき》れも尽《つ》き果てるとはこのことだな。何でもする奴《やつ》だとは知ってたけど、だんだん非常識レベルがランクアップしてるんじゃないか。

「いったい何をすれば、あいつは満足なんだ」

「さあ、それは僕には。長門さんは解りますか？」

「解らない」

あっさり言ってくれるなよ。この中で究極的に頼《たよ》りになるのは、お前だけなんだぜ。

そんな思いが俺の声となって表れた。

「どうして今まで黙っていたんだ？　俺たちがエンドレスな二週間ワルツをやってる

ことをさ」

数秒間の沈黙《ちんもく》の後、長門は薄《うす》い唇《くちびる》を開いた。

「わたしの役割は観測だから」

「……なるほど」

それは薄々解っていた。長門が積極的に俺たちの行動に関《かか》わってきたことは今のところない。結果的に関わっていることなら、ほとんどすべてが当てはまるかもしれないが、こいつがアプローチをしかけてきたのは、俺が長門のマンションに連れて行かれたあの一回だけと言えるだろう。その時以外の長門は、いつしか必要なポジションにいて、俺たちと行動を共にしているだけだ。

忘れるわけにはいかない。長門有希は情報統合思念体に作られたヒューマノイド・インターフェースなのである。ハルヒを観測対象とするために遣《つか》わされた有機生体アンドロイドなのだ。感情を出すことにセイフティがかかっているのは仕様なのかどうなのか。

「それはいいとして」

それ以前に、俺にとっての長門有希は、本好きで無口で色々頼りになる小柄《こがら》な同級生の少女で仲間だ。

ＳＯＳ団メンバーの中で、最も博学で、しかも実行力も兼《か》ね備えていると言えば長門なのだ。なので、またまたちょっと訊《き》いてみることにした。

「俺たちがこのことに気付いたのは何回目だ」

俺の思いつきのような質問を、長門は予想していたかのように答える。

「八千七百六十九回目。最近になるほど、発覚の確率は高まっている」

「既視感《きし》、違和《いわ》感ありまくりでしたからね」

納得《なっとく》する様子の古泉だった。

「しかし過去のシークエンスで、僕たちは陥《おちい》った状況《じょうきょう》に気付きつつも、正しい時間の流れに復帰することはできなかったんですね」

「そう」と長門。

だから、いま朝比奈さんも泣いているわけだ。気付いてしまったからこそだ。そして、また記憶《きおく》や経験値や身体的成長を二週間分失って元に戻り……また気付いて泣くことになってしまう。

俺はいったい何度思ったことだろう。春にハルヒに会ってから今まで、あいつが原因のメタクソイベントが発生するたび、俺は思ってきた。今もその時だ。

なんてこった。

この二週間で思うのも、これで8769回目なんだろうけどさ。

まったくもって……。

またアホな話を聞いてしまったな。

その翌日は天体観測の番だった。

実施《じっし》場所は長門のマンションの屋上である。ごつい天体望遠鏡を古泉が持ってきて、三脚《さんきゃく》に備え付けていた。午後八時をまわったところ。

空も暗かったが、朝比奈さんも暗かった。心ここにあらずと言った面持《おもも》ちでぼんやりしている。天体観測どころではないのだろう。俺の気持ちは複雑だ。

古泉はすっかり開き直ったような微笑《ほほえ》みを浮《う》かべてセッティングに余念がない。

「幼い頃《ころ》の僕の趣味《しゅみ》がこれだったんですよね。初めて木星の衛星を捉《とら》えたときは、けっこう感動しましたよ」

長門は相変わらずの様子で、ただじっと屋上で立ちつくしている。

俺が仰《あお》いだ夜空には、星なんて数えるほどしか出ていない。汚《よご》れた空気のせいで見えないのだ。こういうのを空がないと表現すべきなのかもな。大気の澄《す》む冬になれば、オリオン座くらいは見えるだろうが。

天体望遠鏡の矛先《ほこさき》は、地球のお隣《となり》さんへと向いていた。覗《のぞ》き込んでいたハルヒが、

「いないのかしら」

「何がだ」

「火星人」

 あんまりいて欲しくないな。ためしに俺はタコみたいなビッグアイズモンスターがニョロニョロしながら地球征服計画を立案している姿を想像してみた。お世辞にも楽しいとは言えない。

「どうしてよ。とっても友好的な連中かもしれないじゃないの。ほら、地表には誰もいないみたいだし、きっと地下の大空洞でひっそり暮らしている遠慮がちな人種なのよ。地球人をびっくりさせないようにしてくれてるんだわ」

 ハルヒ的イマジネーショナル火星人は地底人でもあるらしい。どっちか一種類にしてくれよ。ペルシダーかマーズアタックか。二つを組み合わそうとするからややこしいことになるんだぜ。シンプルに考えろ、シンプルに。

「きっと最初の火星有人飛行船が着陸したときに、物陰《ものかげ》から登場する手筈《てはず》を整えているのね。ようこそ火星に！　隣の星の人、我々はあなたたちを歓迎《かんげい》します！　とか言ってくれるに違《ちが》いないわ」

そっちのほうがよほどびっくりするだろうよ。不意打ちもいいとこだ。最初に火星の大地を踏《ふ》むのが誰かは知らないが、前もって教えてやっておいたほうがいいな。メールの宛先《あてさき》はＮＡＳＡでいいのか？

順番に望遠鏡で火星の模様を眺《なが》めたり、月のクレーターを観察しながらの時が流れた。不意に姿が見えなくなったなと思って捜してみると、朝比奈さんは屋上の転落防止柵《さく》にもたれるようにして膝《ひざ》を抱《かか》えていた。首を斜《なな》めにして、目を閉じている。昨日はよく眠《ねむ》れたと言い難《がた》いだろうから、そのまま眠らせててあげよう。

劇的な変化もない夜空に飽《あ》きたのか、ハルヒは、

「UFO見つけましょうよ。きっと地球は狙《ねら》われているのよ。今も衛星軌道《きどう》くらいに異星人の先遣隊《せんけんたい》が待機してるはずよ」

楽しげに望遠鏡をぐるぐる回していたが、それにも飽きたのだろう。朝比奈さんの横に座り込んで、小さな肩《かた》によりかかってすうすう寝息《ねいき》を立て始めた。

古泉が静かに言った。

「遊び疲《つか》れたんでしょう」

「俺たちより疲れているとは思い難いけどな」

ハルヒはぐうすか眠っている。その寝顔は、イタズラ描《が》きをしたくなるほどさまになっていた。と言っても寝ている顔が一番よいというわけじゃない。こいつは口さえ開かなければいいんだ。長門と意識が入れ替《か》わるようなことがあれば最高かもしれない。あまりにリアクションのなさすぎるハルヒもどうかとは思うが、饒舌《じょうぜつ》で感情豊かな長門というのも想像を絶するな。

夜風にそよがれつつ、俺は二人並んで眠りこけているハルヒと朝比奈さんを眺めていた。こうしていればハルヒも朝比奈さんに引けを取らないよな。こっちのほうがいいって奴《やつ》もいるだろう。それは間違いない。

「何がしたいんだろうな、こいつは」

溜息《ためいき》混じりの声が出た。

「友達みんなで仲良く楽しく遊んでいるとか、そういうのか？」

「おそらくは、そうでしょう。その友達とは僕たちのことになっていそうですが」

古泉は夜空の向こうに視線を据《す》えて、

「それでは、いったいどのような楽しいことをすべきなのでしょう。それが解《わか》らない限り、終わりもきません。涼宮さんが何を望んでいるのか、彼女自身も知らないその何かを解明し実行するまで、僕たちは何度も同じ二週間を繰《く》り返し続けるというわけです。記憶《きおく》がリセットされることを我々は感謝すべきでしょうね。でなければ、とっくに僕たちは精神に異常を来《きた》しているに違いないでしょうから」

一万五千四百九十八回の繰り返し。

ほんとか？　俺たちは、長門にかつがれているんじゃないのか？　はっきり言って、にわかには信じがたいことであり、しかし、ハルヒならやりそうでもある。こいつの未《いま》だ知られざる謎《なぞ》のパワーは、どうやらハルヒも知らないうちに唐変木《とうへんぼく》なことをやっていらしいからな。自らの意思で何かをしようと、無意識で何かをしでかそうと、両方ともに迷惑極《めいわくきわ》まる女であることだ。

　そんなハルヒと律儀《りちぎ》に行動を共にする俺たちは、どうも付き合いがよすぎるお人好《ひとよ》し団体なんじゃないかと思うときもある。ＳＯＳ団の気のいい面々。俺が世界の命運を左右する立場に組み入れられるとは、それこそ世界の正気を疑いたい気分だよ。

　それにだな、守るべき世界が絶対的に正しいなんていう思いこみは、人間それぞれの主義主張によっていとも簡単に捏造《ねつぞう》され大量生産されるようなアヤフヤなものでしかない。それが解っていないから、この世は自分勝手な論理のすり替えや押しつけに盲従《もうじゅう》する奴らばかりなんだ。千年後、後世の人々から自分たちがなんて評価されるのか、ちっとはそれを考えてみるべきだ。

　俺がそんなふうに出来るだけどうでもいいことを考えようと努めていると、古泉が不意打ちのように、

「涼宮さんの望みが何かは知りませんが、試みにこうしてみてはどうです？　背後から突然《とつぜん》抱きしめて、耳元でアイラブユーとでも囁《ささや》くんです」

「それを誰《だれ》がするんだ」

「あなた以外の適役がいますかね」

「拒否権《きょひ》を発動するぜ。パス一だ」

「では、僕がやってみましょうか」

このとき俺がどんな顔をしていたのか、自分では見るすべがなかった。鏡の持ち合わせがなかったからな。だが、古泉には見えたようで、

「ほんのライトなジョークですよ。僕では役者が不足しています。涼宮さんを余計に混乱させるだけでしょうね」

と言って、喉《のど》の奥で笑う耳障《みみざわ》りな音を立てた。

俺は再び黙《だま》り込み、淀《よど》んだ夏の大気にもめげず、唯一《ゆいいつ》と言ってもいいくらいに輝《かがや》き続ける月を見上げる。

吸い込まれそうなくらい暗い空に浮《う》いた銀盤《ぎんばん》は明るく太陽の光を受け、それはまるで俺を誘《さそ》っているかのようだった。どこへ？　そんなもん、知るか。

棒立ちで天空へ顔を向けている長門の後ろ姿を見ながら、俺はそんなことを考えていた。


夏はまだ続きそうだが夏休みはそろそろ終わりが近い。にもかかわらず、終わるのかどうかが知れたものでもないというのであるらしくもあって、勘弁《かんべん》してくれよ、マジで。

また俺たちは八月十七日に舞《ま》い戻《もど》ることになるのかもしれない。何をすればハルヒは「やり残したこと」を見つけるのか。

何を残しているんだよ。俺はすっかり夏休み中にするべき学校から出された課題をわんさと積み残しているが、ハルヒの心残りはこれではないらしい。なんせ奴はとうに宿題を終わらせている。

この次、俺たちはどこに向かうのか。

「バッティングセンターに行きましょうよ」

ハルヒは金属バットを持参していた。いつぞや野球部からガメてきたデコボコバットだ。ボールを前に飛ばすと言うより、撲殺《ぼくさつ》目的にふさわしそうな中古のボロいやつ。まだ持ってたとはね。

我等が団長は髪《かみ》をなびかせ、とびっきりの笑顔《えがお》を俺たちに万遍《まんべん》なく振《ふ》りまきながら、俺たちを幹線沿いのバッティングセンターへと導いた。おおかた高校野球に何らかのインスパイアを受けた結果かと思われる。

憂鬱《ゆううつ》は団員を順繰《じゅんぐ》りに巡《めぐ》るのか、このたびは朝比奈さんがブルーもしくはブルーな面持《おもも》ちである。それは俺にとっては少しの残念さを感じさせることでもあった。やっぱり元いた所に帰りたいんだな。

長門と古泉はほとんど普段《ふだん》の調子へと舞い戻り、能面とニコニコマークが俺の後ろをついて歩いている。まるで自分たちの役目はここにはないみたいな顔だ。少しは深刻になれ。

「ふう」

俺は息を吐《は》き、前方で飛び跳《は》ねるハルヒの黒髪を視線に乗せた。

こいつと出会ってから、SOS団の結成記念日から、ハルヒのお守《も》りは俺の役目だとどこかの誰かが決めたらしい。誰だか解《わか》らないので恨《うら》み言を言うのは自粛《じしゅく》しておいてやるが、それでも俺はこれだけは言いたい。

過大評価してくれるなよ、俺はそんな大した一般《いっぱん》市民じゃねえぞ。

そんなモノローグも今は虚《むな》しさ炸裂《さくれつ》だ。

朝比奈さんは狼狽《うろた》え中、古泉は笑ってるだけで、長門は見てるだけ。

俺がハルヒをどうにかしなければならない。

しかし、何をどうやるんだ。

その答えを持つ者はハルヒしかおらず、そんなハルヒは問題が何かを知らないのだ。

「みくるちゃんは振らなくていいから！　そこでバントの練習よ。振っても当たるわけないしね。バットに球を当てて転がすのよ。あーっ、もう打ち上げちゃダメでしょ！」

以前の草野球大会の出来事が尾《お》を引いているようだった。来年も参加するつもりなのか、ひょっとして。

ハルヒは時速百三十キロのケージを独占《どくせん》し、鋭《するど》いボールをぱっこんぱっこん打ち返している。とても気持ちがよさそうで見ているこっちまで気持ちよくなる。たいした奴《やつ》だな、この女は。細胞《さいぼう》に梱包《こんぽう》しているミトコンドリア数が常人とは違《ちが》うのかもしれん。このエネルギーはどこから来るんだろう。少しは世のために使えばいいのに。


それ以降もハルヒの目指すノルマ消化態勢は誰にもポーズボタンを押させない勢いで、俺たちは動きずくめだった。

本物の花火大会にも行った。浜辺《はまべ》でやる尺玉打ち上げ花火。三人娘《むすめ》は再び浴衣《ゆかた》に衣替《ころもが》えして、どんどこ打ち上がってはバンバン破砕《はさい》する火炎《かえん》の華《はな》を（ハルヒだけが）堪能《たんのう》し、まったく似ていないキャラ顔花火を指差して笑っていたりした。無駄《むだ》に派手なことがハルヒは大好きなのだ。そういうときだけハルヒの笑顔には邪気《じゃき》の欠片《かけら》もなく、年齢《ねんれい》よりも幼い感じがして俺はひょいと目を逸《そ》らした。見つめていたら俺が変なことを考えてしまいそうであったからだが、まあ、その変なことなんてのが何かは俺にも解らない。衣装《いしょう》は偉大《いだい》であるって事だけは学習できた気分だ。

また別の日は県境の川でやってるハゼ釣《つ》り大会にも飛び入り参加させられた。ハゼはちっとも釣れず、見たことのない小さな魚がエサをついばむばかりで計量にも参加できなかったが、ハルヒの楽しみは投げ竿《さお》を振り回すことにあったみたいなのでボウズでもぶーたれたりはしなかった。間違ってシーラカンスを釣り上げるよりはよっぽど有り難《がた》いことだと俺は安堵《あんど》し、エサのゴカイを見るなり青くなって遠くに逃《に》げた朝比奈さんの手作り幕の内弁当を心おきなく喰《く》っていた。

この頃《ころ》になるとハルヒも俺も、どこの子供かと思うくらい真っ黒に日焼けしていて、他《ほか》の二人がきっちり紫外線《しがいせん》対策しているのとは好対照だ。長門だけは放《ほう》っておいても灼《や》けそうにないし、小麦色の長門なんてのも想像の枠外《わくがい》な光景だからそれはそれでよかった。

こんな呑気《のんき》に遊んでいる場合ではないとは、俺自身解ってはいるんだが。

敷《し》かれたレールの上を疾走《しっそう》しているような日々は瞬《またた》く間に過ぎていく。

ハルヒは元気いっぱい。俺は青色吐息《といき》。朝比奈さんのブルーは紺《こん》色へと化していて、古泉は諦観《ていかん》気味のヤケ微笑《びしょう》を広げ、変化なしなのは長門だけだった。

思えばこの二週間で様々なことをやったものだった。

そろそろタイムリミットが近付いている。今日は八月三十日。残る夏休みは明日しかない。今日明日中に何かをしないといけないらしいのだが、何をすればいいのかがさっぱり解らん。夏の日差しもツクツクホーシの鳴き声も、夏を構成するすべてが不安要素だった。高校野球もいつの間にか優勝校が決まってた。もうちょっとやってろよと思う。

せめてハルヒの気がすむまではさ。

ハルヒの握《にぎ》ったボールペンがすべての行動予定にバツマークをつけていた。

昨夜《ゆうべ》、わざわざ丑《うし》三つ時を選んで広大な墓地まで出向き、ろうそく片手に彷徨《ほうこう》するという肝試《きもだめ》しが最後のレクリエーションだ。幽霊《ゆうれい》が挨拶《あいさつ》しに出てくることもなかったし、人魂《ひとだま》がふらふら散歩していることもなく、朝比奈さんが無益に脅《おび》えているところくらいしか見るべき所もなかったね。

「これで課題は一通り終わったわね」

八月三十日正午過ぎ。お馴染《なじ》み、駅前の喫茶店《きっさてん》での出来事である。

ハルヒは徳川埋蔵金《まいぞうきん》の在処《ありか》がボールペンで記されているコピー用紙を見るような目で、ノートの切れ端《はし》を見つめていた。納得《なっとく》しているようでもあり名残惜《なごりお》しげでもある。本来なら俺も名残惜しく感じるはずだ。夏休みは明日一日しか残っていない。本来ならば。

終わりが本当に来るのか、今の俺は相当疑わしく思っている。疑い深くもなる。SOS団なんてアホ組織に何ヶ月もいて、情緒《じょうちょ》の崩《くず》れた団長に率いられていたりしてたらさ。もうちょっと単純な性格をしていたかったよ。朝比奈さんがいるからそれでもういいやとか思えるような、そういう割り切り型の簡単な……いやもう言うまい。過ぎたるは及《およ》ばざるがごとし（わざと誤用するのがコツだ）。

「うーん。こんなんでよかったのかしら」

ストローでコーラフロートのバニラアイスをつつき回しながらハルヒは煮《に》え切らない様子だ。

「でも、うん。こんなもんよね。ねえ、他に何かしたいことある？」

長門は答えず紅茶に浮《う》いたレモンの輪切りをじっと観察している。朝比奈さんは叱《しか》られた子犬のようにうなだれて両手を膝《ひざ》の上で握りしめていた。古泉は微笑《ほほえ》みつつウインナコーヒーのカップを口元に運んでいるだけである。

ついでに俺も、何のセリフも思いつかずにむっつりと腕組《うでぐ》みをして、どうするべきかと考えていた。

「まあいいわ。この夏はいっぱい色んな事ができたわよね。色んな所に行ったたし、浴衣《ゆかた》も着たし、セミもたくさん捕れたしね」

俺にはハルヒが自分に言い聞かせているようにも思える。そんなんじゃないんだ。まだ充分《じゅうぶん》じゃない。ハルヒはこれでもう夏休みが終わっていいとは、心底思っているわけではない。いくら言葉で表明しようと、胸の内は隠《かく》せていない。ハルヒの内面、奥の奥のそのまた奥底は、これでもまだ満足な納得を獲得《かくとく》できていないはずだ。

「じゃあ今日は」

ハルヒは伝票を俺によこして、

「これで終了《しゅうりょう》。明日は予備日に空けておいたけど、そのまま休みにしちゃっていいわ。また明後日《あさって》、部室で会いましょう」

席から腰《こし》を浮かせてハルヒはすっとテーブルを離《はな》れ、俺は理不尽《りふじん》な焦《あせ》りを覚えた。

このままハルヒを帰してはならない。それだと何も解決しないんだ。古泉が発見して長門が保証した繰《く》り返される二週間、一万五千四百九十九回目がやってくる。

だが、何をすべきなんだ。

ハルヒの後ろ姿がスローモーションで遠ざかる。

その時だ。まったくの突然《とつぜん》、唐突《とうとつ》、突如《とつじょ》として忽然《こつぜん》と——、

アレが来た。

何もかもがごたまぜになった「あれ、このシーン以前に……」だ。しかし今日のコレは桁違《けたちが》いの眩暈《めまい》感を伴《ともな》っていた。今までない強烈《きょうれつ》な既視感。知っている。今まで一

万回以上もやっている繰り返しの出来事。八月三十日。あと一日。

ハルヒのセリフのどこかにそれがあったはずだ。何だ何だ何だ。

「どうしたの？」

誰《だれ》かが喋《しゃべ》っている。古泉の言葉にもあったはずだ。俺が気がかりであり、先延ばしにしようともしている……。

ハルヒは席を立っている。いつぞやのようにとっとと帰るつもりだ。帰らせてはダメなんだ。それでは変化しない。今までの俺はどうやって変化させようとしていたのか。走馬燈《そうまとう》としか思えないものがよぎる。前回までの俺たちがしたこと……、

そして——しなかったこと。

考えているヒマはない。何か言え。ダメもとで言っちまえ。

「俺の課題はまだ終わってねえ！」

だからって何も叫《さけ》ぶことはなかったかもしれない。後で冷静に考えると、また一つ俺の海馬組織から抹消《まっしょう》したい記憶《きおく》が刻まれた瞬間《しゅんかん》だった。周りの客も店員も、そして自動ドアの手前にいたハルヒさえも振《ふ》り返り、俺に注目の視線を固定させている。

言葉は勝手に出てきた。

「そうだ、宿題だ！」

突然喚《わめ》き始めた俺に、店内の全員が硬直《こうちょく》していた。

「なに言ってんの？」

ハルヒは明らかに変なヤツを見る目で近寄ってきた。

「あんたの課題？　宿題って？」

「俺は夏休みに出された宿題を何一つやってない。それをしないと、俺の夏は終わらないんだ」

「バカ？」

本当に馬鹿《ばか》を見る目でいやがる。かまいやしない。

「おい古泉！」

「は、何でしょう」

古泉もあっけに取られているようであった。

「お前は終わってるのか？」

「いいえ、バタバタしていましたからね。まだ半ばと言ったところでしょうか」

「じゃあ一緒《いっしょ》にやろう。長門も来い、お前もまだだよな」

長門が答える前に俺は、人形劇のパペットのように口を開けている朝比奈さんに手を差し伸《の》べた。

「ついでだ。朝比奈さんも来て下さい。この夏の課題を全部終わらせるんです」

「え……」

朝比奈さんは二年生なので俺たちの宿題とは関係ないが、そんなもんこそ今は関係ないのだ。

「で、でも、その、どこへ？」

「俺ん家《ち》でやりましょう。ノートも問題集も全部持ってきて、まとめてやっちまおう。長門と古泉、できてるとこまで俺に写させろ」

古泉は首肯《しゅこう》した。

「長門さんもそれでいいですか？」

「いい」

半端《はんぱ》なおかっぱ頭がこくりと動き、俺を見上げた。

「よし。じゃ明日だ。明日の朝からしよう。一日でどうにかしてやるぜ！」

俺が拳《こぶし》を握《にぎ》りしめて気勢を上げていると、

「待ちなさいよ！」

腰に手を当てたハルヒが、テーブルの横でふんぞり返っていた。

「勝手に決めるんじゃないわよ。団長はあたしなのよ。そう言うときは、まずあたしの意見をうかがいなさい！　キョン、団員の独断専行は重大な規律違反《いはん》なの！」

そう言って、ハルヒは俺を睨《にら》みつけ、高らかに叫んだ。

「あたしも行くからねっ！」

——その日、その朝。

どうやらアタリを引いたらしい。自室のベッドで目を覚ました俺は、目覚めていきなり自分が何とか事態を切り抜《ぬ》けたことを知った。

なぜなら俺には思い出があったからだ。盆《ぼん》過ぎに田舎《いなか》から帰ってきて、ハルヒ達とプール行ったりセミを捕ったりした八月の記憶の数々。その記憶たちの中でも、とりわけ昨日の日付をまざまざと覚えているのが素晴《すば》らしいの一言につきる。

昨日は八月三十一日、そして今日は九月一日だ。

最新の記憶が教えてくれている。夏休みの最終日、俺のこの部屋でSOS団勉強会が開催《かいさい》された。とんでもなく疲《つか》れたことをよく覚えている。一日ですべてのノートを書写するだけでも重労働なのに、自分の頭で考えていたりすればその疲労《ひろう》度がどれほどのものになったか想像する気もない。昨夜の就寝《しゅうしん》時点で、俺の体力気力精神力ゲージは小パンチ一発でベッドに倒《たお》れ込む寸前の幅《はば》しか残っていなかったのは確かである。

昨日、自分がやり終えた夏休みの宿題を山のように抱《かか》えてこの部屋に上がり込んだハルヒは、俺と古泉と長門と朝比奈さんがせっせとシャーペンを走らせるのを尻目《しりめ》に、ずっと俺の妹と遊んでいた。

「丸写しはダメだからね」

部屋のテレビで妹とゲームをしているハルヒは、コントローラのボタンを連打しながら言ったものだった。

「文章表現を変えるとか、計算をちょっとヒネるとかしなさいよ。教師もバカな奴《やつ》ばかりじゃないんだからね。特に数学の吉崎《よしざき》は陰険《いんけん》だから、そういうとこ細かく見てるわよ。あたしに言わせれば吉崎の解法は全然エレガントじゃないけど」

五人プラス妹がひしめき合うには俺の部屋は少々手狭《てぜま》だったし、頼《たの》んでもいないのに母親がジュースだの昼飯だの甘菓子《あまがし》だのをひっきりなしに持って来るもんで余計にうっとうしかったが、腱鞘炎《けんしょうえん》になるかと思うほど手首を動かしまくる俺たちと違《ちが》い、ハルヒは随分《ずいぶん》と楽しそうにしていた。余裕《よゆう》の笑《え》みというやつだろう。とかく上にいる奴は下を見下ろしてはこんなふうに笑うものなのかもな。あまりの余裕ぶりか、ハルヒは上級生の朝比奈さんが四苦八苦している小論文にも口出ししていた。朝比奈さんのレポートが評価Cだったなら、それはハルヒのせいであろう……。

そんな記憶《きおく》を伴侶《はんりょ》として、俺はベッドから起きあがった。

今日から新学期が始まる。始まるらしい。

二学期がこれほど待ち遠しかったことは、未《いま》だかつてない。

　体育館で校長の訓辞を聞き、短いホームルームを済ませての放課後である。現在の日付は九月一日で合っている。教室で「今日は何日だ?」と訊《き》いた俺に、谷口《たにぐち》と国木田《くにきだ》が気の毒そうな目の色になっていたからにはそうなんだろう。

　購買《こうばい》も食堂も今日はまだ開いていないため、ハルヒは校門の外にある駄菓子屋《だがしや》まで買い出しに出かけている。部室には俺と古泉だけがいた。

「涼宮さんは文武とも優秀《ゆうしゅう》なかたです。それは幼い頃《ころ》からそうだったでしょう。ですから彼女は、夏休みの宿題などが負担だとはまったく思わなかったのですよ。ましてや、友人とともに分担作業をするものでもなかったのです。涼宮さんはそんなことをするまでもなく、一人で簡単に片づけられる能力があるわけですから」

　古泉の解説を聞きながら、俺は窓際《まどぎわ》にパイプ椅子《いす》を引き寄せて校庭を見下ろしていた。文芸部の部室でのことだ。始業式の今日、特にすることもなく帰宅してもよかったんだろうが、なんとなく俺はここに来て、同じく登場した古泉とここでこうしている。恐《おそ》ろしく貴重なことに長門はいなかった。顔には表さなかったが、あいつもやっぱり疲れていたのかもしれない。

　近隣《きんりん》のセミ勢力図は、アブラゼミからツクツクホーシの版図増大へと転じかけている。夏休みは終わった。それは確かだ。しかし、

「嘘《うそ》だったみたいな気がする。一万五千何回も八月後半をやっていたなんてのはな」

「そう感じるのも無理はありませんね」

古泉は晴れやかに微笑《ほほえ》んで、カードを切っていた。

「一万五千四百九十七回、それだけのシークエンスにいた僕たちと、今の僕たちは記憶を共有していません。過去それだけ分の僕たちは、この時間軸《じく》においては存在しない。一万五千四百九十八回目の僕たちだけが、正しい時間流に再び立ち戻《もど》ることができたわけですから」

だがヒントは貰《もら》った。あの何度もの既視感《きし》、特に最後に俺の感じたアレは、以前に同じ立場にいた俺たちからの贈《おく》り物だったのかもしれない。以前というのもおかしいか？　以前も何も、時間は虎《とら》が溶《と》けてバターになるほどのメリーゴーラウンド状になっていただけらしいからな。

それでも俺は、今の俺があることを先に二週間を過ごしていたその俺たちのおかげだと思いたい。そうでも思ってやらなければハルヒに無かったことにされている彼らの夏がまるで無駄だったと言わんばかりじゃないか。

特に自分たちがリセットされることに自覚のあった、八千七百六十九回分の俺たちがさ。

「ポーカーでもしますか？」

古泉が新米マジシャンのような手つきで札を繰《く》る。たまには付き合ってやるか。

「いいとも。だが何を賭《か》ける？　金ならないぞ」

「ではノーレートで」

そしてそんな時に限って、しなくてもいいのに俺はバカ勝ちした。ロイヤルストレートフラッシュなんて初めて見た。

もう一度この日をやり直す機会があったなら、賭け金の設定を是非《ぜひ》とも覚えておくことにしよう。

序章・秋

文化祭が終了《しゅうりょう》して何となく虚脱《きょだつ》感に覆《おお》われていた十一月下旬《げじゅん》。

映画の撮影《さつえい》段階で大いに暴れ、当日の上映会でも一応の興行成績を収めたハルヒ監《かん》督《とく》だったが、これで当分は満足感の余韻《よいん》にひたっておとなしくしてくれると思いきや、そのテンションは文化祭前中後を通して全然変化しなかった。

しかし学校側としてもそうそうハルヒの頭を要《い》らない具合に調子よくさせようという行事を次々繰り出すほどの手駒《てごま》の持ち合わせはなく、やったことと言えば生徒会会長選挙くらいのものである。正直、俺はハルヒが立候補したらどうしようかとヒヤヒヤしていたのだが、どうもハルヒは生徒会組織が零細《れいさい》文化系同好会側の仇敵《きゅうてき》であるという妙《みょう》な思いこみをしているようで、自らが獅子《しし》身中の虫として生徒会に入り込み、学園陰謀《いんぼう》物語の黒幕になるつもりはないらしかった。

むしろその黒幕――そんなもんがいたとしたらだが――と率先《そっせん》して戦いたいと思っているフシさえある。

せっかくSOS団なんていうインチキな活動団体を黙殺《もくさつ》、または見て見ぬフリしてくれてるんだ。ありがたく立場をわきまえていればいいのにハルヒはいつでも戦う気満々、ただし何をどうやって戦う気なのかまでは今のところ俺の知る限りではない。

だが、そんな期待あるいは予感とは無関係に、俺たちに戦いを挑《いど》んできたのは生徒会側の刺客《しかく》ではなかった。

復讐《ふくしゅう》に燃える隣人《りんじん》だったのである。

射手座の日

目の前に暗黒の宇宙空間が広がっていた。

アイマスクして馬頭星雲に迷い込んだような暗闇《くらやみ》であり、星の輝《かがや》き一つ観測できないというシンプルなギャラクシースペースで、はっきり言や手抜《てぬ》きの書き割り背景だ。もうちょっと何か演出があってもいいんじゃないかと思いもすれ、まあ何かと都合があるのだろうこの宇宙空間にも。予算とか技術とか時間とかそういった感じのものがさ。

「何も見えねえな」

と俺は呟《つぶや》いた。さっきからモニタは単なるブラックオンリーの色彩《しきさい》で、ほとんどディスプレイの故障を疑ってもよさげな雰囲気《ふんいき》を俺の目に伝えている。

この宇宙空間のどこを彷徨《ほうこう》しようかと俺が思案していたところ、虚無《きょむ》的な画面上の下部から突如《とつじょ》として光点が登場、そのままずんずん前進を開始したため、たまらず俺は意見具申することにした。

「おいハルヒ、もうちょっと下がったほうがいいんじゃないか？　お前の旗艦《きかん》が前に出すぎだぞ」

それに対するハルヒの返答はこうだった。

「作戦参謀《さんぼう》、あたしを呼ぶときは閣下と言いなさい。SOS団団長は軍の階級で言えば上級大将くらいなんだからね。こん中で一番エライの」

誰《だれ》が作戦参謀で誰が閣下かと言い返す前に、

「涼宮閣下、敵艦隊に不審《ふしん》な動きがあるとの長門情報参謀からの連絡《れんらく》です。いかがいたしますか？」

古泉が状況《じょうきょう》を報告した。ハルヒの回答は、

「かまうこたないわ。突撃《とつげき》あるのみよ！」

まったくハルヒらしい指令だが、誰もがそれに従うわけではない。つか、誰も従ったりはしなかった。まともにあいつらとやり合っても種子島《たねがしま》三段撃《う》ちに立ち向かう武《たけ》田騎《だき》馬《ば》軍団のようにズタボロにされるのは解《わか》りきっている。

朝比奈さんが不安げな表情で片手を挙げ、

「あのう……。あたしはどうしたら……？」

「みくるちゃん、邪魔《じゃま》だからあなたの補給艦隊はそこらへんを適当にウロウロしてたらいいわ。期待してないから。キョン、あんたと有希と古泉くんで敵の前衛を蹴《け》散《ち》らしなさい。そしたらあたしがトドメを刺《さ》しに出るからね。厳《おごそ》かに！」

誰かこいつを止めてくれと言いたい。

俺はモニタに目を戻《もど》し、SOS団宇宙軍における自艦隊の位置取りを再確認《さいかくにん》した。

〈キョン艦隊〉と名付けられた俺率いる一万五千隻《せき》の宇宙戦艦は、ちょうど〈ハルヒ☆閣下☆艦隊〉の真後ろを追撃する形で前線へと進発している。その横に〈古泉くん艦隊〉が随伴《ずいはん》し、一番頼《たよ》りになりそうな〈ユキ艦隊〉は俺たちの遥《はる》か前方で索敵《さくてき》行動を取っていた。補給艦を引き連れた〈みくる艦隊〉がどこにいるかと捜せば、朝比奈さんのおぼつかない操作によって開戦スタート時から迷走《めいそう》を繰《く》り広げている。

「わー。どっち行けばいいんですかぁ？」

朝比奈さんは悲鳴に近い困惑《こんわく》の声を上げて、いつものように困っていた。

どこでもいいです。俺たちの後ろの方をウロチョロしていてください。画面上の艦《かん》艇《てい》といえども、あなたの名前が冠《かん》されたモノが傷物になるのは見たくありませんからね。

不意に、見つめる画面に変化が訪《おとず》れた。〈ユキ艦隊〉が放った索敵艇からの情報が、データリンクされた俺の艦隊にも伝えられてきたのだ。味方艦隊のシンボルマーク以外黒一色だった宇宙空間に、長門の捕捉《ほそく》した敵部隊の位置情報が表示される。

「下がれ、ハルヒ」と俺は言った。「奴《やつ》らは艦隊を分散させている。多分、お前の位置を探《さぐ》ってるんだ。大将は大将らしくしてろ。後ろでふんぞりかえっていればいいんだよ」

「なによう」

ハルヒは唇《くちびる》を突《つ》き出して異を唱えた。

「あたしだけ除《の》け者にする気なの？　ズルいわそんなの。あたしだってビームやミサイルをピコピコ撃《う》ち合ったりしたいのに！」

俺は〈キョン艦隊〉に微速《びそく》前進を命じるかたわら、

「いいかハルヒ。お前の旗艦がやられたらその時点で俺たちは負けるんだぞ。見てみろ。突出している敵の艦隊四つは雑兵《ぞうひょう》どもだ。旗艦艦隊は後方で指令だけしてるんだろうよ。将棋《しょうぎ》やチェスだって王将がお供もなしで敵陣《てきじん》にずかずか上がったりはしないだろう？　しかもこんな序盤《じょばん》にさ」

「それは……そうかもね」

ハルヒは渋《しぶ》い顔で、だがどことなく自尊心をくすぐられたような表情をした。俺を見る瞳《ひとみ》は猫《ねこ》がエサをねだる時のような形をしている。

「じゃあ、あんたたちで何とかしなさい。敵の旗艦を見つけ出してバシバシ砲撃《ほうげき》するのよ。あんな連中に負けてなるもんですか。勝つのよ。負けたら栄《は》えあるSOS団の名が廃《すた》ると言うものだわ。なにより、あいつらが調子に乗るのが我慢《がまん》ならないのよね！」

「閣下」

すかさず古泉がご注進に走った。

「長門情報参謀の〈ユキ艦隊《かんたい》〉が敵前衛と会敵しました。これより戦闘《せんとう》行動に移ります。閣下におかれましては、我々の後方に遷移《せんい》し、全体的な戦術指揮をお願いしたいと愚考《ぐこう》する所存であります」

真剣《しんけん》そうなセリフだが、微笑《ほほえ》み混じりに言われても現実性に欠ける。

「あら、そうなの？」

ハルヒは古泉のベンチャラにご満悦《まんえつ》となり、団長席で腕組《うでぐ》みしながら腰《こし》を反らせた。ロクな戦術指揮能力もないのに階級が高いというだけで隊長をやってる士官学校出の若手キャリアのような顔をして、

「古泉幕僚《ばくりょう》総長がそう言うなら、言うとおりにしてあげる。じゃあ、みんな、しっかり働くのよ。ちょこざいなコンピュータ研の連中なんかギッタギタのメッタメタにやっちゃいなさい。狙《ねら》うのは殲滅《せんめつ》よ。木っ端微塵《こっぱみじん》に打ち砕《くだ》くの」

完全勝利を目論《もくろ》んでいるようなのはモチベーションとしては正しいのだろうが、この宇宙戦には相手の思惑《おもわく》もあるというのを忘れないほうがいい。敵コンピュータ研だって同じ野望を持って参戦していることだろう。

そして俺の見る限り、我がSOS団側の勝算は旧日本海軍がレイテ沖《おき》で米軍に完勝を納める確率よりもなお低いと見積もられる。歴史にifはないが、同数同戦力でリプレイしたとしてもコテンパにやられるのが主だった筋書きになっているに違《ちが》いないね。とっとと白旗を揚《あ》げた方がいいんじゃないだろうか。

「ま、そうもいかないんだろうが」

と俺は腕《うで》まくりをして、画面の敵影《てきえい》情報を再確認した。さすがは長門、旗艦部隊を除いた敵艦の位置をほぼ網羅《もうら》するデータを送ってくれている。ここから我が軍を勝利に導くのは、大げさにも作戦参謀《さんぼう》の肩書《かたが》きを押しつけられた俺の頭脳と手腕《しゅわん》にかかっているというわけだ。

どうしたものだろう？

「さて……と」

俺は刻々と変化するノートパソコンの液晶《えきしょう》を見つめながら、ハルヒ司令官閣下の思惑通りに事態を終える方策を考え始めた。その前に、今このような事態に俺たちが置かれている状況《じょうきょう》を説明しておいたほうがいいかな。混乱する前に考えをまとめることは人生のあらゆる岐路《きろ》で有益だ。では、そうしてみよう。

事と次第《しだい》は、一週間前に遡《さかのぼ》る。

某月《ぼうがつ》某日の秋の放課後。

文化祭が終わって数日が過ぎ、学園に静けさが戻《もど》っていた。

てのはありふれた導入部分の常套句《じょうとうく》で、早い話が祭前の状態に回帰しただけであるのだが、それにしてもまあ無事に終わってくれただけでも有り難《がた》い気分になっているのは俺だけではないと思いたい。

真正直に腹の中を打ち明けてくれたわけでもないから正式には解《わか》りかねるものの、古泉の微笑《びしょう》はいつもより安堵《あんど》の比重が勝《まさ》っているようだったし、長門のいつもの無表情もそれを裏付けるかのようだ。

とにかくここ最近、この読書マシーンがぼんやり本読んでる姿を何よりの平穏《へいおん》の証《しょう》拠《こ》であると見なすようになっていて、もし長門が妙《みょう》な行動を取り始めたり、ましてや慌《あわ》てふためいたりするような光景を目にしたならば、俺はそろそろ遺書か自叙伝《じじょでん》かのどちらかを書く用意をするに違いない。おそらく長門にとって不測の事態なんてものはほとんどないはずだから、こいつが文芸部の部室でのどかに海外SFの原書を読んでいるということは、恐《おそ》るべき悪夢が間近に迫《せま》っているわけではないという確固たる証明と言えよう。

その一方で、未来から来たとはとても思えないほど過去の事をなんにも知らない美少女ニセメイドさんは、今日も無意味な奉仕《ほうし》的給仕女性の衣装《いしょう》を完璧《かんぺき》にまといつつ、あっつ熱の日本茶を真剣な目と手つきでもって淹《い》れていた。どこから仕込んできたのか、各種お茶っ葉に対するお湯の最適な温度という知識を入手した朝比奈さんは、湯《ゆ》沸《わ》かしポットではなくわざわざカセットコンロにヤカンをかけて湯を沸かすようになっている。片手に持つのは温度計であり、そんなもんをフタ開けたヤカンに突《つ》っ込んで慎重《しんちょう》な眼差《まなざ》しをしているメイドルックのふわふわ未来人なんてものもここでしか見ることはできまいね。なんか微妙《びみょう》に間違っているような気もするのだが、間違い探しを始めたらこのSOS団アジトで間違っていないものなどまったくない。何もかもが間違っているからだ。唯一《ゆいいつ》正常なのは、自分が確かに存在しているというこの俺の意識のみである。いやまったくデカルト様々だ。

この文芸部室のはずがいつの間にか涼宮ハルヒとその一味の根城になってしまった異空間で、こうも正気を保ち続けている俺は意外にけっこう大物なのかもしれないな。考えてみれば俺以外の連中は最初から変な背後関係を持っているわけだし、団長のハルヒはいつまで経《た》っても謎《なぞ》にまみれた存在で、まがりなりにも常識的な客観性を持っているのは俺だけというこの有様をどう思うよ。

ボケ四人に対してツッコミ一人とは、いくらなんでも比率がおかしすぎるぜ。せめてもう一人くらい俺の精神疲労《ひろう》を共有するような人間がいてもいいんじゃないだろうか。だいたい俺だってそうそう律儀《りちぎ》にツッコミ入れる性癖《せいへき》を持ってないんだぞ。そんな気にならん時だってある。俺だけがこんな責務を負わされるのは不公平だと恨《うら》み節の一つでも唄《うた》いたいところだが、かと言って谷口や国木田を巻き込んでやろうとも思わない。気の毒だからではなく、能力的な問題さ。あの二人にハルヒと対抗《たいこう》できるだけのボキャブラリーと反射神経があるとは思えないし、そういやあいつらと鶴屋《つるや》さんもどっかボケてるよな。くそったれめ。この世は狂《くる》ったもん勝ちか。

「うーむ」

俺は腕を組み、さも難しいことを考えているような唸《うな》り声を出した。別にいま古泉とやっている囲碁《いご》の次の一手を悩《なや》ましく思っているからではない。古泉の黒石を大量死に追い込むことはそれほど難易度が高くないのだ。ゲームマニアのくせに全然上手《うま》くならない古泉と一緒《いっしょ》にしてもらっては困るぜ。そうではなく、この世界は本当に正気なのかどうなのかを俺は心配している。なぜなら狂った世界では狂った人間しかまともに生きていけないだろうと俺は推測しているからだ。正気の人間こそがそこでは狂気《きょうき》に侵《おか》されていると見なされるだろう。よくもまあ、こんな理不尽《りふじん》と不条理渦《うず》巻《ま》くSOS団部室で普通《ふつう》の高校生をやれるもんだと我ながら感心するね。そろそろ誰《だれ》か誉《ほ》めてくれてもよさそうなものだ。

「ならば僕が賞賛の言葉を贈《おく》って差し上げましょうか」

古泉は格好だけは様になっている手つきで盤上《ばんじょう》に石を置き、俺の白石をかすめ取りながら微笑《ほほえ》んだ。所作は一丁前だがな。目先の石ころに注意するばかりでは、数歩進んだところにある溝《みぞ》にハマるという近未来が待ち受けていることにえてして気づかないものさ。

力に言った。

「遠慮《えんりょ》しておこう」

俺は答え、碁石の容器に指を突っ込んでジャラジャラ言わせつつ古泉のまるで本心から俺を讃《たた》えているような表情を眺《なが》め返し、さほどの喜びを得られることもなく無気力に言った。

「お前に誉められても嬉《うれ》しかねえよ。何か裏があるんじゃないかとかえって不安になるだけだ。言っておくが、俺はゲームの駒《こま》じゃないんだからな。お前たちの思うとおりに動くと思ったら大間違《おおまちが》いだ」

「その『お前たち』というのが、どの僕たちなのかお聞きしたいところでもありますが、とんでもありませんよ。涼宮さんもあなたも、まったく予測できないことをしでかしてくれますからね。僕がここにいるのが一つの確かな証明でしょう」

もしも、古泉が転校してくるようなことがなければ、ハルヒはこいつをSOS団の一員にしようとは思わなかっただろう。あいつにとって必要だったのは「古泉一樹」という人間の性別や性格や人柄《ひとがら》やルックスではなく、単に転校してきた、というただそれだけの理由だ。変な時期に慌《あわ》てて転入してきたのが運のつきだったな。あるいはハルヒに近づくためにわざと転校してきたのかもしれないが、いちおうハルヒが探し求めるところの超能力者《ちょうのうりょくしゃ》であるこいつからしたら、いつチェレンコフ放射を始めるか予測不能な放射性物質の近所にいるようなものだろうし、ヘタに近づきたくなかったというのが本音かもしれん。

「それは過去形ですよ」

古泉はつまんだ碁石を見つめて、

「あの当時は確かにつかず離《はな》れず監視《かんし》するだけにとどめておく予定でした。ですから涼宮さんが最初に僕の所を訪《おとず》れて、その日の放課後にこの部屋へと連れてこられたときは肝《きも》を冷やしましたよ。おまけに活動目的が宇宙人未来人超能力者を捕《つか》まえて一緒に遊ぶことなどと宣言されましたしね。もう笑うしかありませんでした」

懐《なつ》かしそうに思い出を語る古泉だった。

「ですが今は違います。僕はかつて謎の転校生だったかもしれませんが、その属性は現在の僕から失われています。涼宮さんはそう考えているでしょうね」

じゃあ何だ。俺にしてみれば、お前はまだまだ謎だらけだぜ。

古泉は部室を見回し、狭《せま》い場所を好む猫《ねこ》のように隅《すみ》っこの椅子《いす》に座って読書にふける長門を見て、次にヤカンと睨《にら》めっこをしている朝比奈さんを見つめてから、視線を一周させて戻《もど》ってきた。

ハルヒの姿はない。クラスの掃除《そうじ》当番に当たっているからであり、そうでなければ俺と古泉がこんな会話をのんびりやってるはずもない。

その団長不在の部室で、古泉は怪我《けが》をした小鳥を治療《ちりょう》しようとしているベテラン獣《じゅう》医師《い》のような笑《え》みとともにこう言った。

「僕も長門さんも朝比奈さんも、それから当然あなたも、今や立派なSOS団の一員です。それ以上でも以下でもないのですよ。涼宮さんは、そのように考えているはずです」

SOS団の団員以上および以下という分類に何の意味があるのだろう。

「意味はありますよ。宇宙人や異世界人といった一般《いっぱん》人類外の存在が団員以上、団員以外の一般人類が団員以下です」

谷口や国木田、鶴屋さんや俺の妹は団員以下なのか。あいつらや鶴屋さんをかばうわけではないが、連中が俺以下の存在価値しかないってのを黙《だま》ってうなずくのは心が痛むぜ。

「非常に簡単な論理です。彼らが涼宮さんにとって重要な存在として目されているのなら、彼らは我々の一員としてここにいるはずです。いない、ということはすなわち、彼らは涼宮さんにとって重要でない、つまり単なる通りすがりの一般人である証明なのです。まったくね、結果論ほど論証が楽な論理もありません」

「異世界人はどうした。まだ来てないのか」

「結果論的に、今のこの世にはいないのでしょう。いたなら、何らかの偶然《ぐうぜん》なり必然なりによってこの部屋に呼ばれているでしょうから」

「来なくて幸いだ。違う世界なんぞに行きたくねえよ」

俺が白石を振《ふ》り下ろして古泉の黒石を頓死《とんし》させるのと、勝敗の見えてきた碁盤《ごばん》の横に湯飲みが置かれるのが同時だった。

「お待たせしちゃって、ごめんなさい。お茶です」

弱小校の野球部を就任一年目にして地区大会優勝に導いた監督《かんとく》のような笑みを浮《う》かべて、朝比奈さんがすぐ横に立っていた。

「雁音《かりがね》っていうのを買ってみたんです。うまく淹《い》れることができたと思うけど……。高かったんですよぅ？」

自腹を切らせてしまって申しわけない。代金は後でハルヒに請求《せいきゅう》するべきでしょう。いやまあ、そこまで茶葉に凝《こ》らなくても、朝比奈さんの御手《みて》が差し出すものなら水道水でも俺にはエビアン以上の品質です。

「うふ。味わって飲んでね」

すっかりメイド装束《しょうぞく》が板についてきた朝比奈さんは、古泉の前にも湯飲みを置くと、慣れた所作で盆《ぼん》を掲《かか》げ持ったまま、残った湯飲みを長門の許《もと》へと運んでいった。

「…………」

いつものように長門は無感想だが、朝比奈さんからしたら素直《すなお》に礼を言われるより何も言われないほうが安心するらしい。今に至るもＳＯＳ団の宇宙人と未来人が仲良く会話する光景は見たことがなく、というか長門が誰《だれ》かと楽しげに喋《しゃべ》っているシーンなんか未《いま》だにない。まあ、それはそれでいいんだと思う。いきなり長門が饒舌《じょうぜつ》になってもビビっちまうし、ハルヒ並みの「お前口さえ開かなけりゃあな……」なんていう女になってしまうのも少々惜《お》しい。

黙ってて問題のない奴《やつ》は、やっぱり黙っていたほうがいいものさ。


そうやって碁を打ちながらのんびり茶をすすっていると、この世にはこびる悪の存在を忘れそうになってくる。しかし、そんな小市民的平和は長く続かず、厄介《やっかい》ごとはまるで忘却《ぼうきゃく》されるのを恐《おそ》れるがごとく周期的に訪問してくるのだった。

ノックの音がした。俺は顔を上げ、傷だらけで安っぽい扉《とびら》を眺《なが》めてから心の準備を開始する。何故《なぜ》かって？　部室内で漫然《まんぜん》と過ごしているメンツはハルヒを除く四人の団員たちである。そしてハルヒはノックをするなどという殊勝《しゅしょう》な行為《こうい》から最もかけ離《はな》れた位置で高笑いしているようなヤツだ。つまりこのノックの主はハルヒではなくSOS団の誰でもないのだから、それ以外の第三者だということになる。誰かは知らないが、どうせ何らかのやっかいごとを提供するためにここを訪問して来たに違いないという推理がたちどころに成り立つではないか。いつぞやの喜緑《きみどり》さんみたいにさ。

「はぁい、ただいま」

上履《うわば》きを鳴らしながら朝比奈さんが応対に向かう。すっかりこなれてきた動作であり、メイドであることに自分でも何ら疑問を覚えていないようであった。いいこと……なんだろうか。

「あっ？」

扉を開いた朝比奈さんは意外な人物を見たようだ。軽く目を見開いて、

「どうぞ……。お、お入りになります？」

朝比奈さんは二歩ほど後ずさって、なぜか両手で胸を隠《かく》すような仕草をする。

「いや、ここでいい」

と、訪問者がやや緊張《きんちょう》気味の声で返し、開いたドアから首だけを伸《の》ばして室内をあらためるようにうかがった。

「団長さんは不在か……」

押し隠す安堵《あんど》が色濃《いろこ》く滲《にじ》み出る声を出したのは、なんとなく馴染《なじ》みになりつつある二軒隣の主、コンピュータ研の部長であった。

誰も動かないのでまたしても俺が窓口になることになる。朝比奈さんは棒立ちだし、

古泉は微笑《ほほえ》んだまま上級生を見つめているだけ、長門は本しか見ていない。

「なんでしょうかね」

いちおう上級生だ。敬語まじりで話してやるのが筋だろう。俺は立ち上がり、朝比奈さんをかばうようにして前に出た。ん？　部室の敷居《しきい》を跨《また》ごうとしないコンピュータ研の部長、その後ろに数名の男子生徒たちが先祖代々成仏《じょうぶつ》に失敗した背後霊《はいごれい》のように群がっている。どうした、討《う》ち入りの季節にはまだ早いぞ。

部長氏は進み出てきたのが俺だったことにホッとしたのか、薄《うす》ら笑いを浮かべる余《よ》裕《ゆう》が出てきたようで、いくぶん背筋を反らしつつ、

「まず、これを受け取って欲しい」

何のつもりか、一枚のＣＤケースを差し出してきた。受け取るも何も、コンピュータ研が俺たちに善意からなるプレゼントをくれるはずはないから、俺は当然のように疑いの眼差《まなざ》し。

「いや、決して物騒《ぶっそう》なものではない」と部長。「中に入っているのはゲームソフトだ。僕たちのところが開発した、オリジナルのものだよ。この前の文化祭で発表してたんだけど、見なかったのかな」

悪いがそんなヒマはなかったね。文化祭で俺がいつまでも覚えていたい記憶《きおく》は、軽音楽部のバンド演奏と朝比奈さんの焼きそば喫茶《きっさ》用衣装《いしょう》くらいのものだ。

「そうか……」

部長は気を悪くしたわけでもないようだが肩《かた》を落とし気味にして、「展示場所が悪かったかな……」と呟《つぶや》いた。用件が世間話ならさっさと終わらせて帰ったほうがいいぞ。こんな所にハルヒが現れたら、どんな揉《も》め事に発展するか解《わか》ったもんじゃない。

「もちろん用件があって来たんだ。でも、まあ手短にしたほうがいいような気もする。では、言うぞ！」

部長が何やら汗《あせ》ばみながら言う姿に、背後霊集団も毅然《きぜん》とした表情でうなずいた。

とっとと終わらせて欲しい。

「ゲームで勝負しろ！」

部長は裏返った声で叫《さけ》び、再びＣＤケースを突《つ》きつけた。

何でまたコンピュータ研と俺たちがそんなもんで対戦しなくてはならないんだ？

遊び相手に不自由しているんなら、もっと別の部室に行ったほうがいいと老婆心《ろうばしん》ながら申し添《そ》えたいところだ。

「遊びじゃない」

部長氏は徹底抗戦《てっていこうせん》するつもりのようで、

「これは勝負だ。賭《か》けるものだってちゃんとあるぞ」

ならば古泉を差し出そう。コンピュータ研の部室で心ゆくまで勝負してくれたらいい。

「そうじゃなくて、キミたちと勝負したいんだよ！」

頼《たの》むから、そう勝負勝負と言わないでくれ。ハルヒの地獄耳《じごくみみ》がどこで聞いているか解らない。万一、あの根拠《こんきょ》不明の自信家がその単語を聞きつけたら——、

「うりゃあっ！」

「げふをっ」

奇怪《きかい》なセリフを吐《は》きつつ、部長の姿が誰《だれ》かに蹴飛《けと》ばされたように真横にすっ飛んで視界から消えた。

「わ!?」「部長！」「大丈夫《だいじょうぶ》ですか！」

数秒ほど遅《おく》れて、部員たちが口々に叫びながら廊下《ろうか》に横たわる部長氏に取りすがり、俺は緩《ゆる》やかに視線を横向ける。

「あんたたち、何者？」

爛々《らんらん》と光る瞳《ひとみ》をコンピュータ研の部員たちに向け、いい形をした唇《くちびる》を大いに笑わせているその女こそ、涼宮ハルヒに違《ちが》いない。

部長氏に闇討《やみう》ち同然のドロップキックをかまし、自分はあざやかな着地を決めておいての勝ち誇《ほこ》った顔である。

ハルヒは耳にかかった髪《かみ》を見せつけるかのように払《はら》いのけ、

「悪の集団がついに来たのね。あたしのＳＯＳ団を邪魔《じゃま》に思う秘密組織か何かでしょ

う。そうはいかないわよ。暗い闇を照らして邪悪《じゃあく》を根絶やしにするのが正義の味方の使命なんだからね！　ザコはザコらしくワンショットで消えなさい！」

転倒《てんとう》の拍子《ひょうし》に頭を打ったらしい部長氏は、「ううう」とか呻《うめ》いて配下の部員たちに介抱《かいほう》されつつ心配されている。ハルヒの口上を聞いていたのは、どうやら俺一人のようだ。

「なあ、ハルヒ」

高校入学以来もう何度目か解らないが、言い聞かせるような声で語りかける。

「蹴りを入れるのは話を聞いてからでもよかったんじゃないか？　おかげで、見ろ。俺も彼らもどうしていいか解らんじゃないか。ゲームで勝負――、までしか俺は聞いてないぞ」

「キョン、勝負事なんていうのはね、言い出したその時から勝負なの。宣言イコール宣戦布告なわけ。敗者が何を言おうとそれはイイワケよ、勝たないと誰も聞く耳持たないわ」

ハルヒは仕留めた獣《けもの》の検分をする狩人《かりゅうど》のように部長氏に歩み寄り、失礼にも失望の声を上げた。

「なによ。お隣《となり》さんじゃん。どうしてこんな奴《やつ》らがあたしにケンカ売りに来たわけ？」

だから今まさにそれを説明してもらうところだったんだよ。機会を与《あた》えず横合いから不意をついたのはお前だ。

「だってさ」とハルヒは唇を尖《とが》らせて、「てっきり生徒会が部室の明け渡し請求《せいきゅう》に押しかけたのかと思っちゃったのよ。そろそろ来る頃合《ころあ》いかなあって計算してたのに。まったく、ややこしいことしないでよね」

「だとしてもキックしていいことにはならんだろ」

俺がハルヒを諌《いさ》めようとしていると、

「そう言えばそのイベントがまだでしたね……」

いつの間にか戸口に立っていた古泉がひょっこり廊下に登場し、考え込むような顔をしやがったのでその爪先《つまさき》を踏《ふ》んづける。余計なことを口走るんじゃない。

「うう……卑怯《ひきょう》なり、SOS団……」

呻き声を漏《も》らしながら部長氏はようやく立ち上がった。脇《わき》から部員たちに支えられて、

「と、とにかくっっ、勝負はしてもらう。どうせ言葉は通じないだろうと思って、文書を作成してきたんだ。これを読めば勝負の内容はよく解るだろう」

部員の一人がコピー用紙の束とCDケースを、野生のライオンに生肉を与えようとしているような手つきで持ち上げており、

「ご苦労様です」

にこやかに受け取ったのは古泉だった。

「それで、ゲームはいいのですが、説明書も付属しているのですか？」

別の部員はまた紙束を持って古泉に押しつけた。そして小声で、

「部長、用はすみました。部室に帰りましょう」

「うん、そうしよう」

弱々しくうなずき、

「では、そういうことで──」

用件を中途半端《ちゅうとはんぱ》に告げ、そそくさ帰ろうとした部長氏の首根っこはハルヒの手によってむんずと摑《つか》まれた。

「ちゃんと説明しなさいよ。文章でごまかそうったってそうはいかないんだからね。このあったま悪いバカキョンにも解《わか》るようにセリフで解説するように！」

バカは誰《だれ》のことだ。

哀《あわ》れ、このようにして部長氏は文芸部室へと引きずりこまれることになった。残されたコンピュータ研部員たちが抗議《こうぎ》の声を上げるヒマもなければ救助する手だてもなく、そして扉《とびら》は閉《と》ざされた。

文化祭というハレの時期が過ぎ、年がら年中ハレ真っ盛《さか》りのハルヒとは違って、全

校規模ではすっかりケとなる日常に回帰したと思っていたのだが、どうもコンピュータ研もハレな気分を持続させていたようだ。しかし現在パイプ椅子《いす》に座らされて単身オドオドしている部長氏の姿は、まるでダンジョンの最深部でパーティからはぐれたあげくリビングデッドの群れに取り囲まれたMPゼロ状態の白魔術師《しろまじゅつし》のそれであった。同じようにオドオドしている朝比奈さんが淹《い》れたお茶にも手を付けず、ハルヒによって尋問《じんもん》を受けている。

簡単にまとめさせてもらおう。

部長氏の要望は以下の通りである。

1．コンピュータ研自作の対戦ゲームで勝負しようではないか。

2．我らが勝てば、現在SOS団の机に鎮座《ちんざ》しているパソコンは、晴れて本来あった場所に帰還《きかん》を果たすことになる。

3．だいたいだな、SOS団に多機能型パソコンは不釣《つ》り合いである。コンピュータはコンピュータ研にあってしかるべき機材であり、強く返還を求める次第《しだい》である。

4．パソコン強奪《ごうだつ》時に部長及《およ》び部員たちが負担した精神的苦痛は、この際だから忘れてもいい。いや、忘れたい。お互《たが》い忘れよう。

5．以上のような理由により、キミたちは我々と戦わねばならない。……戦え。

古泉から回ってきた紙束に、こんな感じのことが解りにくい上に読みにくい文体で細々と書いてあった。訴状《そじょう》と果たし状を兼《か》ねているらしいが、丁寧《ていねい》に印字された文章も俺がざっと目を通すだけで、ハルヒは直《じか》に部長氏から聞き出していた。早い話が、

「使ってないんだったら、パソコン返せよ」

部長氏は言った。その言葉に対し、ハルヒは心外そうに答える。

「あたしは使ってるわよ、きちんとね。この前の映画もこれで編集したのよ」

やったのは俺だが。

「ホームページも作ってたし」

それも俺がやった。ハルヒがパソコン使ってしたことと言えば、暇《ひま》つぶしのネット巡回《じゅんかい》と落書きみたいなシンボルマークを描《か》いただけだろうが。

「そのホームページだって、半年経《た》ってもインデックスしかないじゃないか。もう何ヶ月も更新《こうしん》の気配すらない」

部長氏はふくれ面《つら》である。なんとまあ、彼は定期的にあのしょぼいサイトを訪《おとず》れてアクセスカウンタを回してくれる常連らしい。なるほど、カマドウマの時のアレはそのせいであったようだな。我々がパソコンを活用しているかどうかが、よほど気にな

っていると見える。

「でもあたしが頂戴《ちょうだい》って言った時、あげるって答えてたじゃないの。キョン、あんたも覚えてるでしょ」

そうだっけ。朝比奈さんがへたり込んでいるシーンはまざまざと脳裏《のうり》に蘇《よみがえ》るが、部長のコメントまで注意してなかったよ。仮に言ったのだとしても、あの時の部長氏は心神耗弱《こうじゃく》状態だったろうから取引は無効なんじゃないかな。

「断固、抗議する」

部長氏は本気らしい。腕《うで》を組んで口を結ぶその表情には精一杯《せいいっぱい》の強がりが浮《う》いている。半年経ってあきらめも付くと思いきや、だんだん怒《いか》りがぶり返してきてたようだ。

ふーん、とハルヒは微笑《ほほえ》みながらうなずいた。

「まあいいわ。そんなに勝負したいんならしてあげようじゃないの。こっちが賭《か》けるのはパソコンね。それで、そっちは何を賭けるの?」

「何って、そのパソコンだよ。僕たちが負けたら、それはキミたちの物にしておいて構わない」

ハルヒは平然と言い放った。

「これはとっくにあたしたちの物になってるわよ。元からある物をもらったってあんまり嬉《うれ》しくないわ。別の物を持ってきなさい」

不覚にも、この言いぐさに俺は感動すら覚えた。何であろうといったん手にした物の所有権は自分に帰属するらしい。将来、泥棒《どろぼう》にでもなるつもりだろうか。

しかし部長氏は怒り出すどころか、引きつったような笑いを作り、

「解《わか》ったよ。キミたちが勝てば、新たに……そうだな、パソコンを人数分、四台進呈《しんてい》しよう。ノートタイプのやつでいいかな？」

自ら賭け金を釣り上げることを言い出した。これにはハルヒも虚《きょ》を衝《つ》かれたようで、

「え、いいの？」

座っていた団長机からぴょんと飛び降り、部長氏の顔を覗《のぞ》き込んだ。

「ホントね？　途中《とちゅう》でやっぱやめ、なんて言うのは許さないわよ」

「言わない。約束する。血判状でも持ってくるがいい」

あくまで強気の部長氏であり、俺はなるほどと思う。

さっきから長門がつまんで凝視《ぎょうし》しているCDの中身がどんなゲームなのかはまだ知らないが、制作側だけあってとことんやり尽《つ》くしているのだろう。コンピュータ研がハイアビリティなゲーマー揃《ぞろ》いかどうかは置いといて、素人《しろうと》のSOS団のメンツなど一蹴《いっしゅう》できると考えているに違《ちが》いない。俺もそう思う。まともにやり合いさえすれば、何の勝負でも俺たちが勝利するとは考えにくい。前に野球で勝った時は長門のあり得ざる秘力の賜物《たまもの》で、我々の実力ではないのだ。

だがそれを解っていない奴《やつ》が一人いた。

「あんたんとこ、女子部員いないでしょ？」

ハルヒが不思議なことを言い始めた。

「いないけど、それで？」と部長氏。

「欲しい？　女の部員」

「……いーや、別に」

精一杯の虚勢《きょせい》を張る部長氏だった。ハルヒは悪い置屋の女主人みたいな笑《え》みで口元をニマニマさせて、

「もしあんたたちが勝ったら、この娘《こ》をコンピュータ研に進呈するわ」

と、指さしたのは長門の顔だ。

「女の子欲しいんでしょ？　有希ならきっと即戦力《そくせんりょく》になるわよ。物覚えはよさそうだし、この中で一番素直《すなお》だしね」

このアホウ、何を提案しやがるんだ。相手がパソコン四つを賭けているのに、こっちが一台では不釣《つ》り合いだと考えているのか。だがパソコン四台と長門ではスペックに開きがありすぎるぞ。お前は知らないかもしれないが。

「………………」

景品扱《あつか》いされているのに、長門は平気の平左《へいざ》をしている。あまり動かない目が一瞬《いっしゅん》

俺をかすめ、ハルヒを通り越《こ》してコンピュータ研部長の顔をじっと見つめた。

部長氏は明らかな動揺《どうよう》の表情でたじろぎながら、

「いやぁ……でも……」

「なに？　みくるちゃんのほうがいいって言うの？　それともパソコン四台では不釣り合い？　んじゃ、副賞としてウチが勝ったらあんたとこの部を『北高ＳＯＳ団第二支部』に改名しなさい」

「あ……ええと……その、」

ハルヒの言葉に朝比奈さんが口元を押さえて立ちすくみ、

「お前が賞品になれ」

俺は憤然《ふんぜん》とハルヒに立ち向かった。

「いつまでも長門や朝比奈さんを備品扱いしてるんじゃねえぞ。賭けるなら自分の身体《からだ》を賭けたらいいじゃねえか。勝手なことを抜《ぬ》かすな」

「何言ってんのよ。神聖にして不可侵《ふかしん》な象徴《しょうちょう》たる存在、それがＳＯＳ団団長なの。もはや団そのものと言っても決して虚言《きょげん》ではないわ。あたしは『これだっ！』って思う人以外にこの職を譲《ゆず》るつもりはないわよ」

お前は卒業後もここに居座るつもりか。

「それにね、誰《だれ》であろうとも自分自身と等価交換《こうかん》できるモノなんか、この世のどこを探しても見つかったりはしないのよ！」

ハルヒは理不尽《りふじん》な物言いであっさり俺の攻撃《こうげき》をかわし、無言の長門と言葉を消失した朝比奈さんを交互《こうご》に指さして、なおも部長氏に迫《せま》った。

「で、どっちがいいわけ？」

そして俺を横目で見ながら言い足した。

「どうしてもって言うんだったら、まあ、あたしでもいいけどさ」


さすがに部長氏はハルヒの戯言《たわごと》に乗ることはなかった。注意深く目線を追っていた俺の観察結果によると、どうも長門のあたりでしばしの逡巡《しゅんじゅん》があったようだが、解《わか》るような気もするね。

彼は朝比奈さんの胸をわしづかみにするという磔刑《たくけい》に値《あたい》する前科を背負っており、その犯罪行為《こうい》の相手を指名する度胸はないのだろう。それに谷口によると長門はけっこうな隠《かく》れ人気者であるらしいので、彼の趣味《しゅみ》が無口系読書少女に合致《がっち》していた可能性もある。朝比奈さんでは気後《きおく》れしすぎるからというのが理由の一つであるかもしれないが、だからと言って露骨《ろこつ》に「女子部員が欲しい」などと表明しないだけの慎《つつし》みも彼は持ち合わせていたようで、まあまあ当たり前の結果だ。

ああ、ハルヒ？　すっかり性格の知れ渡《わた》った今や、こいつを指名するような男は真性のマゾかよほどの変わり者なのさ。でもってハルヒ以上に変わってもいないと思われる。だから俺も安心して放《ほう》っておけるというものだ。

かくして、戦いの舞台《ぶたい》が整えられた。

いったん文芸部室から出て行った部長氏は、手勢を引き連れて戻《もど》ってきた。彼らの手の内にあるのはノート型パソコンで見間違えようもない。賞品の前払《まえばら》いとは気前がいいと思っていたら、このゲームには一チームにつき五台のパソコンが必要なのだという。コンピュータ研なのか電気配線業者なのか解らないような機敏《きびん》さで、連中はハルヒ御用達《ごようたし》デスクトップと四つのノートパソコンをLAN接続し、次々と自家製ゲームソフトをインストールしていった。その会話の端々《はしばし》から、試合内容は五対五でやるオンライン宇宙戦闘《せんとう》シミュレーションだということが解った。ようするにSOS団側の五台、コンピュータ研側でも五台のパソコンを用意、その全部を一つのサーバにくっつけて対戦するようだ。俺たちは俺たちの部室で、彼らは彼らの部室のパソコンを使って。

もちろんサーバとなるコンピュータは彼らの部室にあるわけだ。ふむ。なるほどね。

「練習期間は一週間もあればいいだろう」

部長は部員たちの器用な動きを得意げに眺《なが》めながら、

「一週間後の午後四時にスタートだ。それまでに腕《うで》を磨《みが》いておくことだね。あまりに弱いと拍子抜《ひょうしぬ》けするからな」

勝った気でいるようだったが、それはハルヒも同じ事だ。新しい備品が増えて笑いが止まらないような顔をしている。

「うん、サブノートが欲しいと思い始めていたのよね。やっぱパソコンは団員の数だけあるべきだわ。設備投資は働く者のモチベーションを上げるためにも重要なことよ」

ノートパソコンで懐柔《かいじゅう》されちまうほど俺のモチベーションは安っぽくはないぜ。くれると言うならもちろんもらうけどな。

俺はすっかり冷めてしまったお茶を飲み、さりげなく長門の表情を垣間見《かいまみ》た。朝比奈さんと壁際《かべぎわ》に並んでコンピュータ研部員たちの作業を見守っている無表情な顔には何も変化が感じられない。いつもの落ち着きようだった。

奴《やつ》ら作製のゲームだ。まさかとは思うが、怪《あや》しいウイルスが仕込まれてないとも限らない。もしそうなら長門も黙《だま》ってはいないだろう。その辺のことは任せておいていいな。コンピュータ研がどんな裏技《うらわざ》を使おうと、長門の裏をかくのはそう簡単な事じゃないんだぜ。

飲み干した湯飲みを弄《もてあそ》んでいると、朝比奈さんがささっと近寄ってきた。

「キョンくん、これ……何をすることになるの？　あたしはあまり、その、き、機械には疎《うと》いんですけど……」

困惑《こんわく》の顔でどんどん増えつつあるコード類に目を落としている。そこまで困り果てることはありませんよ。

「ゲームですから、適当に遊んでおけばいいんですよ」

そう言って慰《なぐさ》めた。実のところ、それは俺の本心である。もし本当に長門や朝比奈さんを賭《か》けての勝負なら俺も本気の力を見せるに一片《いっぺん》の躊躇《ちゅうちょ》もないが、ハルヒがパクったパソコンを返す返さないの問題なら話も別さ。コンピュータ研の出してきた条件は、俺にとってノーリスクハイリターン。それだけのハンデと自信の差が俺たちと彼らの間にあるってことでもあるな。

「負けてもともと、勝ったらバンザイの世界ですよ。今度ばかりは、ハルヒにも四の五の言わせたりはしません」

はっきりと俺は言い切り、朝比奈さんの不安を一掃《いっそう》してあげるために笑いかけてもみた。

「でもぅ、涼宮さんが……。とても張り切っているみたいですけど」

説明書らしきコピー紙を手にした古泉を横にはべらせ、コンピュータ研の撤収《てっしゅう》を待たずにハルヒは早くも団長机に着いてマウスを握《にぎ》りしめていた。

なぜか満足げな顔で部長氏以下、部員たちは誇《ほこ》らしげに出て行った。さぞ腕の振《ふ》るいがいがあったと見える。

その後、しばらくそれぞれのパソコンで動作確認《かくにん》などをしていたが、そろそろ陽《ひ》も暮れるということで今日はお開きとなった。

その帰り道、五人で集団下校しているときの俺と古泉の会話である。坂道を下る女三人組と数メートルの距離《きょり》を置き、話しかけたのは俺のほうだった。

「ここいらで封印《ふういん》したほうがいいんじゃないかと思うセリフがあるんだ」

「ほう。何でしょうか」

「当ててみろ」

古泉はほのかな苦笑《くしょう》を唇《くちびる》にたたえつつ、考え込むふりをしたのも一瞬《いっしゅん》で、

「僕があなたの立場だったとして、濫用《らんよう》を避《さ》けたいと思えるセリフはいくつもありませんね。候補としては無言での『……』か、『いい加減にしろ』なども有力ですが、やはりこれしかないのではありませんか？」

俺が黙っていると、古泉はたゆまぬ微笑《びしょう》とともに解答を発した。

「やれやれ」

サービスのつもりか肩《かた》をすくめて両手をあげるジェスチャー付きだ。古泉はヒラヒラと手を動かしながら、

「あなたの気分もよく解《わか》りますよ」

解られてたまるか。

「いえいえ。できる限りマンネリな心境に陥《おちい》るのは回避《かいひ》したいという思いが働いているのでしょう？　同じリアクションばかりしていては、他人はどうか知らないとしてもあなた自身に飽《あ》きが来る。何度も繰《く》り返しプレイしてとっくに味わい尽《つ》くしたゲームをもう一度やり直そうという気にならないのと同じです。あなたは飽きることを恐《おそ》れているのですよ。涼宮さんと同じようにね。違《ちが》うのは彼女はどうしても自らの行動を主体として考えているのですが、あなたはそんな彼女の行動を受けて初めて反応を考えなければならない点です。さあ、これはいったいどちらの立場が楽なのでしょうね」

何を分析医《ぶんせきい》みたいなことを言ってやがる。俺の精神状態をとってつけたような理屈《りくつ》で補完しようとするんじゃねえぞ。だいたいそんなことを言い出せば、言ってるお前はどうなのさ。古泉だってハルヒの行動にひたすら受け身を取っているだけじゃないか。

「僕たちは僕たちで、主体性を持ってここにこうしているのですよ。お忘れですか？

僕や長門さん、朝比奈さんは主義主張こそ違え、ほぼ同一の目的でここにこうしているのです。言うまでもなく、涼宮さんの監視《かんし》という最重要な課題を持ってね」

そういうわけでただ一人何の目的もなくSOS団に引きずりこまれた俺だけが、ワケもわからず右往左往するハメになっているという様相を呈《てい》している。まったく、誰《だれ》の魂胆《こんたん》なんだ。

「僕が知るわけはないでしょう」

古泉は楽しげに俺と目を合わせていた。

「観察対象という身分で言えば、涼宮さんだけではなく、今はあなたもそうなのですから。これからあなたと涼宮さんが何をやってくれるのか、戦々恐々《せんせんきょうきょう》としながらも、僕はなんとなく豊かな心を育《はぐく》ませてもらっています。これは感謝しておいてもいいでしょうね。いや冗談《じょうだん》は抜《ぬ》きでね、有り難《がた》いことだと思いますよ」

他人事《ひとごと》なれば、そりゃ見てても楽しいだろうさ。

文化祭を機に正気を取り戻《もど》したのか、季節を表現する山からの風もなんとなく冷たい秋の風味を伴《ともな》っていた。俺が好きになれない季節である。これから寒くなる一方かと思うと、ハルヒの暴虐《ぼうぎゃく》のほうがいくらかマシに思えてくる。

すでに暗い道を歩くその前方で、一人で喋《しゃべ》っているハルヒと時折相づちを打つ朝比奈さん、登下校時は歩く以外の機能を持たないような長門が一塊《ひとかたま》りになっている。長門の鞄《かばん》がふくれているのは、あてがわれたノートパソコンが入っているからだ。そんな物を持って帰ってどうするのかという俺の問いに、長門はゲームCDを鞄の底に滑《すべ》り落としながら「解析《かいせき》する」と答えてくれた。その影法師《かげぼうし》を見ているうちに言うべきことを思い出す。

「ところで古泉。俺から提案が一つばかしあるんだが」

「それは珍《めずら》しい。拝聴《はいちょう》いたしましょう」

念のために声を潜《ひそ》めて言うことにする。

「今度のコンピュータ研とのゲーム勝負のことだけどな、とりあえずインチキをするのはやめておこう」

「インチキとは何を指しての言葉でしょうか」

古泉も小声で聞き返す。

「野球の時に長門が使ったようなアレのことだ」

忘れたとは言わせないぞ。

「最初にお前に言っておく。仮にお前がシミュレーションゲームを有利に進めるような超能力《ちょうのうりょく》があったとしても使うんじゃない。超能力じゃなくてもいい、どんな手段でも、ルールに外れるようなギミックを使うことは俺が許さん」

古泉は微笑みながらも探《さぐ》るような視線を俺に向け、

「それはまた、どういう思惑《おもわく》があなたにあるからですか？　我々が負けてしまってもいいと、そうおっしゃるのでしょうか」

「そうさ」

俺は認めた。

「今回ばかりは宇宙的あるいは未来的、または超能力的なイカサマ技《わざ》は封印《ふういん》だ。まっとうに戦って、まっとうな結末を迎《むか》える。それが最適な手段だろう」

「理由を問いたいですね」

「負けても失う物は盗品《とうひん》のパソコンだけだ。それも元の持ち主の所に帰るだけだからな。俺たちは別に困らん」

返す前に朝比奈画像集をどこかに移す必要はあるだろうが。

「僕がお聞きしたいのはパソコンの是非《ぜひ》についてではありませんよ」

古泉は面白《おもしろ》そうな口調で、

「あなたもご存じのように、涼宮さんは何かに負けることが好きではないのです。どうにもならない、これは負けそうだ、と感じると閉鎖《へいさ》空間を生み出して人知れず大暴れさせてしまうほどにね。それでもいいと思うのですか？」

「かまやしないね」

俺はハルヒの後ろ姿を眺《なが》めていた。

「いくらあいつでも、そろそろ学んでもいい頃《ころ》だ。そうそう何もかも思い通りになってたまるか。ましてや今回はハルヒが言い出したことじゃねーし、それほどの意気込みがあるわけでもないだろう」

超常能力封印を明日にでも長門に伝えないとな。朝比奈さんにも言っておくか。自ら機械オンチを告白してきた彼女に格別な能力やアイテムがあるとは想定しにくいが、ま、これも念のためだ。

古泉が小さく笑い声を漏《も》らした。何のつもりだ、気色悪い。

「いえ、おかしかったからではありません。羨《うらや》ましくなったものですから」

俺のどこに羨望《せんぼう》を感じたと言うんだ。

「あなたと涼宮さんの間にある、見えざる信頼《しんらい》関係に対してですよ」

何のことやら、さっぱりだね。

「しらばっくれるつもりですか。いえ、あなたにも解《わか》っていないかもしれませんね。涼宮さんはあなたを信頼し、あなたもまた彼女を信頼しているということですよ」

勝手に俺の信頼先を決めるな。

「一週間後のゲーム勝負に負けたとします。しかし、そこで涼宮さんが閉鎖空間を生み出したりはしないだろうとあなたは思っている。そのように信頼しているからです。また、涼宮さんはあなたならゲームを勝利に導くだろうと信じている。これも信頼です。彼女が団員の身柄《みがら》を賭《か》けようかと言い出したのは、負けるはずがないと確信しているからですよ。決して言葉に出したりはしませんが、あなたがた二人は理想形と言ってもいいくらいの信頼感で結びついているんです」

俺は沈黙《ちんもく》の井戸《いど》に潜《もぐ》り込んだ。返す言葉がなかなか思いつかないのはなぜだろう。古泉の推測が俺の心の的に高得点で突《つ》き立ったからか？　信頼云々《うんぬん》は専門家に任せるとして、確かに俺はハルヒが精神世界で暴走を繰《く》り広げるとは思っていない。それはこの半年間を振《ふ》り返ってみればいいことだ。ＳＯＳ団設立から映画撮影《さつえい》まで、色んなことがあって様々なことが俺たちの前を通り過ぎた。俺自身それなりに成長したつもりだし、ほぼ同様の経験をしているハルヒだってそうだろう。でなけりゃあいつはぶっちぎりに本当のアホだ。取り返しようがないほどの。

「試《ため》してみる価値はある」

ようやく俺は言葉を紡《つむ》ぎ上げた。

「コンピュータ研とのゲーム対戦で負けて、それでハルヒがけったくそ悪い灰色世界を生み出すようなことがあれば、今度こそお前たちの事情なんか知ったことか。ハルヒと一緒《いっしょ》に世界をこねくり回してろ」

古泉は微笑《ほほえ》みだけを浮《う》かべていた。そしてさも当然のようにこう言った。

「それが信頼感というやつですよ。僕が羨ましくなる理由が解りましたか？」

俺は答えず、ただ歩くことだけに集中した。古泉はなおも何かを言いたげな顔をしていたが、聞く耳を持たない俺の様子を感じ取ったのか、とうとう何も言わなかった。

まあいい。古泉が思わせぶりな顔をするのには慣れっこだ。朝比奈さんが部室でメイドの格好をしていたり、ハルヒがいつだって裏付けのない自信に満ちあふれているのと同じくらい普通《ふつう》のことである。

そして長門がいるのかいないのか解らない希薄《きはく》な存在感しか持たないのと同様……とも表現したいところだったのだが――。

一週間後の対コンピュータ研戦の場で、俺は思わぬ光景を目にすることになった。

そんなこんなで翌日の放課後から、連中を仮想敵とした俺たちの特訓が始まった。

特訓と言ってもゲームに興じるだけなのだが、そのコンピュータ研作製によるオリジナルゲームを取り急ぎ概略《がいりゃく》だけでも紹介《しょうかい》しておくべきだろう。

《The《ザ》 Day《ディ》 of《オブ》 Sagittarius《サジタリウス》 3》

というのがゲームタイトルである。なんとかイイ感じにキメようとしてかえって意味不明になってる感が否《いな》めないが、問題視すべきなのは中身なので気にしないことにする。それを言い出せばSOS団なんていうグループ名の下《もと》にいる俺たちの立場がなくなってしまうしな。名称《めいしょう》と活動内容の無意味さ及《およ》び無関係さにかけては、視点をグローバルに広げたところでこの団を下回るものが幾《いく》つもあるとは思えない。しかし3ってことは1と2もあったのか。

それはともかく、まず《The Day of Sagittarius 3》なるゲームの背景となる世界観の説明からおこなうと――。

時はいつの時代か解らん。途方《とほう》もなく未来であることは確かなようだ。人類は外宇宙へと飛び出し、そこそこの版図を築き上げている。そんな宇宙的スケールでの、とある恒星《こうせい》系での領地争いであるようだった。そこには二つの星間国家が樹立しており、互《たが》いに国境線の位置取りに関して果ても見えない闘争《とうそう》を繰り広げている。便宜《べんぎ》的に片方を〈コンピ研連合〉、もう一方を〈SOS帝国《ていこく》〉と並び称することにしよう。おのおの国家は戦場が宇宙空間であるゆえに宇宙軍艦隊《ぐんかんたい》を常備しており、風雲急を告げる事態となると惜《お》しげもなく持てるばかりの戦力を前線に投入、相手を殲滅《せんめつ》するまで無益な戦争をエンドタイトルまで繰り広げるという筋書きになっている。そこには外交や謀略《ぼうりゃく》といった純粋《じゅんすい》な戦闘《せんとう》行動を妨《さまた》げる余計なコマンドなど存在しない。ただ撃滅《げきめつ》あるのみなのだ。ハルヒ好みかもな。

スタート時点では画面はほぼ真っ暗である。モニタの下部で青く輝《かがや》いているのが我々の操作する艦隊ユニットだ。底辺が短めの二等辺三角形の形をしており、それが合計五つ、横に並んでいるのが解る。これこそハルヒが全軍を統括《とうかつ》する〈SOS帝国〉軍の戦力のすべてだ。一ユニットあたりに宇宙戦艦が一万五千隻《せき》ほど内包されているから総数七万五千、それプラス各艦隊に少数くっついている補給艦部隊。それらの戦艦を操《あやつ》って、同数の敵〈コンピ研連合〉の艦隊を撃破すれば勝利条件クリアだが、今回のルールでは互いの大将艦隊、我々なら〈ハルヒ☆閣下☆艦隊〉の旗艦、相手は部長氏艦隊の旗艦を撃破されたら全軍のダメージや撃沈《げきちん》数いかんにかかわらずその時点で負けとなる。

艦隊は一人につき一個艦隊が与《あた》えられ、自分のパソコンからは自分の艦隊ユニットしか操作できない。いくらハルヒが独走しようとも、俺の使っているノートパソコンからはどうしようもないというわけだ。

妙《みょう》なこだわりを感じさせるのは、徹底的《てってい》に索敵《さくてき》しないと敵の位置はおろかこの宙域にどんな障害物が浮いているのかも解《わか》らないってところである。とにかく艦隊を移動させようとしたら、その方角に何がいてどんな物体が転がっているか、まず索敵艇《さくてきてい》を派遣《はけん》して捜査しなければならず、さらにその索敵艇が戻《もど》ってきて初めてその範囲《はんい》の状況《じょうきょう》が解るというまわりくどさ。

艦隊そのものの視界は半径にして数センチ（画面上の距離《きょり》で）しかないため、索敵行動をおろそかにして直進していると思わぬ角度から敵の攻撃《こうげき》を喰《く》らったりして、しかもその敵の位置も解らないといういただけないことに成り果てるのだ。

ただ、味方の艦隊同士はデータリンクで結ばれており（という設定らしい）、たとえば長門の艦隊の視界や索敵艇が持ち帰った情報はそのまま我々全員のものとして共有することができる。俺が何をしなくても真っ暗な画面の中でその範囲だけは明るく表示され、惑星《わくせい》やアステロイドベルト、索敵した時点での敵艦の位置が解るといった仕組みである。

それでも全体マップはやけにだだっ広く、よって、すみやかな敵の位置特定と行動予測が明暗を分けそうだ。

使用できる武器は二種類、ビームとミサイルのみである。敵が射程内にいさえすればビームは発射したその瞬間《しゅんかん》に命中し、ミサイルのほうはノロノロ飛んでいく代わりにホーミング機能を付けることができる。向かってくるミサイルが誘導《ゆうどう》モードに設定されていると避《さ》けようがないので、いちいち撃墜《げきつい》しなければならない。

大まかに言ってそんな感じの、宇宙を舞台《ぶたい》にした2D艦隊シミュレーションゲームである。ちなみにターン制ではなくリアルタイム制で行われるから、悠長《ゆうちょう》に星系を探索しているとたちどころに敵側から袋《ふくろ》だたきにされる。このあたりも変にシビアであった。

来《きた》るべき試合に向け、さっそく我々はゲーム週間に入った。ハルヒだけは机でデスクトップ、それ以外の四人は長テーブルに並んで着いてノートパソコンを見つめながらマウスをカチカチやっているという、なかなかにシュールな光景がここしばらくのSOS団的活動内容になっている。練習は対戦モードでなくCPU戦だが、難易度をベリーイージーにしても一勝をあげるまで三日かかったというのだから、こちら側のゲームスキルランクはほとんどマントル層の下を手動ドリルで這《は》っているレベルだ。

「あーっ！　またやられたっ！　キョン、なんか腹立つわよ、このゲーム」

CPU相手にこの成績じゃあな。ハルヒでなくても頭に来るだろうが、別にゲームバランスが狂《くる》っているわけではなくて、お前の旗艦が前方不如意《ふにょい》のまま突進《とっしん》して相手の集中砲火《ほうか》を一方的に受けているからだ。

「戦術を変えないといけないってのもあるが」

俺はゲームオーバーをもの悲しげなBGMとともに告げている液晶《えきしょう》モニタから目を離《はな》した。

「艦隊のパラメータをいじり直したほうがいいな。特にお前の旗艦艦隊をだ」

個々の艦隊ユニットにおける戦力振《ふ》り分けパラメータは三つあった。『速度』『防《ぼう》御《ぎょ》』『攻撃』である。プレイヤーは最初にポイントを100与えられ、それを三つのパラメータに配分するのが初期設定画面だ。『速度・30』『防御・40』『攻撃・30』といった感じだな。これをハルヒは『速度・50』『防御・0』『攻撃・50』でプレイしてるんだから、奴《やつ》の艦隊装甲《そうこう》は段ボール製も同然だ。宇宙をなめるなと言いたい。とにかく素早《すばや》く動いて敵艦を叩《たた》きのめすことしか考えていないらしく、俺や古泉がどうこうする前に旗艦が沈《しず》んでいれば、これじゃ世話を焼くヒマもねえよ。

「もうっ！ めんどいったらないわね。こんなの作って何が楽しいのかしら。あたしはもっと解りやすいのが好きなのにっ」

不平たらたらだが、ハルヒはそれでも飽《あ》きずにリプレイを始めた。俺のノートパソコン画面に《The Day of Sagittarius 3》のロゴが再表示される。

ハルヒは楽しそうにマウスをクリックしながら、

「RPGにすればよかったのにさ。あいつらが魔王《まおう》とか邪神《じゃしん》の役で、あたしが勇者。オープニング直後にラスボス戦が始まるやつがいいわ。いつも思うのよ、ダンジョンの奥でぼんやり待ってるんじゃなくて最初から親玉が登場しちゃえばいいのに。あたしが魔王ならそうする。そしたら勇者たちも長ったらしい迷宮《めいきゅう》をうろうろしないですむし、簡単に話が終わるし」

むちゃくちゃを言うハルヒを無視し、俺は横にいるその他メンツを順番に見ていった。最もハルヒに近い所に座っているのが古泉幕僚《ばくりょう》総長、次が俺で、その隣《となり》に朝比奈さん、一番隅《すみ》っこに長門がいる。

「これは難しいですね。まあ僕がこの手のゲームに不慣れなせいかもしれませんが。シンプルですがマニアックな操作性です」

適当な感想を述べている古泉は、オセロやってる時と同様ほがらかに微笑《びしょう》しており、必要もないのにメイド衣装《いしょう》を着込んだ朝比奈さんは、

「わわ、ぜんぜん思い通りに動いてくれないんですけどぉ。でもどうして宇宙って設定なのに行動範囲《はんい》が二次元限定になってるんですか？」

基本的な疑問を放ちつつ、慣れない手つきでマウスをカチカチ言わせている。

この二人はいいとしよう。残る一人こそが俺にとっての最大懸案項目《けんあんこうもく》だ。

「…………」

高度な数学的難問に立ち向かっている数理学者のような目でディスプレイを見つめている長門有希。最も早くこのゲームに順応したのはこいつであり、ハルヒの猪突猛《ちょとつもう》進《しん》一直線戦法にもかかわらず唯一《ゆいいつ》の勝利をもぎ取れたのは、彼女の的確な艦隊《かんたい》運用能力がたまたまウマいこと作用したからである。

もちろん釘《くぎ》を刺《さ》してある。魔術だか情報操作だかの超裏技《ちょううらわざ》は決して使わないように。昼休みにそう言っておいた。数秒間、俺の目をじっと見つめていた長門は、無言でこ

っくりとうなずいて同意を示し、俺の肩《かた》の荷物も少しだけ軽くなったものである。おかげで気兼《きが》ねなく対戦ゲームに挑《いど》める。仮にこれで俺たちが勝ってしまったとしてもそれは何かの間違《まちが》いであり、間違ってしまったんだったら仕方がない。うむ、責任回《かい》避《ひ》のイイワケも準備万端《ばんたん》だ。

あとはせいぜい善戦できるだけの戦術を練り直し、奮戦むなしく敗れ去るという演出を考えることにしよう。朝比奈画像フォルダをCDか何かに焼いておくのも忘れずに。

まつろわぬ秋の空にふさわしく一週間がめまぐるしく経過して、いよいよ開戦の時を迎《むか》えた。

ハルヒに率いられた俺たちは文芸部室で定位置につき、コンピュータ研は連中の部室で画面上のカウントダウンを眺《なが》めているという状況《じょうきょう》だ。

プレイ前のモニタが表示しているのはお互《たが》いの艦隊紹介《しょうかい》一覧である。とは言え、解《わか》るのは名称《めいしょう》とどこの隊に旗艦が配置されているかくらいで、パラメータや艦隊位置は隠《かく》されている。

コンピュータ研のユニットは旗艦部隊を筆頭に〈ディエス・イラエ〉〈イクイノックス〉〈ルペルカリア〉〈ブラインドネス〉〈ムスペルヘイム〉なるパーソナルネーム

が付いていた。

なにやらこしゃくなネーミングセンスであり、何をがんばっているのかは知らんが間違ったがんばりかたのように思えてならない。そんな彼らの考え出した愛称の由来を、さして知りたくもないのは俺だけではなかったようで、

「めんどいから右から順番に敵A・B・C・D・Eでいいわ。旗艦部隊がAね」

ハルヒはあっさり敵艦隊のコードネームを変更《へんこう》し、そのまま連中の独りよがりな呼称は忘れ去る構えである。どうせなら俺が指揮することになる〈キョン艦隊〉のことも忘れて欲しいが。

「そろそろね。みんな、いい？　勝ち馬に乗っていくわよ。これは始まりにすぎないの。敵はコンピ研だけじゃないわ。あらゆる邪魔者《じゃまもの》たちを蹴散《けち》らして、SOS団は宇宙の彼方《かなた》までその名を轟《とどろ》かせなきゃダメなの。そのうち教育委員会に掛《か》け合ってすべての公立校にSOS団支部を作るつもりよ。野望は広く持たないと」

ハルヒの誇大妄想狂《こだいもうそうきょう》みたいな檄《げき》をどう感じたか、古泉は親指で緩《ゆる》んだ唇《くちびる》をはじき、朝比奈さんはメイド衣装《いしょう》の袖《そで》を引っ張り、俺は深呼吸のふりをしてため息をつき、長門はぴくりと眉毛《まゆげ》を動かした。

「まあ、あたしたちが負けるわけはないけどね。勝って当然とは言え、手抜《てぬ》きは絶対に禁止！　中途半端《ちゅうとはんぱ》な勝ち方は相手に悪いもん。叩《たた》きのめすのよ」

いつも思うのだが、この自信の原材料は何なのだろう。二ミリグラムでいいから俺にも分けて欲しいね。

「そう？　ちょっぴり注入してあげようか？」

なんだか知らないがハルヒは突然《とつぜん》俺をにらみ始めた。まじめな顔でこっちを見るなよ。俺の顔をそんなに注目したところで大吉《だいきち》のオミクジを吐《は》き出したりはしないぞ。

そのまま十秒ほど経過したあたりで耐《た》えられなくなった俺は目を逸《そ》らし、その途端、

「どう、少しは効いたでしょう」

ハルヒは勝ち誇《ほこ》った笑顔《えがお》を作る。そのニラメッコにどんな効能があったと言うのか。

「エネルギーを視線に込《こ》めて送ってあげたじゃないの。身体《からだ》がポカポカしてくるとか、発汗《はっかん》作用が促進《そくしん》されるとか、そんなのをあんたも感じたでしょ？　そうね、今度から元気のない人を見かけるたびにこうしてあげようかしら」

頼《たの》むから人通りの多いところでガン飛ばしするのはやめてくれよな。ハルヒの元気エネルギー注入行為《こうい》を因縁《いんねん》付けと勘違《かんちが》いして迫《せま》ってくる不良軍団から逃《に》げる方法をシミュレートしていると、

「まもなくスタートですよ」

古泉の面白《おもしろ》がっている声が届き、俺の視線はパソコン画面へと舞《ま》い戻《もど》る。一人だけ緊張感《きんちょうかん》を漂《ただよ》わせる朝比奈さんが、とても不安そうな声で呟《つぶや》いた。

「……どうしよ。自信ないなあ」

そんな真剣《しんけん》にならなくてもゲームで死傷者は出ませんよ。出たとしてもそれは八つ当たりされたディスプレイくらいです。

敗北に怒《おこ》ったハルヒがパソコンを窓から投げ捨てないことを一緒《いっしょ》に祈《いの》りましょう。


十六時零分。

開戦のファンファーレが鳴り響《ひび》き、パソコンの所有権を争う戦いが幕を開けた。


当初、〈SOS帝国《ていこく》〉軍が予定していた作戦はこうである。

先鋒《せんぽう》に〈ユキ艦隊《かんたい》〉、その後ろに〈古泉くん艦隊〉と〈キョン艦隊〉を配置し、さらにその後ろから〈みくる艦隊〉と〈ハルヒ☆閣下☆艦隊〉がついてくる。

——以上であり、以下でもない。

索敵艇《さくてきてい》の派遣《はけん》を「めんどい」の一言で却下《きやっか》したハルヒは敵艦隊をデストロイすることしか考えていないため、実際に敵と遭遇《そうぐう》するまで何の役にも立たないことは歴然としていた。

もっと何の役にも立たないであろう朝比奈さんには、各艦隊から引き抜いた補給艦をまとめてあてがっており、よって〈みくる艦隊〉を表すユニットは他《ほか》よりも若干《じゃっかん》大きめの三角形を形成している。そのぶん動きも鈍重《どんじゅう》になっていて、俺が彼女に指示したのは「戦闘《せんとう》に巻き込まれそうになったら逃げてください」というまことに理路整然とした行動指針である。当然だろう。

ついでにハルヒ艦隊のパラメータは『速度・20』『防御《ぼうぎょ》・60』『攻撃《こうげき》・20』に設定してある。ようはこいつの部隊が壊滅《かいめつ》したら即座《そくざ》に敗北なのだから、防御力重視になるのも仕方のない決断だ。戦争すんのは『33』『33』『34』という平均的な能力配分をなした長門、古泉、俺に任せて後方でじっとしていれば格好の時間稼《かせ》ぎにもなっていいだろうと立案したわけだが、ちょっと目を離《はな》すと前に出たがるのは冒頭《ぼうとう》のシーン通りでもある。

そして今、最初にチラリと述べたようにコンピュータ研とSOS団のシミュレーションゲーム対決、いよいよ決戦の火蓋《ひぶた》が切られようとしているのだった。

「しょうがないわね。じゃ、あたしはしばらく引っ込んでるから、あんたたちで敵をコテンパにしちゃいなさい。みくるちゃん、一緒にちょっと見物してましょ」

「あ、そ……そうですね」

俺の右隣《みぎどなり》で、朝比奈さんは従順にうなずき、小声を甘やかな吐息《といき》に取り混ぜながら、

「がんばってくださいね、キョンくん」

思わず百種類くらいのガンバリでもって応《こた》えたいくらいの声援《せいえん》をくれるのだった。旗艦部隊が〈みくる艦隊〉だったら喜んで弾避《たまよ》け係を仰《おお》せつかるところだが、あいにく守るべきは俺がもし封建《ほうけん》時代の実力派諸侯《しょこう》だったならイの一番に叛乱《はんらん》を起こすであろう横暴なる主君である。しかし残念ながらこのゲームに『反旗を翻《ひるがえ》す』というコマンドはないようだ。ないんだったらしょうがない。とにかく目前の敵を何とかするだけの話さ。

十六時十五分。

長門が猛然《もうぜん》とキーボードを叩《たた》いている。目にもとまらぬスピードというのが比喩《ひゆ》ではなくそこにあった。マウスなどという迂遠《うえん》な物を使う気にもなれなかったらしいのだが、それだけではない。いつの間にやら長門は《The Day of Sagittarius 3》を操作するために独自のマクロを組み上げ、自在に艦隊を運用するより直接的な入力方法を構築したらしいのである。そのおかげで〈ユキ艦隊〉の奮戦ぶりは、ビザンチン帝国ユスチニアヌス帝位《ていい》時代の名将ベリサリウスにも匹敵《ひってき》するのではないかと瞠目《どうもく》する獅《し》子奮迅《しふんじん》さ加減だが、いかんせん多勢に無勢と言ったところだ。

こちらでまともに戦闘参加しているのは〈ユキ艦隊〉〈古泉くん艦隊〉〈キョン艦隊〉の三個艦隊であり、敵側は姿を見せるつもりのなさそうな〈ディエス・イラエ〉〈敵A〉を除いた四個艦隊だ。過去の戦史をひもといて学べることが一つある。基本的に戦争は数で決まる。三対四では、ただでさえ劣勢《れっせい》が決定づけられている俺たちに勝利後のシャンパンファイトをする機会が訪《おとず》れる確率は低く、かといってハルヒや朝比奈さんを引っ張り込むこともままならない。いともあっさりと全軍そろってなぶり殺しアワーをタイムサービスするのは確定的だろう。

「敵は鶴翼陣形《かくよくじんけい》で我々を誘《さそ》い込むつもりのようですよ」

古泉幕僚《ばくりょう》総長が俺に囁《ささや》きかけた。

「このまま追撃して行けば相手の形成した包囲網《ほういもう》に自ら飛び込むようなものです。ここは一時停止して、専守防衛につとめるのが得策ではないかと」

そうは言ってもな。俺はいいけどハルヒがどう言うものだろうか。

それに、だ。

俺は朝比奈さんの頭越《ご》しに、情報参謀《さんぼう》長門の横顔を盗《ぬす》み見た。

なぜだかは知らん。だが、奇妙《きみょう》なことに長門が意表をつくような積極性を見せている。開始早々のこのゲームでも見た目は通常通りの無表情だが、ディスプレイ上の〈ユキ艦隊〉は他のどのユニットよりも能動的に動き回って作戦行動に従事していた。

いったい《The Day of Sagittarius 3》のどこに長門の琴線《きんせん》に触《ふ》れるものがあったというのか。

解析《かいせき》する、という長門の言葉に嘘《うそ》はなかった。いつもは無感動を擬人化《ぎじん》したような宇宙的人造人間は、コンピュータ研作製のオリジナルゲームを隅《すみ》から隅まで熟知するまでになっている。ひょっとしたら作った連中より詳《くわ》しくなっているかもしれない。こいつにかかれば現代地球文明圏《けん》のパソコンなど産業革命以前の工場生産ライン並みにオールドタイマーなのだろうし、赤子の手を捻《ひね》るも同然とはこのことだ。

それにしても長門の目の輝《かがや》きがツヤ消しブラックからシルバーメタリック処理くらいに変容しているのは、ちょっとばかし気がかりなんだが……。

かつてないやる気を見せ、長門はタイピングゲームよろしく目まぐるしい動きでキーをパンチし続けていた。視線は一瞬《いっしゅん》たりとも固定されず、GUIの恩恵《おんけい》を放棄《ほうき》して画面隅に開いた小さなウインドウに、ひたすら指のつりそうなスピードでコマンドを打ち込んでいる。

「………」

〈ユキ艦隊《かんたい》〉は機敏《きびん》に位置を変えながらしきりと索敵艇《さくてきてい》を放ち、迫《せま》り来る敵艦隊の捕《ほ》捉《そく》に全力を傾《かたむ》けていた。それでも現時点で判明している敵の居所は、我が帝国軍《ていこくぐん》の前方にいる〈敵B〉と〈敵C〉の二個艦隊のみだ。長門はその二つの艦隊と互角《ごかく》に戦いながら一人で前線を支えている。こりゃ俺もぼやぼやできねえな。加勢しないと。

そう思って移動し始めた〈キョン艦隊〉の側面に、突如《とつじょ》としてビームの雨が浴びせかけられた。

「なぬ？」と俺。

「おっと、と」と古泉。

見ると〈古泉くん艦隊〉も左舷《さげん》方向から来る砲撃《ほうげき》を浴びている。どこから現れやがったのか、いつの間にか接近していた〈敵D〉と〈敵E〉がそれぞれ左右から俺と古泉のユニットへ側面攻撃《こうげき》を仕《し》掛《か》けていた。たちまち〈キョン艦隊〉の保有艦数が目減りしていく。

「何やってんのよ！」

ハルヒが黄色メガホンで俺に叫《さけ》んだ。

「ちゃっちゃと反撃しなさい！ 返り討《う》ちよ！」

言われんでもそうするさ。こいつら、長門の索敵網《さくてきもう》をくぐり抜《ぬ》けてここまで来るとはなかなかの手練《てだ》れだが、こっちだってハイそうですかとやられるままにはなりはしないぜ。

俺は〈キョン艦隊〉に方向転換《てんかん》を命じ、全艦首を右舷へ九十度回頭させる。そして射程内に敵艦を捕捉、いざ全力射撃——しようと思った瞬間に、〈敵E〉もまた素早《すばや》くUターンして深遠なる闇《やみ》の中に消えてしまった。腹が立ったので追撃しようとアタリをつけて索敵艇を出してみたが、艦影《かんえい》を一つも捉《とら》えることができない。

「くそ、逃《に》げやがった」

どうやら『速度』に特化した艦隊での一撃離《り》脱《だつ》作戦か。〈古泉くん艦隊〉の左舷を襲《おそ》っていた〈敵D〉もぴったしなタイミングで姿をくらましている。なるほど、〈ユキ艦隊〉と小競《こぜ》り合いしている〈B〉〈C〉が囮《おとり》で、〈D〉〈E〉が主戦力なのか。そいで旗艦部隊〈敵A〉は参加せずにどっかでどっしり構えてるという、そういう算段らしいな。

「ひえ、こわいっ」

つたない動きながら、朝比奈さんは着実に自分の艦隊をどんどん画面の隅のほうへと追いやっていた。あまり遠くに行きすぎると俺たちの艦隊は補給先を失ってそのうち武装ゼロとなってしまうが、このままではエネルギーやミサイルの在庫を気にするまでもなく勝敗が決しそうな気配だ。主導権はしょっぱなから〈コンピ研連合〉側にある。

その後も、側面攻撃部隊である〈敵D〉と〈敵E〉は、一回残り物をやったら味をしめて夕食時に必ず現れるようになった近所のノラ犬のようにフラリとやって来ては〈キョン艦隊〉と〈古泉くん艦隊〉にヒットアンドアウェイを敢行《かんこう》し、追いすがろうとするとホーミングミサイルを撃《う》ちまくりながら遁走《とんそう》するという非常にイライラする戦法で俺たちを苦しめてくれた。一気に決着を付けるのは避《さ》け、じわじわとこちらの戦力を削っていく腹《はら》づもりだな。ハルヒの最も嫌《いや》がるパターンだぜ。

一方で、孤軍《こぐん》でもってじりじり前進を続ける〈ユキ艦隊〉は、何とか頭を押さえ込もうとする〈敵B〉と〈敵C〉の波状攻撃を巧《たく》みに受け流しながら効果的な反撃を試みたりしていて、もしこいつの艦隊がなければ俺たちは今頃《いまごろ》宇宙空間を流れる星間物質の欠片《かけら》になっていたかもしれない。負けても敢闘賞《かんとうしょう》くらいならやってもいいんじゃないか。

「…………」

長門は呼吸をしていないような顔で両眼をモニタに据《す》え付け、キーボードの酷使《こくし》を一時たりとも止《や》めることがない。これにはコンピュータ研の連中も意外だったろう。

俺ですら意外に思っているのだ。

ハルヒの負けず嫌《ぎら》いがいつの間に長門にまで伝染してしまったのか、とね。

・

十六時三十分。

事態はいよいよ膠着《こうちゃく》の泥沼《どろぬま》にずっぽりとハマっているようだった。

先頭の〈ユキ艦隊〉が手強《てごわ》いと悟《さと》ったコンピュータ研は、〈敵B〉一部隊を対長門専門に残し、未《いま》だ行方《ゆくえ》の知れない旗艦艦隊〈敵A〉を除いた三個艦隊が交互《こうご》に俺たちの左右を攻めるという時間差波状攻撃を仕掛け始めていた。まったく感心することに〈敵C〉〈D〉〈E〉の連携《れんけい》は熟練の腕前《うでまえ》だ。〈C〉に対処しようとするとすかさず〈D〉が反対側から攻撃を加え、〈D〉を追って進撃すれば〈E〉がさらに側面からビームを放つといった神出鬼没《しんしゅつきぼつ》ぶり、なんかもう手加減を知らない上級者と対戦ゲームやったってちっとも楽しかねえという気分を満喫《まんきつ》できる。少しは遠慮《えんりょ》しろと言いたいが、パソコン数台がかかっているからそうもいかないか。

しかし、これはかなりよろしくない状況《じょうきょう》である。負けるつもりが九割を占《し》めていたのは前述の通りだが、いくら負けるにしてももっとハデな展開を予測していたのだ。じゃんじゃん撃ち合ったあげくの豪快《ごうかい》な撃沈《げきちん》とか、負けたけどいい汗《あせ》かいたし、まあいっか、お互《たが》いよく頑張《がんば》ったよ——みたいなやつをだ。

しかるに何だ、このチマチマとした体力削り作戦は。

「もう我慢《がまん》できないわ」

予想通りと言うか、ついにハルヒが麾下《きか》の旗艦艦隊に単純明快な指令を伝えた。

「全艦《ぜんかん》全速前進よ！　キョン、そこ邪魔《じゃま》だからどいて！　敵の親玉を見つけ出して、タコ殴《なぐ》りにしてくるわ！」

〈キョン艦隊〉と〈古泉くん艦隊〉の間に割って入ろうとする〈ハルヒ☆閣下☆艦隊〉を、俺と古泉は小魚の群れ並みに瞬時《しゅんじ》の連携で押し止《とど》めようとした。

「何すんのよ！　古泉くんまであたしの華麗《かれい》な戦いを妨害《ぼうがい》するつもり？　いいからどきなさい。幕僚《ばくりょう》総長を解任するわよ」

「それは困りますね」

と言いながらも、古泉は自分の艦隊をハルヒ艦隊の針路上から移動させようとはしない。

「閣下、ここは我々にお任せください。不肖《ふしょう》この古泉、一命を賭《か》けて閣下を最後の最後までお守りする所存です。僕の進退に関しましては、戦闘終了《せんとうしゅうりょう》後に好きなようにしてください」

「そうだ」

俺も古泉の肩《かた》を持つ。

「少しでも勝率を上げたいのなら、お前はすっこんでろ。こっちはまだ敵の旗艦も発見できてねえんだぞ」

「だからあたしが発見してやるわよ。たぶんここらへんに――」と俺たちから見えないモニタの端《はし》っこを指差し、「――いると思うから、そこまで一直線に向かうの。それから偉《えら》い者同士、サシでドンパチしてやるわっ！」

どこに行く気かは知らんが、辿《たど》り着く前に〈ハルヒ☆閣下☆艦隊〉は冬眠《とうみん》前の熊《くま》に襲われたミツバチの巣のようになるんじゃなかろうか。

ハルヒは下からぐいぐいと艦隊を突《つ》き上げつつ、マウスを握《にぎ》った拳《こぶし》も突き上げていた。

「だからってじっとしてても同じことでしょ。さっきから見てたら何よ、この〈キョン艦隊〉、敵に逃《に》げられてばかりじゃないのよ。それにどんどん戦力も減らされてるしさ。やっぱあたしが出て行かないとダメね」

「だからやめろって」

俺は自艦隊を操《あやつ》って旗艦艦隊の針路を塞《ふさ》ぎにかかり、さりげなく古泉も反対側から同じ動き、そんなことは知ったことかと〈コンピ研連合〉の三艦隊は一撃離脱攻撃《いちげきりだつこうげき》を延々と繰《く》り返し、朝比奈さんの〈みくる艦隊〉はとうの昔に宇宙空間の迷子《まいご》となっていた。

「ここどこですかぁ？　ああん、なんだかどっちが右なのかも解《わか》らなくなってきましたよう」

右隣《みぎどなり》の朝比奈さんは、俺のノートパソコンと自分のモニタを代わる代わる見て、半分ベソをかいた表情で、

「みなさん、どこに行っちゃったんですかぁ」

いやもう、ごめんなさい。朝比奈さんにおかれましては、どこでも好きな所を好き

なように彷徨《さまよ》っていてくださいとしか。

〈キョン艦隊〉の尻《しり》に食いついてくるおかげで、〈ハルヒ☆閣下☆艦隊〉がギリギリと〈キョン艦隊〉の尻に食いついてくるおかげで、

俺まで身動きが取れなくなってきた。ハルヒの盾《たて》代わりになってるようなもんだから、ひきもきらない敵襲《てきしゅう》によって俺のユニットを示す三角形はどんどん小さくなっていく。

「どきなさい！」

どきたくても動けねえ。薄情者《はくじょうもの》の〈古泉くん艦隊〉は、ハルヒに追突《ついとつ》される前にちょこざいにも離脱しており、そ知らぬ顔で〈敵D〉と砲火《ほうか》を交えていた。ハルヒの足止め役を俺だけに押しつける気か。

「くそ」

俺は〈ハルヒ☆閣下☆艦隊〉と合体中の自軍戦力をなんとか自由にすべく、マウスの左ボタンを押しまくりながらポインタを適当な場所へと移動させる。〈キョン艦隊〉のだいぶ収縮した三角形はナメクジの散歩みたいにのろのろと方向転換《てんかん》するが、いかんせんナメクジだ。その間も敵側からロックオンされた俺の部隊にビームとミサイルがばんばん飛んでくる。

こりゃ、負けたな。

俺が白旗を揚《あ》げたくなったのも仕方ないと納得《なっとく》してもらいたい。こっちの大将がこんなんでは、万に一つの勝機がこっちに舞《ま》い降りようとしてたとしても心変わりして

逃げ出すってもんさ。なんでもそうなんだが、やはりトップが冷静でないと組織は円《えん》滑《かつ》に動かない。よく知らんけど、そんなもんじゃないのか？

俺とハルヒが現実でも電脳空間内でもモメているこの時、SOS団内で大局的な視野の広さと冷静さを持ってゲームを進行させていたのは一人だけであった。

——と、思っていたのだが。

実はそうでもなかったらしいと俺が気付いたのは、テーブルの端《はし》にいる団員の指の動きがさらに加速して、ついには高感度カメラで撮影《さつえい》してからスロー再生しなければ見えないんじゃないかというレベルにまで到達《とうたつ》してからだった。

イライラが高じるあまり爆発《ばくはつ》するのはハルヒの役目であり専売特許でもあるはずだ。だが今回、それは必ずしも正解とは言えないようである。

今この場で誰《だれ》よりも激昂《げっこう》しているらしい人物、それは我がSOS団の誇《ほこ》る物知り情報参謀《さんぼう》にして読書マニアの文芸部員——。

「…………」

長門有希だった。

十六時三十五分。

「うおう？」

信じがたい光景がモニタに忽然《こつぜん》と登場し、俺はうっかりマヌケな声を上げてしまう。

「なんだこりゃ」

〈SOS帝国《ていこく》〉全軍の索敵終了範囲《さくてきしゅうりょうはんい》が一気に三倍になっていた。出現と消失を繰り返していた敵〈C〉〈D〉〈E〉の現在位置もばっちりだ。一つは左翼《さよく》方向から古泉部隊へ向けて射線を微調整《びちょうせい》中で、一つは離脱直後の反転を今まさに終えようとしているところで、一つはもつれ合っている〈キョン艦隊《かんたい》〉と〈ハルヒ☆閣下☆艦隊〉目がけて進軍中である。でまあ、なぜ敵の動きがそこまで解るようになってしまったのかと言うと……。

〈ユキ艦隊〉が二十個に分裂《ぶんれつ》していた。

「これはこれは」

古泉の賞賛の声が俺には虚《うつ》ろに聞こえる。

「さすがは長門さん。よくこんなことをする気になりましたね。僕も一時は考えたのですが、あまりに煩雑《はんざつ》になるもんですから、立案時に放棄《ほうき》したんですよ」

「待てよ古泉」と俺。「こんなの、説明書に書いてあったのか？」

「ありましたよ。最後のほうにですが。やり方を教えましょうか。まずコントロールキーとF4キーを同時押ししてからテンキーで分散する艦隊の数を決定し――」

「いや、いい。俺はやる気がない」

もう一度、モニタをよく見てみる。

さっきまで〈ユキ艦隊〉だった三角ユニットが、不思議光線を当てられたみたいに縮小している。その代わりと言うと何だが、他《ほか》に同じ物が二十個もある。試《ため》しにそのうちの一つを選んでマウスポインタを当ててやると〈ユキ分艦隊12〉と表示された。

分艦隊？

01から20までにナンバリングされたその小三角形たちは、あるものは今まで通り〈敵B〉相手に砲撃戦《ほうげきせん》を続行し、またあるものは敵艦の合間を縫《ぬ》ってまだ見ぬ宇宙へ飛び出し、他のあるものは左右に散開し、それからまた別のあるものは大きくターンして苦戦する〈キョン艦隊〉に加勢してくれるようだった。

古泉、解説しろ。

「ええとですね。一応ですが、艦隊ユニットを二つ以上に分け、個別に操作することができるようになっているのです。上限は確か二十でしたっけ。取説にそう書いてありました」

「何のメリットがあるんだ？」

「御覧《ごらん》の通り索敵範囲が格段に向上します。それだけ目が増えるみたいなもんですからね。他にもありますよ。たとえば艦隊を二つに分けた場合ですと、一個を囮《おとり》にしてもう片方を敵の後背に回らせるとかですね。でもデメリットのほうが大きいのでコンピュータ研側も作戦に取り入れてないようです」

古泉は俺に顔を近づけ、ハルヒには届かないように声を潜《ひそ》めて、

「複数の艦隊操作を一人でしなければならないわけですよ？　一つを動かしている間は残りを動かすことができず、単なる木偶《でく》の坊《ぼう》になってしまいます。ましてや二十個もの分艦隊を同時操作するなど、人間業《わざ》では不可能ですね」

二軒隣《となり》の部屋で肝《きも》を抜《ぬ》かれているであろう面々の表情を想像しながら、俺は横へ視線を滑《すべ》らせた。

「おい、長——」

黙々《もくもく》とキーボードを叩《たた》き続ける長門の両指が生み出すスタッカートは、どんなに耳を凝《こ》らしてもカタカタカタ……ではなく、ガガガガとしか聞こえないまでになっていた。

「あ、あの……。そんなに力入れると壊《こわ》れるんじゃあ……」

おっかなびっくりと朝比奈さんが注進するが、長門は目もくれない。その目がどこを見ているかと辿《たど》れば、長門のパソコンが映しているのはゲームの画面ではなく、黒い背景に白い英数字及《およ》び記号しかないという、なんか大昔のコンピュータのＢＩＯＳ設定画面のようなものだ。それがまた凄《すご》いスピードでスクロールしている。

「なに？」

と、長門は俺を見ずに訊《き》いた。

「……えーとだな」

あのー、長門さん？　あなたは一体何をしておいでなのでしょうか。

心で呟《つぶや》く俺の独り言も思わず丁寧《ていねい》調になってしまうくらい、長門のキーを打ち込む姿からは無形のプレッシャーが感じられた。

ふと自分のモニタで確認《かくにん》すると、二十個に分散した〈ユキ艦隊〉はまるで命を吹《ふ》き込まれた茶柱のように生き生きと動き回って敵を翻弄《ほんろう》していた。すっかり画像の有無《うむ》など問題にしなくなっているらしい……って、ちょっと待てよ。俺はインチキはすんなって言っておいたぞ。

「していない」

と長門は呟いた。ここで初めて俺のほうを向き、しかし手の動きはそのままに、

「特別な情報操作をおこなっているわけではない。課せられたルールを遵守《じゅんしゅ》している」

長門の視線上から離《はな》れるように、朝比奈さんが小さな身体《からだ》を仰《の》け反らせている。長門は俺と目を合わせながら、

「わたしはこのシミュレーションプログラムに含《ふく》まれていない行動を取っていない」

「そ、そうなのか。そりゃすまなかった」

なんか恐《こわ》いオーラがショートカットの頭の上から立ち昇《のぼ》っているようでもあった。

しかし長門の表情も目の色も普段《ふだん》と変わりなく無機質で、にもかかわらずいつもなら「そう」とか言って再び黙《だま》り込むはずが、この時ばかりは次のように言葉を続けた。

それは告発の言葉だ。

「インチキと呼ばれる行為《こうい》をしているのはわたしではなく、コンピュータ研のほう」

間のいいことに、ハルヒは自分のユニットを〈キョン艦隊《かんたい》〉から引き剝《は》がすことに成功し、

「遅《おそ》！　どうしてこんな遅いの？　パソコンに栄養ドリンク振《ふ》りかけたら速くなるかしら」

とか言いながら喜々として前線へと移動させるのに夢中のようだった。

俺は朝比奈さんの前に身体を乗り出して、長門に小声で質問した。

「奴《やつ》らがインチキしてるってのは、どういうことだ？」

超高速《ちょうこうそく》ブラインドタッチを寸時も停滞《ていたい》させることなく、長門は無表情に応《こた》える。

「彼らは我々のコンピュータ内に存在しないコマンドを使用し、この擬似《ぎじ》宇宙戦闘《せんとう》を有利なものとしている」

「どういうこった？」

長門は一瞬沈黙《いっしゅんちんもく》し、考えをまとめるように瞬《まばた》きをして、

「索敵《さくてき》モード・オフ」

と呟いてから、続いて静かな口調で語ってくれた。

その説明によれば、コンピュータ研側が使っているゲームは最初からその「索敵モード・オフ」とやらの状態に設定されていたらしい。そんな切り替《か》えスイッチはもちろん俺たちのほうにはなく、だいたいオンとオフでどう違《ちが》うのかも解《わか》らん。何だそれは。

「オンにすれば索敵行動が義務づけられる。オフの場合はしなくていい。彼らは索敵システムを形骸《けいがい》化し、また必要としていない」

えーとだな、それはいったいどういうことか。

つまり……、

「索敵モードをオフにすれば、マップのすべてがライトアップ表示される」

「マップ全域のすべてが我々の艦隊位置を含めて最初から丸見え」

長門にしては解りやすい説明だ。

「それだけではない」

笑わない宇宙人製人工生命体は淡々《たんたん》と言いつのった。

それによると〈コンピ研連合〉側の艦隊にはワープ機能までついてるそうだ。道理でやけにタイミング良く姿をくらましていたと得心する。〈SOS帝国《ていこく》〉とは技術レ

ベルで五百年くらいの差がありそうだ。戦国時代の歩兵に自衛隊の機甲《きこう》部隊が襲《おそ》いかかっているようなものである。それでは勝てるはずがないじゃないか。

「そう」

長門も保証してくれる。

「我々には敗北以外の選択肢《せんたくし》がなかった」

なかった——か。過去形だな。それで？　今はどうなんだ。現在形で言い換《か》えて欲しいところだったが、長門の黒い瞳《ひとみ》に見たことのない感情の揺《ゆ》らぎを感じて俺はちょっと頭を引きつつ、

「でもな、長門。やっぱり宇宙的なパワーはなしにしたいと思うんだ。連中がズルしてるのはよく解ったよ。しかしさ、だからと言ってこっちがさらにインチキな魔法《まほう》を使って対抗《たいこう》しちまったら、結局は連中と同じことになっちまうぜ。いやそれ以上だ。お前の手品は地球上の法則にあんまり則してやいないからな」

「あなたの指示に違反《いはん》することはない」

長門は即答《そくとう》した。

「地球の現代技術レベルに則《のっと》ってプログラムに修正を施《ほどこ》したいと思う。既知《きち》空間の情報結合状態には手を付けないと約束する。人類レベルの能力にあわせ、コンピュータ研究部への対抗措置《そち》をとる。許可を」

俺に言ってんのか。

「わたしの情報操作能力に枷《かせ》をはめたのはあなた」

……………。

こいつと出会って半年以上が経《た》つ。その間で、俺は長門の無表情の奥に隠《かく》された微《び》妙《みょう》な感情的変化——こいつにまともな感情があったらの話だが——を、曲がりなりにも多少は感じ取れるとそれなりの自負を覚えるようになっていた。このとき俺が長門の白い顔にピコ単位で見いだしたのは、紛《まぎ》れもない決意の色だ。

朝比奈さんが驚《おどろ》いた顔で俺を見ている。古泉も見ているが、ただしこいつは半笑いだ。ハルヒだけが何事かわめきながらビームとミサイルを景気よくまき散らしていて、ほどなく弾《たま》切《ぎ》れで敵《てき》陣《じん》の真ん中で立ち往生することだろう。決断するに残された時間はあまりない。

何と答えよう……そう悩《なや》んだのは数秒間程度だった。長門はやる気になっている。こんな長門は初めて見た。思うに、これはいい兆《ちょう》候《こう》だという気がしてならないのだ。情報統合思念体に製造された人間そっくりの有機アンドロイド。案外こいつもベタなロボットにありがちな、人間になりたいという欲求が芽生えつつあるのかもしれない。

そして俺は、それがよくないことだなんて全然思わないのである。

「よし、長門。やっちまえ」

俺は励《はげ》ますような笑《え》みを浮《う》かべて太鼓判《たいこばん》を押した。

「この世の人間にできる範囲《はんい》内で、何でも好きなようにやれ。コンピ研に一泡《ひとあわ》吹《ふ》かせてやるんだな。二度と俺たちにクレームをつけることのないように、ハルヒが望むとおりの結末を見せてやるがいいさ」

長門は長い間、俺の主観では途方《とほう》もなく長く感じられた時間、俺を見つめていた。

「そう」

発したリアクションははなはだ短く、それから長門は実行キーをパチンと押して、たったそれだけで形勢はいきなり逆転した。

十六時四十七分。

狡猾《こうかつ》な罠《わな》はすでに仕組まれていたのである。

あまりの唐突《とうとつ》さに唖然《あぜん》とするほどだが、俺の驚愕《きょうがく》ゲージなどまだまだ修行《しゅぎょう》の足りない門前の小坊主《こぼうず》並みくらいであろう。対戦相手のコンピュータ研連中は、今頃《いまごろ》世界恐慌《きょうこう》一日目のウォール街程度にパニック状態に陥《おちい》っているに違いない。

すべては長門がさっきからやっていた分身の指術の結果だ。つくづく味方でよかった。お供え物の一つ二つ自腹を切って進呈《しんてい》してもいい気分である。今度面白《おもしろ》そうな本を買ってきてプレゼントしてやるよ。そういやこいつの誕生日はいつってことになっているんだろうね。

まあ、それは後々考えることにして、状況《じょうきょう》説明に戻《もど》らせてもらおう。

敵艦隊《てきかんたい》の数々はプレイヤーの茫然《ぼうぜん》ぶりを体現するように動きを止めていた。

長門は自分のノートからコンピュータ研のパソコン五台に侵入《しんにゅう》を果たすと、稼働《かどう》している《The Day of Sagittarius 3》のプログラムを直接いじくったらしい。どうやったらそんなことができるのかは訊《き》くな。俺に解《わか》るわけがない。ないのだが目的はただ一つ、相手側の索敵《さくてき》モードをすべてオンにするためである。これにより〈コンピ研連合〉の可視範囲は大きく削《けず》り取られた。さぞ画面の暗闇《くらやみ》部分が増えたことだろう。連中は索敵艇《さくてきてい》を飛ばす必要がなく、また実際にまったく飛ばしていなかったとの情報参《さん》謀《ぼう》の報告だ。

長門はさらに相手側の『索敵モード』をオン状態のままで固定されるよう奴《やつ》ら側のソースを書き換えてしまい、かつ自分以外の誰《だれ》にも修復できないようにロックした。ただしワープ機能は削除《さくじょ》するのではなく、ちょっぴり変更《へんこう》を加えてそのままにしておく。長門考案によるちょっとした謀略《ぼうりゃく》さ。

これらを全部、ゲーム中の二十個分艦隊を器用に動かしながら例の宇宙人的能力なしにやってのけたのだから、普通《ふつう》の人間シバリを付けたとしてもこいつはやはり尋常《じんじょう》ではないよな。

「さて、ようやくチャンス到来《とうらい》ですよ」

古泉が愉快《ゆかい》げな微笑《ほほえ》み混じりに画面上の状況をナレーションしてくれた。

「ご覧ください。〈敵C〉と〈敵D〉は無数の〈ユキ分艦隊〉に阻《はば》まれて我々の位置を見失っています。〈敵E〉は僕と交戦中で、それから〈敵B〉ですが、このままですと間もなく〈ハルヒ☆閣下☆艦隊〉の射程に入ります」

「敵みっけ！」

ハルヒの喜びに溢《あふ》れた声が響《ひび》いて、古泉のセリフを証明した。

「撃《う》て撃て撃て撃てー！」

モニタに額をつけんばかりにして、ハルヒは雄叫《おたけ》びをあげている。

鎖《くさり》から解き放たれた〈ハルヒ☆閣下☆艦隊〉はビームとミサイルを八方に撃ちまくりながら敵艦隊へと突入《とつにゅう》していた。泡を食った〈敵B〉は慌《あわ》てて急速回頭、逃《に》げだそうとするその先には俺の〈キョン艦隊〉が待ち受けている。

「そらよっと」

俺は人差し指をわずかに動かして、持てるビームのありったけを〈敵B〉の鼻先に撃ち込んでやった。

「こらキョン、それはあたしの獲物《えもの》よ！　よこしなさい！」

挟《はさ》み撃ちにされた〈敵B〉は瞬《また》く間に形を崩《くず》していく。ぷるぷる身をよじっていた〈敵B〉ユニットは、やがて小さなビープ音とともに爆散《ばくさん》した。一丁上がり。

さらなる獲物を求め、ハルヒは移動式打ち上げ花火装置と化した艦隊を今度は〈敵E〉の横腹へと転進させる。古泉と押し合いへし合いをしている〈敵E〉もまた、二正面作戦を強いられた結果としてざくざく艦数を減らしていった。

苦しげな挙動を見せていた〈敵E〉だが、ついに万策尽《ばんさくつ》きたと覚悟《かくご》を決めたのだろう。それまで決して〈SOS帝国《ていこく》〉軍の目の前でだけは使わなかった隠《かく》しコマンドを強行した。

「あ、消えた！　え？　何で？」

ハルヒが叫《さけ》び、俺はついにこの時が来たことを知った。それまで十字砲火《ほうか》のただ中にいた空間から〈敵E〉が消滅《しょうめつ》している。

ワープってやつだ。もうちょっと凝《こ》った名前を付けたらいいのに、今どきワープもないだろうよ。

だが、これこそ長門の仕《し》掛《か》けた狡猾な罠の真髄《しんずい》だった。

「あれっ。何か違《ちが》うのが出てきたわよ」

ハルヒの声を聞きながら、俺はすでに手を休めていた。

「きゃっ？」

朝比奈さんも可愛《かわい》く驚《おどろ》き、しきりに瞬《まばた》きしながらモニタを見つめる。

「キョンくん、なんかあたしが動かしてたやつ、どっかいっちゃいましたけど……」

ワープしたのは〈敵E〉だけではない。〈ハルヒ☆閣下☆艦隊〉だけをそのままに、敵味方合わせてすべての艦隊が空間転移していた。

長門が変更したプログラム、それは『コンピュータ研のいずれかの艦隊がワープ機能を起動させれば、敵味方の区別なく〈ハルヒ☆閣下☆艦隊〉を除いたすべての艦隊も同時刻に、及《およ》び強制的にワープする。各艦隊におけるワープ後の出現座標は指定したコードに従う』、というものだった。

目には目を、インチキにはインチキを。ただしインチキすぎないように。

向こうの驚愕《きょうがく》は索敵モードんときとは比べものにならんだろうな。俺は初めて目にしたコンピ研旗艦艦隊《かんたい》〈敵A〉(ディエスなんとか)を画面上に発見し、その出現位置を確認《かくにん》して肩《かた》をすくめた。

「因果応報ってやつさ」

部長氏の〈敵A〉は〈ハルヒ☆閣下☆艦隊〉のド真ん前に登場させられていた。

その真後ろには同じように飛ばされてきた無傷の〈みくる艦隊〉がほとんど触《ふ》れあうような距離《きょり》にいて、さらにショートワープした〈古泉くん艦隊〉によって右舷《うげん》に狙《ねら》いを定められ、反対側の左舷攻撃《こうげき》を担当するのは再び合体した〈ユキ艦隊〉であり、斜《なな》め横には添《そ》え物程度に小さくなった〈キョン艦隊〉が控《ひか》えている。コンピュータ研の他の連中がどこにいるかと捜せば、広いマップの遥《はる》か片隅《かたすみ》に四艦隊揃《そろ》って瞬間《しゅんかん》移動を遂《と》げていた。そこまで行ってたらもうどうやっても間に合うまい。〈SOS帝国〉軍全艦隊による包囲網《ほういもう》の中で、〈敵A〉一個艦隊のみが立ち往生していた。

「なんかよく解《わか》んないけど」

ハルヒは舌なめずりせんばかりの潑剌《はつらつ》とした表情となって、大きく片手を振《ふ》り上げた。

「全艦全力射撃！　敵の大将を地獄《じごく》の業火《ごうか》で焼いてあげなさい！」

その合図とともに、ハルヒ、古泉、俺、長門の艦隊が一斉《いっせい》に武装の限りを放出した。あわあわしていた朝比奈さんも、長門の「撃って」という冷たい声にビクッとなりながら、この日初めての攻撃を四面楚歌《しめんそか》の〈敵A〉にたっぷりとお見舞《みま》いする。

「ごめんなさい……」と朝比奈さん。

何が何だか解っていないのはコンピュータ研部長だろうな。奥のほうで高みの見物を決め込んでいたらいきなりインチキ索敵《さくてき》が解除され、何もしてないのに突然《とつぜん》ワープしたあげく敵陣《てきじん》の真ん中に出現してしまったのだから。

「や、……」

れやれ、と続けそうになって言葉を飲み込んだ。古泉がニヤリと微笑《ほほえ》みかけてくる。

無視だ、無視。

画面に注意を戻《もど》すと、部長氏の〈敵A〉艦隊は、前後左右の至近距離からビームのシャワーとミサイルの雨をくらい、ひっくり返った草ガメのようにのたうちまわっていた。うーん、自業自得と言っても今回ばかりはいいんじゃないかなあ。アンフェアなことを企《くわだ》てたのはそっちが先だしさ。でもまあ、存在している段階ですでにアンフェアな長門有希を持っていたこっちもあまり偉《えら》そうな顔はできないか。

長門の速射砲《そくしやほう》的キータイピングが、とうとう最後まで休憩《きゆうけい》なしでいっちまった。〈敵A〉艦隊はバルカン砲の残弾《ざんだん》カウンターのように見る見る数を減らしていき、最後に残った一隻《せき》を〈ユキ艦隊〉のドット単位で精密照準されたビームに狙撃《そげき》され、それが敵旗艦の最期《さいご》の見納めとなった。

ちょろいファンファーレが鳴り響《ひび》き、五台のモニタに輝《かがや》かしい文字が表示されてゲームは終わる。

『You Win!』

十七時十一分。

決着がついてから約十分後、部室のドアをノックする者がいた。

よろよろと入ってきたのはコンピュータ研の連中であり、中でも部長氏はやけっぱちのような口調で、

「負けたよ。完全にウチの負けだ。潔《いさぎよ》く認める。すまない。謝る。勘弁《かんべん》して欲しい。この通りだ。キミたちを甘く見ていた。間違《まちが》っていた。完敗もいいところだった」

頭を下げる部長氏の前で、ハルヒは日時計のように鼻高々と立っていた。睥睨《へいげい》するハルヒ閣下の視線を浴びて、コンピュータ研の部員たちは体調のよくなさそうな顔色でうなだれる。

「あんなに見事にスッパリとすべてを見透《みす》かされていたなんてね……。僕たちが姑息《こそく》な手を使っていたことは申し開きしようもない事実だ。でもまさか……。プレイの最中にゲームの中身を書き換《か》えられるとは……。信じられないけど……これも事実か……」

虚構《きょこう》の別世界にイってしまったような目で部屋を見回す部長氏に、ハルヒは眉毛《まゆげ》を片方だけ吊《つ》り上げて、

「何ブツブツ言ってんの？　負けたイイワケなんか聞きたくないわよ。でさ、約束は覚えているわよねえ？」

楽しそうに指をちっちと振っている。勝った嬉《うれ》しさに浸《ひた》るあまり、とんでもなく不自然な勝ち方をしたことに対する疑問は頭のどこを探しても見つかりそうにない。こいつにしてみれば、ようするに勝ったもん勝ちなのである。

「もう文句はないでしょ？　このパソコンはあたしの物で、それからノートパソコンもあたしたちの物よね。忘れたとは言わせないし、言ったらかなりキッツい目にあわせるわよ。そうねえ、手始めに『緑色のコビトが追いかけてくる』と叫《さけ》びながら素《す》っ裸《ぱだか》で校庭を十周するの刑《けい》に処すわ」

無体な言葉にコンピュータ研部員たちはさらに首を前倒《まえだお》し。それを気の毒に思ったのか気詰《きづ》まりだったのか、

「あ……、そだ。お茶でもいかがですか？」

気ぃ遣《つか》いの朝比奈さんが立ち上がって湯沸《ゆわ》かしポットへ向かい、苦笑《くしょう》を浮《う》かべた古泉がガラクタ入れの中から紙コップのパックを取り出していた。長門はパイプ椅子《いす》に座ったまま、ハルヒの前に整列して頭を垂れる男子生徒たちを冗談《じょうだん》の通用しそうにない目で見つめている。

ハルヒはなおも上機嫌《じょうきげん》に演説をしているが、その部員たちの列から一人、部長氏がゆらりと離《はな》れて俺のもとに近寄ってきた。

「なあ、キミ」と彼はか細い声で、「あれをやったのは誰《だれ》なんだい？　世界でも通用しそうな凄腕《すごうで》ハッカーは。……いや、だいたい想像はつくんだが……」

長門がゆっくりと俺を見上げ、部長氏は長門を見ていた。

まあな。どうやら部外者から見ても、こんな頭良さげなことをしそうなのは長門が

最有力候補に見えるようだ。

「ものは相談だが」

部長氏は長門に向かって、

「キミがヒマなときでいい。たまにでいいのでコンピュータ研の部活に参加してみないか？　いや、してくれないか？」

なんか勧誘《かんゆう》し始めた。さっきまで炎天下《えんてんか》に三日間放置された冷凍《れいとう》サンマみたいだった目の色が活気づいている。人間心底参ってしまうと開き直るしか手だてがないのかもな。

長門はモーター内蔵のような動作で顔の向きを部長氏へ移動させ、その動作を逆回転させるようにして俺に向き直った。何を言うでもなく、闇《やみ》ガラスのような瞳《ひとみ》に物問いたげな光だけを反射させて、じいっと俺を見つめている。

「……………」

なんだろう。念波でも送っているつもりなのか。それとも判断の是非《ぜひ》を俺にゆだねる意思の表れなのか。そんな顔されても（と言っても無表情だが）困るぜ。お前への問いかけなんだ、そんなもん自分で判断すればいい。むしろ、そうするべきだ。

俺が長門をならって無言の光線を返答として送っていると、

「ちょっとちょっと、そこで何やってんのよ」

ハルヒが俺たちの間に割って入った。

「勝手に有希をレンタルしちゃだめよ。そういう話はまずあたしを通しなさい」

やはりデビルイアー、聞こえていたらしい。ハルヒは腰《こし》に両手を当て、いっそ誉《ほ》めたいくらいの偉《えら》そうなポーズで、

「いい？　この娘《こ》はSOS団に不可欠な無口キャラなの。あたしが最初に目を付けたんだからね、後から来たって遅《おそ》いわよ。どこにもやったりしないんだから！」

お前が目を付けたのは部室であって長門ではなかったはずだが。

「いいの！　有希込《こ》みでこの部室をもらったんだから。あたしはこの部屋にあるものは、たとえ泡《あわ》の抜《ぬ》けたコーラでも誰かにあげたりしないわよ」

それはあたしのだから、と誰にはばかることなくセーラー服の胸元《むなもと》を威勢《いせい》良く反らすハルヒだった。

「まあ、待て」

俺は言った。そして考えた。

これでも俺は長門の表情を読むことにかけては誰よりも自信を持っているつもりだ。何たって三年前の長門有希に出会ったことのある男なのだ。感情の顔面的表現をほぼ完璧《かんぺき》に抑《おさ》えている長門だが、まったく無感情でもないらしいと俺は感づいていて、ループモードの夏休み事件でもそうだったし、今回のゲーム対決でも何となく解《わか》った。

そう、いつだったか、市立図書館に誘《さそ》ったときにも感じたことだ。

長門にだって興味を惹《ひ》かれるものが少なからずある。

コンピュータ研との《The Day of Sagittarius 3》対戦で誰よりもムキになっていたのはハルヒではなく長門だ。読書以上の熱意を傾《かたむ》けていたキーパンチ。それがインチキトリックの封印《ふういん》を申し伝えた俺の言葉に由来するのかどうかは解らん。しかし俺にはキーボードを叩《たた》くその姿がなぜか楽しそうに見えたのだ。小難しい本を読む以外の新しい趣味《しゅみ》がこいつに芽生えたのだとしたら、別に否定するものではないんじゃないか？　このSOS団アジトで部屋の付属品になっているよりも、他者と接することで学校生活にわずかでも溶《と》け込むほうがこいつにとっても喜ばしいのではないだろうか。

いつまでも涼宮ハルヒの監視《かんし》だけでは、長門だって疲《つか》れるに違《ちが》いない。宇宙人製有機ヒューマノイド・インターフェースだって、たまには気晴らしが必要だ。

「お前の好きにしろ」

今日ばかりは部長氏の肩《かた》を持つことにした。

「パソコンいじりは楽しかったか？　なら、お前の気の向いたときでいい、お隣《となり》さんに行ってコンピュータをいじらせてもらえ。自主制作ゲームのバグ取りでもしてやったら感謝されるぞ。きっとこれよりも高性能な遊び道具が揃《そろ》ってるだろうし」

長門は無言で、だが微細《びさい》に表情を揺《ゆ》れ動かしながら俺を見ている。それでいいのかと訊《き》いているようでもあり、どうすればいいのかと尋《たず》ねているようでもあった。揺らめく影《かげ》めいたものが長門の黒飴《あめ》みたいな瞳を通り過ぎたような気がした。

ずいぶん長い刻《とき》が流れたように感じたが、実際は瞬《まばた》き三回分くらいだったろう。

「……そう」

何がそうなのかと問いただす前に、長門はかくりとうなずき、部長氏を見上げてオクターブの変わらない声でこう言った。

「たまになら」

当然ながらハルヒはゴネた。

「勝ったのはあたしたちなのに、どうして大切な団員をレンタルしないといけないのよ。レンタル料は高いわよ。そうね、一分につき千円が最低ライン！」

分給千円なら俺が買って出たいね。

「涼宮閣下」

お茶をすすっていた古泉が得意の笑顔《えがお》を振《ふ》りまきながら近づいた。

「閣下たるもの、時には敗軍の健闘《けんとう》を讃《たた》えることも必要かと存じます。ただ強いだけでなく度量の広さを見せつけるのもトップに立つ者の条件の一つですよ」

「え、そうなの？」

ハルヒは口をアヒルのクチバシ状にしながら、

「まあ、有希がいいんならいいけど……。でも！　ノートパソコンは返さないわよ。あ、それからね、」

話してる最中に名案を思いついたらしい。ハルヒは部長氏をにらみつけながらニンマリと笑顔を作る。いそがしい顔面だな。

「いい？　あんたたちは敗残兵、勝者の言うことは何でも素直《すなお》に聞かないといけないの。それが戦争ってもんよ」

お盆《ぼん》をしずしずと持ってきた朝比奈さんからお茶（雁音《かりがね》だったか？）をひったくってガブガブ飲みつつ、

「あんたたち全員、今後あたしに絶対的な忠誠を誓《ちか》いなさい。うん、悪いようにはしないわ。あたしは実力主義だからね、がんばりようによっては正式な団員にしてあげてもいいわよ。たとえば……そうね、生徒会と全面戦争するときはあたしの手足となって働くの。それまでは準団員ね」

この調子で全校生徒SOS団団員化を企《くわだ》てているのではないだろうな、という俺の危惧《きぐ》も知らずにハルヒは意気揚々《ようよう》と、

「古泉くん、さっそく調印書を作ってちょうだい」

「かしこまりました、閣下」

幼少の皇帝《こうてい》を意のままに操《あやつ》る外戚宰相《がいせきさいしょう》のような笑みで返答し、古泉はさっそく自分の物になったばかりのノートパソコンに何やら打ち込み始めた。


翌日以降も部室の風景が格別に変化するということはなかった。猫《ねこ》に小判状態のノートパソコンが無駄《むだ》に増えただけである。朝比奈さんはメイドルックであちこちハタキがけしてからヤカンをカセットコンロにかけ、古泉は一人バックギャモンをやって、長門はテーブルの隅《すみ》で黙然《もくぜん》と読書にふけりつつ、次にハルヒが何かを言い出すまでのつかの間の平穏《へいおん》を楽しんでいた。

そんな変哲《へんてつ》のないSOS団的日々の放課後で、ごくまれに読書好き宇宙人の姿を見失うときがある。いないいなと気づいた数分後には、またふらりと現れて読書を開始するから、俺の認識《にんしき》上ではやはり長門はこの部屋の真の主のようなものだった。

「…………」

海外ミステリ小説を原書で読む長門の見た目は、ぱっと見、何も変わっていない。中身が変わりつつあるのかどうかは……さて。俺にも解《わか》りようはないな。

長門は相変わらず、ここにこうしてちゃんといる。気まぐれな微風《そよかぜ》のようにお隣《となり》にも顔を出しているらしい。それで充分《じゅうぶん》さ。

「キョンくん、どうぞ。今回は中国のお茶に挑戦《ちょうせん》してみました。ふふ……どう？」

控《ひか》え目に微笑《ほほえ》む朝比奈さんからマイ湯飲みを受け取り、ゆっくり味わいながら飲んでみても今までの茶葉とどう違《ちが》っているのか俺の舌はとりたてて感激したりはしなかった。あなたのくれるものなら雑草ジュースだって美味に思えるに決まってますよ。

俺は感想を心待ちにしている顔の朝比奈さんに何と返答したものかとボキャブラリーを探《さぐ》りながら、当分は変な事件に巻き込まれることもないだろうと考えていた。

その予想が大間違いだったと判明したのは、それから一ヶ月後、冬休みとクリスマスの押し迫《せま》った師走《しわす》の半ばのことである。

涼宮ハルヒの存在を見失ったとき、俺はそれを悟《さと》ることになった。

序章・冬

　涼宮ハルヒに関して色々思うところがあるのは当然だろうが、俺が端的《たんてき》にこいつを言い表すとしたら、それはこんな感じのキャッチコピーになるだろう。

　日本一核《かく》ミサイルの発射ボタンを持たせてはいけない女、ここに厳存す。

　一般論《いっぱんろん》として普通《ふつう》の女子高生がそんなもんを持つことは万が一にもないが、こいつに限っては万分の一の確率が億になろうと、あるいはマイナスの累乗《るいじょう》がどこまでも続こうとまったく関係がない。あくまで持つか持たないか二つに一つなのだ。カウントダウンタイマーがついてないのに作動を始めた時限爆弾《ばくだん》よりタチが悪く、メルトダウン必至の原子炉《げんしろ》より迷惑《めいわく》なシロモノであるわけだが、そいつを作動停止といかないまでもマナーモードくらいにはすることは、方々に迷惑をかけた末に何とかできるらしいと俺は知らされていた。

　それはこいつの退屈《たいくつ》をどうにかして紛《まぎ》らわせ、核ミサイルのことなんかを一瞬《いっしゅん》でも考えたりさせないことだ。当分の間でいいから他《ほか》の何かに熱中させることができたら、ウチの三毛猫《みけねこ》シャミセンがペットボトルの蓋《ふた》を投げてやると三分くらいは齧《かじ》りついているのと同じ理屈《りくつ》で、その何かにかかり切りになるだろうから——。

というのが、かつて語った古泉の主張の要旨《ようし》であり、奴《やつ》は現在でも意見を変えていないらしい。

てなわけで、俺たちはまたもや唐変木《とうへんぼく》な目に遭《あ》っていた。

遭っていた？　いやホントにな。会うでも合うでも逢《あ》うでもない。いまくらいこの字がバッチリはまっている状況《じょうきょう》もそうそうないぜ。

なぜなら俺たちは現在、正真正銘《しょうしんしょうめい》十全パーフェクトなまでに遭難《そうなん》していたからだ。

雪山症候群

「まいったわね」

俺の前を歩いているハルヒが本心を吐露《とろ》するように言った。

「全然前が見えないわ」

ここはどこかと訊《き》くかい？　夏休みは孤島《ことう》に行った。では冬休みにはどこに行くかをハルヒの頭になって考えてみればいい。

「おかしいですね」

古泉の声は最後尾《さいこうび》から聞こえる。

「距離《きょり》感から言って、とっくに麓《ふもと》に着いているはずですが」

ヒントは、寒くて白い所だ。

「冷たいです……うう」

吹《ふ》き付ける風のせいで朝比奈さんの声は切れ切れだ。俺は振《ふ》り返り、カルガモのヒナのようにおたおたと歩いているスキーウェアを確認《かくにん》した。励《はげ》ますようにうなずきかけてあげてから目を先頭に戻《もど》す。

「………」

俺たちを先導している長門の足取りも心なしか重い。踏《ふ》みしめる白い結晶《けっしょう》が粘着《ねんちゃく》するかのようにスキー靴《ぐつ》にまとわりつき、一歩ごとに体積を増している感じだ。そんな感じになるような場所と言えばどこだ？

面倒《めんどう》だ。答えを言っちまおう。

見渡《みわた》す限りの白景色で、行けども行けども冷たい雪しか目に入らない。

そうとも、ここは雪山以外のどこでもない。

それも吹雪《ふぶき》がオプションされたやつである。

吹雪の山荘《さんそう》にやってきたあげく、その雪山で絶賛遭難中——。それがいま俺たちの置かれている限りなく正確な状況だった。

さあてと。これは誰《だれ》が予定した筋書きなんだろうな。この時ばかりは結末のあるシナリオの存在を信じたい。でないと、俺たちはここで五人揃《そろ》って凍死《とうし》の憂《う》き目に直面し、春頃《ごろ》になって溶《と》けた雪の下からチルド状態で発見されかねん。

古泉、なんとかしろ。

「そう言われましてもね」

コンパスに目を落とした古泉は、

「方角はあっているはずです。長門さんのナビゲーションも完璧《かんぺき》でした。にもかかわらず僕たちはもう何時間も山を下りることができません。普通に考えて、これは普通の状況ではありませんね」

じゃあどういうことなんだ。俺たちは永遠にこのスキー場から出られないのか？

「異常であることは間違《まちが》いないようです。まるっきり予測不能でした。長門さんにも原因が解《わか》らないのですから、何にしろ不測の事態が発生したということだけは解ります」

そんなん俺にも解ってる。先頭を歩く長門が帰り道を発見できずにいるのだから、これは相当おかしなことだ。

またか。またハルヒが何かロクでもないことを考えついてしまったからか。

「一概《いちがい》には言えませんね。これは僕の感覚が教えてくれる勘《かん》ですが、涼宮さんは決してこのような現象を望んだわけではないと思います」

どうして言い切れる。

「なぜならば、涼宮さんは宿の山荘で発生する不思議な密室殺人事件劇を楽しみにしていたはずだからです。そのために僕もいろいろ考えたのですから」

夏に続いて冬の合宿先でもマーダーゲームが予定されていた。前回は失敗気味のドッキリだったが、今度は最初から自演であることを明かしての推理大会である。実は登場人物も同じで、孤島で俺たちを待っていた荒川執事《あらかわしつじ》に森園生《もりそのう》メイド、多丸《たまる》兄弟がまたもや同じ役名と間柄《あいだがら》で芝居《しばい》してくれることになっていた。

「確かにな……」

実際、ハルヒは犯人と犯人特定に至るトリックの解明を楽しく待ちわびていたから、まさか今夜にも事件が起こると解っている山荘に帰り着くのを無意識にだって拒否《きょひ》したりはしないだろう。

付け加えれば、そこには臨時エキストラとして鶴屋さんと俺の妹、それからシャミセンまでいて、俺たちの帰りを待っているのだ。

実を言うと俺たちが宿にしている山荘は鶴屋家が所有する別荘だった。あの明るく調子のいいお方は自分もついて行くことを条件に合宿所提供を快諾《かいだく》し、シャミセンは古泉が考案したトリックの小道具として使用するためで、妹は勝手に俺の荷物に付着していた。その二人と一匹《ぴき》は遭難仲間には入っていない。シャミセンは山荘のマントルピースの前で丸まってるだろうし、鶴屋さんはスキーのできない俺の妹につきあって雪ダルマを作って遊んでいた。それが俺の覚えている最後の光景だった。

三者ともハルヒ的にはほぼSOS団準団員であり、再会を拒《こば》む理由は誰にも、特にハルヒにはありはしない。

だったらなぜだ。なぜ俺たちは暖房《だんぼう》の効いたSOS団冬合宿の場へと帰還《きかん》を果たせないんだ。

長門の力をもってしても行き先が見通せないとは、いったいこれはどうしたことだ？

「夏冬連続で嵐《あらし》とはね……」

学校が長期休暇《きゅうか》に入るたび、俺たちは人知を超《こ》えた現象に遭遇《そうぐう》しなければならないという法則でもできたのか？

疑問と不安のブレンドを幻味《げんみ》的に味わいつつ、俺は過去の記憶《きおく》を呼び出していた。

「なんでこんなことになっちまったんだ？」

では回想モード、スタート。

………

……

…

冬休みに合宿することはほとんど決定された未来に等しく、そんな未来があらかじめ見通せていたなら実際にその通りのことが起こっても驚《おどろ》きはない。

なんせ夏休み初日に出発した殺人孤島《ことう》ツアー（台風付き）が終了《しゅうりょう》したと思ったら、すでにその帰りのフェリーの船上において高らかに宣言されちまい、誰《だれ》が宣言したかというとそれはハルヒ以外の誰でもなく、その決意表明をうやむやのまま呑《の》まされたのはハルヒ以外の俺たちでありツアーコンダクターに叙任《じょにん》されたのは古泉である。我らの団長はこういうところだけはやけに物覚えがいいらしく、
冬になったら別のことに興味が向いているかと少しは期待していたのだが、

「年越しカウントダウンｉｎブリザード」

俺たちにホチキスで留められたペラが回ってきた。配り終えたハルヒは誘拐犯《ゆうかいはん》が子供に向けるような笑顔《えがお》で、

「予定通り、この冬は雪の山荘に行くわよ。ミステリアスツアー第二弾《だん》！」

場所は部室で、時間は終業式が終わったばかりの二十四日のことである。長テーブルの上ではカセットコンロにかけられた土鍋《どなべ》がグツグツ言っており、俺たちは雑多な食材が適当に煮《に》えているだけのその鍋を囲んで昼飯代わりにしていた。

ハルヒがデタラメな順番で投入する肉や魚や野菜類を、三角巾《さんかくきん》をかぶったメイドバージョンの朝比奈さんが菜箸《さいばし》でより分けたりこまめにアクをすくったりしている傍《かたわ》らで、ただ喰《く》っているだけの俺と長門と古泉のＳＯＳ団五人組に加え、今日はスペシャルゲストを招いていた。

「うわっ、めちゃウマいっ。何これっ？　はぐはぐ……ひょっとしてハルにゃん天才料理人？　ぱくぱく……うひょー。ダシがいいよ、ダシがっ。がつがつ」

鶴屋さんである。この元気な声の主は黙々《もくもく》と食い続ける長門と張り合うように、い

ちいち雄叫《おたけ》びを上げながら箸を高速移動させて鍋の中身を自分の取り皿に運び込み、

「やっぱ冬は鍋だねっ！　さっきのキョンくんトナカイ芸も大笑いだったし、いやーっ今日は楽しいなあっ」

ウケてくれたのはあなただけでしたよ鶴屋さん。ハルヒと古泉は終始ニヤニヤ笑い、朝比奈さんなんか途中《とちゅう》で顔を伏《ふ》せて肩《かた》を震《ふる》わせ始めたし、長門に至ってはそれのどこが面白《おもしろ》いのかとロジカルに考えているような表情で、まったくいたたまれない気分を最大限に実感しながら俺は滝《たき》のようなヒヤ汗《あせ》をかいていた。人を笑わせる才能に欠けていることをハッキリと悟《さと》ったね。芸人の道だけは志すまいと心に決めたところであるが、まあ、それはいい。

鶴屋さんは単なる鍋仲間や朝比奈さんの付き添《そ》いとしてここにいるのではなかった。それがゆえのスペシャルゲストなのである。ではいったいどんなスペシャルなのかと言うと……。

「その吹雪《ふぶき》の山荘なんだけどね」

ハルヒは山荘の枕詞《まくらことば》を雪から吹雪へとグレードアップさせて、

「喜びなさい、キョン。なんと！　鶴屋さんの別荘を無料で利用させてもらえることになったわ。なんかスゴくいい所らしいわよ。今から楽しみだわ！　さ、じゃんじゃん食べてちょうだい」

ハルヒは豚肉《ぶたにく》の塊《かたまり》を鶴屋さんの皿に投下させ、ついでに自分の皿にも食べ頃《ごろ》になったアンコウの切り身を確保した。

「いっつも家族で行くんだけどねっ」

鶴屋さんは口に放《ほう》り込んだ豚肉を丸飲みして、

「今年はおやっさんがヨーロッパ出張でいないんだよね。どうせだから三が日が終わったら家族でスイス行ってスキーしようってことになっちゃったっ。だから別荘のほうはキミたちと行くよ！　なんか面白そうだしさっ」

朝比奈さんがポツリと漏《も》らした合宿の件を聞きつけた鶴屋さんが、ならばと言って申し出てくれたということらしい。古泉も渡《わた》りに船だとばかりにホイホイと賛同し、冬の合宿旅行書をハルヒにプレゼンテーションしたところ、ハルヒは刺身《さしみ》をまるごと与《あた》えられた猫《ねこ》のように大喜びし、

「鶴屋さんにはこれを進呈《しんてい》するわ！」

机の中から取り出した無地の腕章《わんしょう》に『名誉《めいよ》顧問《こもん》』と書き殴《なぐ》って渡した——そうだ。

その古泉はにこやかな顔で、ハルヒと長門と鶴屋さんによる大食い選手権みたいな食べっぷりを眺《なが》めていたが、俺の表情に気づいたか、

「ご安心を。今度はドッキリではありませんから。あらかじめ断っておいた上での推理ゲームですよ。実はメンバーも前回と同じです」

新川執事《しつじ》と森メイドさん、多丸兄弟の計四人が今回も寸劇を演じてくれるという予定だと言う。そりゃいいんだが、その四人は普段《ふだん》いったい何をしている人たちなんだ？　『機関』とやらの事務職員か何かか。

「いずれも僕の知り合いで小劇団の役者さんたちです……ってところでどうでしょうか」

ハルヒが納得《なっとく》するんだったらそれでもいいさ。

「涼宮さんは面白かったら何だって気にはしませんよ。それが最大の問題でもあるんですが……。シナリオに満足してくれるかどうか、今から胃が痛みます」

古泉は胃の上を押さえるジェスチャーをしたが、微笑《ほほえ》みくんのままなので下手な芝《しば》居《い》にすら見えないね。

俺はハルヒよりも人間ができているつもりなので、能天気に面白がって後のことをさっぱり考えないという楽天気分にはなれそうもない。安心材料がどこかにないかと見渡して最初に目が留まったのは長門の無表情顔である。いつもの調子の長門だった。俺がずっと知っていた普段通りの長門有希は、まるで何事もなかったかのように鍋料理をもりもりと喰っている。

「…………」

何にせよ、と俺は思う。

今度だけでも長門に負担がかかるような事態にはさせないようにしよう。いや、せにゃならん。順番から言えば今回はだいじょうぶな回のはずだ。夏合宿では長門が妙《みょう》な活躍《かつやく》をするシーンはなかった。冬の合宿でもそうなってもらいたい。苦労するのは古泉とその仲間たちだけでいい。

俺はそう考えながら手元のペラ紙に視線を落とした。

この紙切れに書かれているスケジュールによると、出発は十二月三十日。大晦日《おおみそか》の前日だ。雪山と言ってもそう遠い所ではなく、列車で何時間か揺《ゆ》られていればその日のうちに到着《とうちゃく》する。

とりあえず着いたその日はスキー三昧《ざんまい》で、晩は全員で宴会《えんかい》（アルコール厳禁）、料理は夏の島に引き続き新川執事氏（ニセ執事なんだが本物以上に執事っぽかったので他《ほか》に言いようがない）と森園生さん（ニセメイドだが以下同）が担当してくれるのだそうだ。多丸氏二人は翌日の朝に遅《おく》れてきた客として登場、そこから推理ゲームの前フリが開始されることになっている。

そうやって大晦日を事件発生とトリックの解明にあてて午前〇時前に全員集合、おのおの持ち寄った推理を『毒入りチョコレート事件』的に順番に披露《ひろう》し、最終推理者に内定している古泉が軽《かろ》やかに解答を激白する。そして胸のつかえがスッキリ解消したところで終わりゆく一年に別れを告げつつ、来《きた》る新しい年に挨拶《あいさつ》を送る。ようこそ！
　という計画になっていた。
　顔を上げるとハルヒの大得意顔が俺に向けられている。何もやっていないうちから
どうしてそんなに得意げでいられるのかが不思議でならないね。
「新年を盛大《せいだい》に祝ってあげるのよ」
　ハルヒは長ネギを箸《はし》でつまみながら、
「そしたら新年のほうも感謝して、すっごくいい年になってくれるわ。あたしはそう
確信しているの。来年はSOS団の転機となる年になりそうな気がするのよね」
　年月を勝手に擬人《ぎじん》化するのはいいが、お前にとってのいい年が俺たち全員にとって
のいい年になるとは思えん。
「そう？　あたしは今年がすっごい面白《おもしろ》かったし来年もそうなったらいいなと思って
るけど、あんたは違《ちが》うの？　あ、みくるちゃん、鍋《なべ》が煮詰《につ》まってきたからお湯足して」
「あっはいはいっ」
　朝比奈さんはヤカンの許《もと》へパタパタと駆《か》け寄り、
「うんしょ」
　重そうに持ってきたヤカンを鍋の上で注意深く傾《かたむ》けた。
　その華麗《かれい》なるお姿を見つめながら、俺は今年一年のうちに出くわした様々なあれや

これやを思い出し、少しばかり感情が揺れ動いた。ハルヒはすっごい面白かったと言う。では俺が面白かったかどうかと問われれば、決まってる。

だいたいガキの頃《ころ》に何か不思議なことがないかと、あればいいだろうなと考えていたのが俺の初心だったのだ。それこそ宇宙人でも何でもいい、その手のものが出てきて何かやってるような話に一枚加わりたかったんだからな。妄想《もうそう》が実現してるんだから大喜びしていないと本来ならおかしいんだ。だがなあ、いくらなんでもこう続けざまに加わりっぱなしになるとは想定外だったぜ。

しかし、そんなことを内心で思いつつも本音はこうだ。

ああ、楽しかったさ。

今ならハッキリ声高らかに言える。この境地まで辿《たど》り着くには相当な時間がかかったよ。ただし、もう一つ本音を言わせてもらえば、もうちょっとだけ平穏《へいおん》でもよかったとも思うんだ。俺的には普通《ふつう》に部室で遊んでいる温《ぬる》いインターバルが、あとほんの少し欲しかった。

「変なこと言うわね」

ハルヒはアン肝《きも》を頰張《ほおば》りながら、

「ずっと遊んでばかりいたじゃん。ひょっとしてあんた、まだまだ遊び足りなかったって言うの？　だったら年が終わる前にラストスパートをかけようか」

「いらんことはせんでいい」

こいつは知らないのだ。これまで俺がどんな事態に遭遇《そうぐう》し、どうやって切り抜《ぬ》けてきたのかを。野球に勝ったり、夏休みを終わらせたり、映画でおかしくなりかけた現実を回復させたり、過去に行って戻《もど》って来てまた行って、さらにもう一度行くことが決定しているんだぞ。自分で決めたことだから誰《だれ》を恨《うら》もうとも思わないが、将来教職を取る予定もないのにこの時期、俺大いそがしだ。

まあ、そんなこともハルヒには言えないんだが。

「スパートするのはその山荘《さんそう》に行ってからでも間に合うだろ」

俺はハルヒが伸《の》ばしかけていた箸を払《はら》うようにして鍋から白菜を引き上げた。せっかくのハルヒ特製鍋だ。食欲旺盛《おうせい》な女性陣《じん》（朝比奈さんは除く）に喰《く》い尽《つ》くされないうちに腹に収めとこう。次にいつ喰えるか解《わか》らない。

「まあね」

ハルヒは機嫌《きげん》良く牛モツを己《おのれ》の皿に移し替《か》える。

「スパートついでにスパークもするわよ。いい？　大晦日《おおみそか》は実は年に一回じゃないの。考えてみなさい。その年のその日は一生に一度しかないわけ。今日だってそうよ。今日って日は過ぎちゃえばもう二度と来ないのよ。だからね、悔《く》いを残さないように過ごさないと今日に申しわけないわよね。あたしは一生記憶《きおく》に残るような毎日を過ごしたいと思うわ」

ハルヒの夢見るような口調に、横で生煮えの鶏肉《とりにく》にかぶりついていた鶴屋さんが、

「わお。ハルにゃん、三百六十五日にあったこと全部覚えてんのっ？　すっげー。あ、みくるーっ、お茶ちょうだいっ」

「あっはいはいっ」

急須《きゅうす》を手にした朝比奈さんは鶴屋さんが掲《かか》げる客用湯飲みに注意深く煎茶《せんちゃ》を注ぐ。すっかり小間使いにされているが、そうしている朝比奈さんは何だか嬉《うれ》しそうだった。ハルヒは無頓着《むとんちゃく》な鍋奉行《なべぶぎょう》を大いに楽しんでいるし、古泉は湯気を立てる鍋を背景にしてまで優美な印象を受ける微笑《びしょう》をたたえ、長門は黙々《もくもく》モグモグと聞こえない舌鼓《したつづみ》を打ち続けている。名誉顧問《めいよこもん》となった鶴屋さんが臨時の準団員として加わっているが、おしなべていつものＳＯＳ団的雰囲気《ふんいき》だった。

今の俺はよく解っている。こういう時間こそが貴重なのだ。こっちを選んじまった以上、これからもハルヒを中心とする微妙《びみょう》に奇妙《きみょう》な出来事が何だかんだと発生するのは高確率で間違いない。すべてのオチがつくその日まで、あと一つや二つくらいは何かあるだろう。

とりあえず異世界人がまだ来てないってのもあるしさ。

「来るなら来てみやがれってんだ」

思わず呟《つぶや》きが漏《も》れてしまったが、ハルヒと鶴屋さんが椎茸《しいたけ》の奪《うば》い合いをする喚声《かんせい》にまぎれて誰の耳にも届いていないようだった。

ただ、長門だけがほんの少し睫毛《まつげ》を動かしたような気はした。

ふと窓が目に留まる。空が出し惜《お》しみしているような景気の悪さでポッポッと雪が降っていた。俺の視線を読んだ古泉が、

「旅行先の山に行けばイヤと言うほど雪遊びができますよ。ところでスキーとスノボ、どちらがいいですか？　用具の手配も僕の仕事なのでね」

「スノボはやったことないな」

生返事をして冬空から目を離《はな》した。古泉は無難なスマイルを浮《う》かべたまま、だが目端《はし》を利《き》かせていたようで、

「あなたが見ていたのはどちらのユキでしょう。空から降るほうですか？　それとも、」

これ以上古泉と見つめ合っていても益はない。俺は肩《かた》をすくめ、椎茸奪取《だっしゅ》合戦に参加することにした。

首尾《しゅび》よく教師にも教師にチクろうとする誰かにも見つからず、あるいは気づきつつ

スルーしてくれただけかもしれないが、ともかく満腹となった俺たちは鍋やら食器やらゴミやらを片づけて部室を後にして、学校を出た時には小雪も収まっていた。

実家で開催《かいさい》されるパーティにどうしても出席しなければならないという鶴屋さんと別れ、SOS団の面々はケーキ屋に向かった。ハルヒが予約していた特大のクリスマスケーキを受け取ってから目指した場所は長門のマンションである。

一人寂《さび》しく聖夜を過ごす長門をおもんぱかったわけではなく、一人暮らしの長門の部屋ならケーキ食いながらバカ騒《さわ》ぎを楽しめるという条件のよさがものを言った。ツイスターゲームを担《かつ》いでいる古泉とケーキの箱を抱《かか》える俺のどちらが幸せか解らないが、先頭を切って跳《は》ねるように歩いているハルヒは充分《じゅうぶん》にハッピーステイタスに見え、それは時折ハルヒに両手を持って振《ふ》り回されてる朝比奈さんや、無言でてくてく歩を刻む長門にも伝染しているようにも思える。

このぶんだと雪の代わりにサンタの大群が降ってくることもなさそうだ。ハルヒは普通人《ふつうじん》レベルのクリスマスイブを満喫《まんきつ》して、それだけで腹一杯《はらいっぱい》のようだった。俺の妹とどっこいの精神構造だな。今日だけかもしれんが。

理由をわざわざ言うこともないと思うが、この時期の俺は寛大《かんだい》な気分を持続させていた。たとえハルヒがサンタ狩《が》りに行こうと言い出して夜の街を徘徊《はいかい》することになったとしても、俺は苦笑混じりで付き合ってやったかもしれない。

防音処理の行き届いた長門の部屋で古泉の用意した各種ゲームに興じている間、俺たちの誰《だれ》もが楽しそうに見えたのは真実だ。ノートパソコン二台を繋《つな》いでプレイした《The Day of Sagittarius 3》トーナメントは長門の独壇場《どくだんじょう》で、ツイスターゲームではハルヒと押し合いへし合いするハメになったが、そこらを歩いているカップルも引き込んでお前らも参加しろと言ってやりたいほどの大騒ぎな夜——。

俺たちのクリスマスイブはそんなふうだった。

そのクリスマスイブから大晦日イブまでは、まるでハルヒが時間の背中をぐいぐい押しているのではないかと思えるほど一瞬《いっしゅん》で過ぎた。その間に部室の大掃除《おおそうじ》をしたり、中学の級友から頭を疑いそうな電話がかかってきたり、その絡《から》みでアメフトの試合を観に行ったりというようなことをしていたものの、総じて順当に年の瀬《せ》は押し迫《せま》っていく。

新しい年か。本当にどうなっちまうんだろうね。俺個人的なことを言えば、そろそろ成績のほうを何とかしないとけっこうヤバイな。

母親は俺を予備校に放《ほう》り込みたくてうずうずしている様子を言外に見せており、これが健全な運動部でバリバリ活躍《かつやく》していたり健全でないにしても得体の知れている部活に参加しているならまだイイワケのしようもあるが、健全でもなければ得体も知れない未公認《みこうにん》団体でひたすらブラブラしている——ように周囲には見えるだろう——成績不振《ふしん》の進学志望者がいたら俺だってちったあ高校で学ぶことがあるだろうよと言いたくなる。

どういう理屈《りくつ》かハルヒは理不尽《りふじん》なまでに学業優秀《ゆうしゅう》、古泉だってこの前の期末の結果だけ見りゃ秀才の範疇《はんちゅう》に入り、考古学的な趣味《しゅみ》からかもしれないが朝比奈さんは割と努力して授業を聞いているようだし、長門の成績なんかあえて語るまでもないだろう。

「ま、後回しにしておくか」

まずは冬合宿を成功裡《せいこうり》に終わらせないとな。今考えるべきはそれだけでいい。勉強なら新年になってからでもできる。年越《としこ》しカウントダウン合宿は年内にスタートを切らねばならない。

と、そんなわけで——。

「出発っ！」

と、ハルヒが叫《さけ》び、

「やっぽーっ」

と、鶴屋さんが同調し、

「現場は絶好のスキー日和《びより》だそうです。今のところは」

古泉が天候情報を伝え、

「スキーですかぁ。雪の上を滑《すべ》るスキーですよね?」

朝比奈さんがマフラーにくるまった顎《あご》を上げ、

「……………」

長門は片手に小さなカバンを提《さ》げたままピクリともせず、

「わぁい」

と、俺の妹が飛び跳ねた。

早朝の駅前である。これから列車に乗って、さらにいろいろと乗り継《つ》ぎ、目的地である雪山到着《とうちゃく》予定時刻は昼過ぎとなっている。それはいいんだが、どうしてここに予定せざる人員として俺の妹がいるのかというと……。

「いいじゃん、ついて来ちゃったのはしかたがないわ。ついでよ、一緒《いっしょ》に連れていってあげたら一瞬で話はすむわ。邪魔《じゃま》にはならないでしょ」

ハルヒは前屈《まえかが》みになって妹に笑いかけ、

「どうでもいい奴《やつ》なら追い返してたところだけど、このあんたと違《ちが》って素直《すなお》な妹さんなら全然オッケー。映画にも出てくれたしさ。シャミセンの遊び相手にちょうどいいじゃない」

そう、この旅行には俺ん家《ち》の三毛猫《みけねこ》までが付属しているのだ。これに関してはSOS団の合宿計画担当者のセリフを聞こう。

「推理劇のトリックに猫が必要だったんですよ」

猫は知っていたとか、そういうのか。

自分の荷物の上に座っていた古泉は、

「適当な猫でもよかったのですが、映画ではけっこうな役者ぶりを見せてくれましたしね。その名演をもう一度というわけです」

今のシャミセンはただの喋《しゃべ》らない家猫だぜ。演技のほうは期待しないほうがいい。

俺は妹と鼻面《はなづら》を付き合わせているハルヒを眺《なが》めて、

「おかげで出がけに見つかっちまった」

なにぶん朝も早かったし、母親には固く口止めしておいたから安心しきっていた。妹も俺がハルヒたちと旅行に行くなんてまったく気づいていなかったろう。だが意外な落とし穴は最後に口を開いた。俺が自分の部屋で、まだ夢見心地《ごこち》のシャミセンを猫用キャリーに収納しているところに、なぜか妹が入ってきたのだ。どうやらトイレに起きて帰ってきたはいいが寝《ね》ぼけて部屋を間違えたらしい。

その後の展開は一本道だ。突然《とつぜん》、妹はパッチリと目を見開き、

「シャミをつれてどこに行くの？　その格好は？　荷物は？」

うるさいのなんの。そして小学五年生十一歳の我が妹は夏よりもパワーアップした暴れぶりをひとしきり見せた後、両手両足で俺のカバンにしがみつき、岩場に貼《は》り付いた変な色した貝のように離《はな》れようとしなかった。

「一人増えるくらいなら余裕《よゆう》ですよ」と古泉は微笑《ほほえ》む。「ましてや子供料金、さして予定は狂《くる》いません。僕も涼宮さんに同感ですね。ここまで来て追い返すのは忍《しの》びませんから」

ハルヒとじゃれ終えた妹は、今度は朝比奈さんに飛びついて豊かなふくらみに顔を埋《うず》めた後、じっと黙《だま》って立っている長門の膝《ひざ》に抱《だ》きついてよろめかせ、最終的に大笑いをする鶴屋さんに振《ふ》り回されてきゃいきゃい言っている。

妹でよかった。これが弟なら即刻《そっこく》裏通りに連れ込んでいるところだ。

雪山行きの特急でも妹の勢いは衰《おとろ》えず、俺たちの間を飛び回っては無駄《むだ》に元気を振りまいていた。今からこんなに飛ばしていては終盤《しゅうばん》に息切れすること相違《そうい》なく、また俺が眠《ねむ》りこける妹を背負って歩くハメになりかねないが注意してもそれこそ無駄だ。妹と同等くらいにハルヒと鶴屋さんも高レベルなテンションを維持《いじ》しているし、少し控《ひか》え目に朝比奈さんも何だかぽわぽわと高揚《こうよう》しているらしい。長門ですら、読もうと開いていた文庫本をあきらめたようにカバンにしまい、妹に静寂《せいじゃく》な視線を注いでいた。俺は窓際《まどぎわ》に頬杖《ほおづえ》をつき、高速で流れていく風景をぼんやりと眺めている。横の通路側に古泉が座っていて、ハルヒたち女グループは俺たちの前の席にいた。向かい合う形に座席の方向を変え、今は五人でUNO《ウノ》をやってる。あまり騒《さわ》ぐなよ。他の乗客に迷惑《めいわく》だからな。

つまはじきにされた俺と古泉は列車が走り出して十分ほどババ抜《ぬ》きをしてみたが、虚《むな》しくなってすぐにやめた。何が悲しくて男二人で道化《どうけ》の押し付け合いをしなくてはならんのか。

ならばこれから俺の目を享楽《きょうらく》の宴《うたげ》に誘《さそ》ってくれるであろう、まだ見ぬ朝比奈さんのスキーウェア姿でも妄想《もうそう》していたほうがまだしも建設的である。そう思った俺が二人きりのゲレンデで仲よく滑り降りるという状況《じょうきょう》にどうしたら持っていけるかと考えていたら、

「にゃ」

足元のキャリーバッグがごそごそと音を立て、その隙間《すきま》からヒゲを出した。

例の映画騒動《そうどう》が終了《しゅうりょう》してから、シャミセンは元ノラ猫とは思えないほどおとなしく手のかからない猫に変わり果てている。エサの時間が来るまでぼうっと待っているし、無闇《むやみ》にじゃれついてくることもなく、どうやらこいつの欲求の中で最大の地位を誇《ほこ》る

のは睡眠欲《すいみんよく》らしい。今朝方にキャリーに入れて以来ずっと眠り続けていたのだが、いくら怠惰《たいだ》な猫でも飽《あ》きがくるということはあるようだ。退屈《たいくつ》そうに蓋《ふた》の辺りを掻《か》いている。もちろん車内で出すわけにはいかない。

「もうちょっと我慢《がまん》してろ」

俺は足元に言い聞かせた。

「着いたら新品のカリカリをやる」

「にゃ」

それだけで解《わか》ったようにシャミセンは再びおとなしくなった。古泉が感心したように、

「最初、喋り出したときはどうなることかと思いましたが、その猫はアタリでしたね。いえ、オスの三毛猫というラッキー性だけではなくて。ちゃんと物の解った、いい猫です」

群れていたノラ猫たちの中からこいつをランダムに取り上げたのはハルヒだった。それが数万分の一の確率でしか発生しない染色体異常だったのだから、いっそハルヒに宝くじでも買わせてみたらどうだ。少しは活動費のたしになるかもしれんぞ。いつまでも文芸部の部費を横流ししているのは、そろそろ俺もどうかと思うぜ。

「宝くじですか？　それはそれで涼宮さんのことですから、ややこしいことになりそうな気もしますね。もし彼女が億単位の金を手に入れたら何を始めると思います？」

あまり考えたくはないが、米軍払《はら》い下げのセコハン戦闘機《せんとうき》くらいは買い付けてきそうだ。単座ならまだいい、もしそれが複座だったりしたら、後部シートに座ることになるのが誰《だれ》かなんて考えるまでもない。

あるいは気前よく宣伝費に使っちまうかだな。ゴールデンタイムのバラエティを見ていたら突如《とつじょ》として『この番組はSOS団の一団提供でお送りしています』なんていうテロップが流れ出し、俺たちが出演するコマーシャルフィルムが全国のお茶の間に届けられている光景を想像して背筋が寒くなった。ハルヒにプロデューサー的ポジションを与《あた》えるとロクなことをしでかさないのは、幼稚園《ようちえん》児に株の運用を任せて失敗する確率よりも解りきったことだ。

「もしかしたら人類にとって非常にタメになることを考え出してくれるかもしれませんよ。何かの発明資金にあてるとか、研究所でも作るとかね」

古泉は希望的観測球を打ち上げるが、ヘタな博打《ばくち》はしないほうがいいものだ。なんたってこっちの賭《か》けるものがデカすぎる。リスク計算できるヤツなら躊躇《ためら》うに決まっているさ。それこそよほどのことがない限りな。

「コンビニで当たり付きアイスでも買わせよう。それで充分《じゅうぶん》だ」

俺は再び風景を楽しみ始め、古泉は背もたれに深く身を沈《しず》めて目を閉じた。向こうに着いたら大いそがしだろうから、今のうちに体力の温存を図《はか》るのは正しき選択《せんたく》だ。

列車の外の様子はどんどん田舎《いなか》度を増していき、トンネルをくぐり抜けるたびに雪景色度もレベルアップする。それを眺《なが》めているうちに、俺も心地《ここち》よい眠りに就《つ》いていた。

そうやって列車の旅を終え、荷物を抱《かか》えて駅からまろび出た俺たちを出迎《でむか》えてくれたのは、快晴の青と積もりまくった雪の白のツートンカラー、それからいつか見た覚えのある二人組のバカ丁寧《ていねい》な挨拶《あいさつ》だった。

「ようこそ。お待ちしておりました」

深々と腰《こし》を折るザ・ベスト・オブ・執事役《しつじやく》と、

「長旅お疲《つか》れ様です。いらっしゃいませ」

年齢不詳《ねんれいふしょう》のあやしい美人メイドさんである。

「どうも、ご苦労様です」

しゃしゃり出た古泉がその二人に並んで、

「鶴屋さんは初めてですね。こちらが僕のちょっとした知り合いで、旅行中身の回りの世話をお願いすることになる新川さんと森園生さんです」

夏の孤島《ことう》とまるで違《ちが》っていない。三つ揃《ぞろ》いを着こなしたロマンスグレーな新川氏と、質素ながらメイド以外の何でもないエプロンドレスがハマっている森さんは、

「新川です」

「森です」

ぴったりのタイミングで頭を下げた。

この突《つ》き刺《さ》すような寒さの中でコートも羽織っていないのは演出の一環《いっかん》か、それとも演技といえども役に成りきっている職業意識から来るものか。

鶴屋さんは重そうなカバンを軽々と振《ふ》り回しながら、

「やあ！ こんちはっ。古泉くんの推薦《すいせん》なら疑いようがないよっ。こっちこそよろしくねっ。別荘《べっそう》も好きに使っちゃっていいよ！」

「恐《おそ》れ入ります」

新川氏は慇懃《いんぎん》にまた一礼し、やっと顔を上げて俺たちに渋《しぶ》い笑《え》みを見せた。

「皆様《みなさま》も、お元気そうで何よりです」

「夏には失礼しました」

森さんが緩《ゆる》やかな微笑《ほほえ》みを浮《う》かべながら言って、俺の妹を見てさらに微笑みを柔《やわ》らかくする。

「まあ。可愛《かわい》いお客さんですね」

招かれざる客、俺の妹は熱湯に落とした乾燥《かんそう》ワカメよりも早く素《す》に戻《もど》り、「わぁい」とか言いながら森さんのスカートに飛びついた。

ハルヒは満面の笑みをたたえながら一歩進んで雪を踏《ふ》みしめ、

「久しぶり。この冬合宿も期待してるわ。夏は台風のおかげで少し遊び足りなかったけど、そのぶんは冬で収支を合わせるつもりだから」

それから俺たちへと振り返り、飛車が敵陣《てきじん》で龍《りゅう》に成ったような元気さで、

「さ、みんな。こっから気合い入れて全速力で遊ぶわよ！　この一年の垢《あか》を全部落として、新しい年を迎《むか》える頃《ころ》にはまっさらになるくらいのつもりで行くわ。悔《く》いの一《ひと》欠片《かけら》だって翌年には持ち込んだりしちゃダメ。いいわね！」

それぞれのやり方で俺たちは返答した。鶴屋さんは「ゆえーいっ！」と片手を突き上げ、朝比奈さんはちょっと腰を引かせながらオズオズとうなずき、古泉はあくまでにこやかに、長門はそのまま無言で、妹はまだ森さんにまとわりついている。

そして俺は、見つめていると目を痛めそうなくらいに輝《かがや》くハルヒの笑顔から目を逸《そ》らして遠くへと視線を飛ばした。

嵐《あらし》が来るなんて予想もつかないほど、雲一つない青い空だった。

この時までは。

鶴屋家の別荘へは二台の四駆《よんく》に分乗して行った。ドライバーは新川さんと森さんで

あり、と言うことは、森さんは少なくとも四輪の免許《めんきょ》取得者に足りる年齢だということだけは推理できる。ひょっとしたら同年代じゃないかと疑っていたから、それだけでも俺にはけっこうな収穫《しゅうかく》だ。いや別に深い意味はないんだ。働き者のメイドなら朝比奈さん一人で間に合っているから森さんに格別の思いが発生しているわけではない。ここ重要。

どこを見ても真っ白な風景の中、車の旅はさほど長くは続かなかった。十五分も走っただろうか、俺たちの乗るゴッい車はペンション風の建物の前で停《と》まった。

「いい雰囲気《ふんいき》のとこじゃないの」

真っ先に飛び降りたハルヒが雪を踏みしめながら満足感を漂《ただよ》わす感想を述べた。

「ウチの別荘の中じゃ一番こぢんまりしてるんだけどねっ」と鶴屋さん。「でも気に入ってんだっ。これくらいのが一番居心地《いごこち》いいのさ」

駅からそんなに離《はな》れておらず、近くのスキー場には歩いて行ける距離《きょり》にあるという立地条件だけでもけっこうな値段になりそうだし、おまけに鶴屋さんはこぢんまりなどと本気で言ってるらしいが、それは彼女の自宅である日本家屋と比べてのこぢんまり具合なので一般《いっぱん》的な感性を代表して言わせてもらえば、夏に訪《おとず》れた孤島の別荘と遜《そん》色《しょく》ないデカさだった。いったい鶴屋家はどんな悪いことをしてここまで羽振りのいい建物を建てることができたのだろう。

「どうぞ、皆様」

先導してくれるのは新川執事《しつじ》氏である。彼と森さんの二人は、鶴屋さんから許可と鍵《かぎ》を得て俺たちに先行すること一日、昨日にはここに到着《とうちゃく》し準備を整えていてくれたのだという。古泉の周到《しゅうとう》な根回しによるところ大であり、細かいことを気にしない鶴屋さんと鶴屋家の人々のおおらかな性格も何となくうかがえる話だった。

全面木造、本気でペンションとしてオープンしたら毎シーズン満員御礼《おんれい》になりそうな鶴屋家冬の別荘にありがたく入りながら、俺はちょっとした予感を抱《いだ》いていた。何だかよく解《わか》らない。しかし、その漠然《ばくぜん》とした予感は確かに俺の頭の中を通り過ぎて行ったのだ。

「ん……？」

別荘の内装に感心しつつ俺は周囲を見回した。

ハルヒは鶴屋さんを褒《ほ》め称《たた》える言葉を口にしながら笑いまくり、鶴屋さんも朗《ほが》らかに笑い返している。古泉は新川さんと森さんの三人で何かを話し合っていた。俺の妹はさっそくシャミセンをキャリーバッグから取り出して抱《だ》きしめ、朝比奈さんは持っていた荷物を床《ゆか》に下ろしてホッとしたような息を吐《は》き、長門はどこを見ているのか解りにくい視線を空中に固定している。

どこにも変なところはない。

俺たちはこれから合宿とは名ばかりの単なる遊興に数日を費《つい》やし、また再び元の位置に戻って日常の続きをエンジョイすることになる……。


はずだった。

　発生することが決まっている殺人事件劇はまさしく劇であって真剣《しんけん》なものではなく、あらかじめ解っているんだからそれでハルヒの情動が揺《ゆ》れ動くこともない。長門と朝比奈さんの出番もないだろう。古泉が異能の力を発揮する場も生じない――。

　言い方にもよるが、これから起こるのはデキレースだ。先の見えない怪《あや》しい殺人事件ではないのである。部屋をこじ開けて入ったらカマドウマが出てきたりするような予想を超《こ》える事態になるとも思えない。

　しかし何だろう。違和《いわ》感としか言いようのないものが定例句の妖精《ようせい》のように通り過ぎた感覚がした。そうだな、夏休み後半が延々とループしていたのに気づかないまま、だが妙《みょう》な感じだけは覚えていたあの雰囲気に似ている。ただしデジャブというわけでもなく……。

「ダメだ」

　粘液《ねんえき》にまみれた魚をつかんだみたいに、その感覚はするりと手の内から消え去った。

「気のせいか」

　俺は首を振《ふ》り、カバンを担《かつ》いで別荘《べっそう》の階段を上り始めた。割り振りされた自分の部屋に向かうためである。豪華《ごうか》と言うほどではないように見えるが、それは俺に金目のモノを見る目がないからだろう。シンプルに見えてこの階段の手すりも聞いたら仰天《ぎょうてん》するくらいの材料費と人件費がかかっているに違《ちが》いない。

寝室《しんしつ》の並ぶ二階廊下《ろうか》で、

「キョンくんさ」

鶴屋さんが笑顔《えがお》で近寄ってきた。

「妹ちゃんと同じ部屋でいいかい？　ホント言うと用意してた部屋数がギリなんだよねっ。あたしが子供の頃《ころ》に使ってた屋根裏部屋を開けてもいいけど、それじゃ寂《さび》しいでっしょ？」

「別にあたしの部屋でもいいわよ」

ハルヒが首を突《つ》っ込んで来て、

「さっき部屋を見てきたけど、広いベッドだったわ。三人川の字で寝《ね》ても平気なくらいよ。やっぱここは女同士で相部屋になるのが健全でしょ？」

健全も何も、妹と同じ部屋でも俺は別にどうだっていいことだ。朝比奈さんと同室になったらかなりの精神的急勾配《きゅうこうばい》が発生するだろうが、妹とシャミセンの違いなんか俺にはまったく感じない。

「ね、どう？」

ハルヒが訊《き》いたのはシャミセンを肩《かた》にしがみつかせている妹へだ。妹はケラリとした笑みで、まるで雰囲気《ふんいき》を無視した発言をした。

「みくるちゃんとこがいい」


というわけで妹は朝比奈さんの部屋にまんまと潜《もぐ》り込み、俺の部屋にはシャミセンが残されることとなった。せっかくなのでこの猫《ねこ》も誰《だれ》かに貸与《たいよ》したかったのだが、

「遠慮《えんりょ》しておきますよ。あなたと違って僕は猫が喋《しゃべ》り出すことに耐性《たいせい》がありませんから」

古泉はやんわり拒否《きょひ》し、長門は三十秒ほど三毛猫の眉間《みけん》を見つめていたが、

「いい」

短く言って背を向けた。

まあ、この別荘の中を適当にウロウロさせておけばいいだろう。知らない家に連れてこられたというのにシャミセンは我が家と変わりない顔をしてベッドに飛び乗り、列車の中でさんざん寝ただろうにまた居眠《いねむ》りを始めている。ついでに俺も横になってしまいたかったが、そんな休憩《きゅうけい》時間はスケジュールに組まれておらず、ハルヒの号令に従って俺たちは着いたそうそうに階下へ集合することになった。

「さあ、行くわよ。スキーしに！」

さっそくすぎるような気もしたが、ハルヒ的ラストスパート兼《けん》スパークのためには無駄《むだ》に使える時間は一秒たりともないのだ。おまけに根っから元気なのは鶴屋さんもであり、ひょっとしたらハルヒ以上にハイな彼女との相乗効果で行動力までダブルになっている気もするね。

スキーウェアと板は古泉がどこからかレンタルしてきていた。いつのまに俺たちの採寸をしたのかが不思議だ。急な参加となった妹のぶんまであって、それまたピッタリなのである。『機関』とやらのエージェント（想像するに黒服黒サングラス）が北高や妹の小学校に忍《しの》び込み、保健室の棚《たな》から生徒の身体情報をあさっている光景を幻《げん》視《し》してみる。うむ、後で朝比奈さんのスリーサイズを尋《たず》ねておこう。知ったところでどうするわけでもない情報ではあるが、これも知的好奇心《こうきしん》というやつだ。

「スキーも久しぶりだわ。小学校の時に子供会で行ったきりかしら。地元じゃ全然降らないもんね。やっぱり冬は雪だわ」

そりゃ降雪地方でない奴《やつ》特有の言い分だな。雪なんざ降らなきゃいいと思っている人々だって中にはいるぜ。特に戦国時代の上杉謙信《うえすぎけんしん》なんかはそうだったと俺は分析《ぶんせき》している。

スキー板を担ぎ、歩きにくいブーツで行軍する俺たちは、やがて見事なゲレンデに辿《たど》り着いた。ハルヒと同じく俺もスキーは久々だ。中学以来じゃないかな。妹は初めてのはずで、どうやら朝比奈さんもそうらしい。長門も未経験者に違いないがプロスキーヤー以上の腕前《うでまえ》を見せることを俺は半ば信仰《しんこう》していた。

リフトで登っていく色とりどりのスキーウェアがポツリポツリと目に入る。思っていたより人は少ないなと思っていると鶴屋解説が入った。

「割と穴場なとこなんだよっ。知る人ぞ知る静かなスキー場さ。だってここ、十年前まであたしんとこのプライベートゲレンデだったからねっ」

今は開放してるけど、と補足する鶴屋さんの言葉にはまるで嫌《いや》みなところがない。世の中にはこういう人も実際にいるのである。見栄《みば》えもよければ性格も金回りも家柄《いえがら》もいいという、もうどうしようもないようなお人がね。

リフト乗り場付近でスキーを履《は》いたハルヒが言った。

「どうする、キョン。あたしはこのまま最上級コースに出ちゃいたいけど、みんなちゃんと滑《すべ》れるの？　あんたは？」

「少し練習させてくれ」

俺は板をブーツに装着したはいいが、三十センチおきにコケている妹と朝比奈さんを見ながら言葉を返した。

「まずは基本を教えとかないと、最上級どころかリフトに乗るのも一苦労しそうだ」

早くも雪まみれの朝比奈さんは、まるでスキーウェアを着るために生まれてきたような似合いぶり。いったいこの人が着て違和感《いわ》を発生させるような衣服がこの世に果たしてあるのだろうかとたまに思う。

「じゃさっ。あたしがみくるを鍛《きた》えるから、ハルにゃんは妹ちゃんを頼《たの》むよ！　キョンくんたちは適当にそのへん滑っといてっ」

願ってもない提案だ。俺もスキー勘《かん》を取り戻《もど》すにはしばらくかかりそうである。ふと横を見ると、

「…………」

無表情にストックを握《にぎ》りしめた長門が、つい～っと滑り出していた。

結局、妹はてんでモノにならなかった。ハルヒの教え方に難があるんじゃないか？

「足を揃《そろ》えて思いっきりストックをガーンてやるとピューンて行くから、そのままドワーって気合いで行って、止まるときも気合いで止まるの、オリャーっ。これで何とかなるわ」

何ともならなかった。気合いでどうにかできるんならこの上なくエコな自動車が開発できるだろうが、あいにく妹程度の気合いではコケる間隔《かんかく》が三十センチから三メートルになったくらいの違《ちが》いだ。それでも妹は無性《むしょう》に楽しげで、きゃらきゃらとコケま

くって雪をむしゃむしゃ食べていたから結果はどうあれ娯楽《ごらく》としては正しいのかもしれない。腹壊《こわ》すからやめとけ。

一方の朝比奈さんは元々才能があったのか、鶴屋さんがハイレベルなインストラクター的手腕《しゅわん》を備えていたのか、ものの三十分でスキースキルを会得《えとく》していた。

「わっわっ。楽しい。わぁ、すごい」

真っ白な背景の中、笑顔《えがお》で滑っている朝比奈さんの姿は、長くなるので中略するが短くまとめると、ハイカラな雪女の末裔《まつえい》がおっかなびっくり現世に現れたくらいの画面映《ば》えする芸術性を帯びていた。これだけでも即座《そくざ》にUターンして帰路についてもオッケーてなもんだ。その前に写真を撮《と》っておく必要はあるだろうが。

スキーの自主練をする俺や古泉を横目に、ハルヒはいつまで経《た》っても上達しない妹を考え込むような顔で見ていた。自分は一刻も早く山の高いところに行って直滑降《ちょっかっこう》を試《ため》したいが、この小学五年生を連れて行くわけにはいかない、みたいな顔つきだ。

たぶん鶴屋さんも同じことを思ったのだろう、

「ハルにゃんたちはリフト乗ってっちゃっていいよ！」

鶴屋さんはコケたまま嬉《うれ》しそうに手をジタバタさせている妹を救い起こしながら、

「この子はあたしが手ほどきしとっから！　なんだったらここで雪ダルマでも作って遊んどくよっ。ソリでもいいかなっ。どっかそのへんで貸してくれると思うしっ」

「いいの？」

ハルヒは妹と鶴屋さんを見ながら、

「ありがと。ごめんね」

「いいっていいって！　さ、妹くんっ。スキー教室と雪ダルマとソリ滑りのどれがいい？」

「雪ダルマくん！」

と、妹は大声で答え、鶴屋さんは笑いながらスキーを外した。

「じゃ、ダルマくんだっ。でっかいの作ろう、でっかいのっ」

さっそく雪玉を作り始めた二人に、朝比奈さんも交じりたそうな表情で、

「雪ダルマですかあ。あぁ、あたしもそっちのほうがいいような……」

「だーめ」

すかさずハルヒが朝比奈さんの腕《うで》をロックしてニッコリと、

「あたしたちは頂上まで行くわよ。みんなで競争するの。最初に麓《ふもと》まで降りてきた者に冬将軍の地位を授《さず》けるわ。がんばりましょ」

たぶん自分が勝つまでやめないつもりだ。それは別にいいが、いきなりの頂上行きは俺もちょいとビビリが入る。段階的に上げてこうぜ。

ハルヒはふんと小鼻を鳴らして、

「なっさけないわねえ。こんなの、ぶっつけでやるのが一番面白《おもしろ》いのに」

とか言いつつも珍《めずら》しく俺の案を採用した。とりあえず中級コースから行って、メインイベントの最上級最難関はオーラスに取っておくことにする。

「リフト乗りましょ。有希ーっ、行くわよっ！　戻ってきなさぁい」

周囲をぐるぐる回るように弧《こ》を描《えが》いていた長門は、その声を合図にターンすると雪を削《けず》るようにしてピタリと俺の横に停まった。

「競争よ、競争。リフトは人数分のフリーパスをもらったから日が暮れるまで……いいえ！　日が暮れても何度でも乗れるわ。ささ、みんなついてきて」

言われなくともそうするさ。たとえ俺が雪ダルマ制作班に参加希望を表明したところで許可されはしないだろうし、古泉はともかく長門や朝比奈さんをハルヒの好き勝手に付き合わせてそのまま放《ほう》っておいた日には、ブリザードを通り越《こ》して氷河期が前《まえ》倒《だお》しされかねない。ちゃんと客観性を持った人徳者がついていないといかん。俺に誇《ほこ》れるほど立派な客観性があるかどうかは、まあイマイチ解《わか》ったもんでもないし古泉あたりがたちどころに幾《いく》つもの理屈《りくつ》で反論しそうだが、俺は気にすることを放棄《ほうき》した。なぜなら、そんなのとっくの昔にどうだっていいことになっていたからだ。

メンバー全員が元気な姿でここにいるし、雪は申し分のないパウダースノーだし、澄《す》んだ空はどこまでも青い。その空と同じくらいの晴れやかな顔で我らの団長が手を差し伸《の》べた。

「このリフト二人乗りなのね。公平にグッパーで決めましょ」


さて。

その後の展開で特筆すべきことはあまりない。別行動の鶴屋さんと妹を残し、SOS団正規メンバーはリフトに乗ってなだらかな勾配《こうばい》を上がっていき、ごく普通《ふつう》にスキーを楽しんだ。麓まで滑《すべ》り降りるたびに雪ダルマは形をなすようになっていき、鶴屋さんと妹はまるで同年代の友人のように明るく笑いあいながらダルマにバケツをかぶせたり目鼻をつけたりとエンジョイしている。早くも二体目の雪ダルマに取りかかろうとしていたのが俺の見た二人の最新の記憶《きおく》だ。

そして、最後の記憶になるかもしれなかった。

何度目のスキー大回転競争だっただろう。

順調に滑り降りていた俺たちは、いつの間《ま》にやら……これが本当にいつの間だったのか全然解らないんだ。いつしか、突然《とつぜん》、突如《とつじょ》として、吹雪《ふぶき》のまっただ中にいた。視界はすべてホワイトアウト、一メートル先に何があるかも確認《かくにん》できない。

びょうびょうと吹《ふ》き付ける強風が雪の欠片《かけら》を乗せて身体《からだ》にバンバンぶち当たってい る。冷たさよりも痛みが先に来るほどだ。剝《む》き出しの顔がたちまち凍《こお》り付き、息をするのも下を向かねばならないような、とんでもないブリザードだった。

何の予兆もなかった。

先頭を切って滑り降りていたハルヒがスキーを停《と》め、競い合っていた長門も急停止して、朝比奈さんと一緒《いっしょ》にゆっくり滑っていた俺と最後尾《さいこうび》の古泉が追いついたとき――。

すでに吹雪はここにあった。

まるで誰《だれ》かが呼び寄せたように。


……

……

……

以上で回想を終わる。これで俺たちが雪山をのたのた歩いている理由が解っていただけただろうか。

なんせ視界が利かないもんだから、数メートル先に断崖絶壁《だんがいぜっぺき》があっても気づかず落ちる危険性がある。そんな崖《がけ》などは確かなかったはずだが、地図を無視していきなり出現しても大して不思議ではなく、ジャンプ台もないのにラージヒルに挑《いど》みたくもない。さすがに崖は大げさとしても雪で白く迷彩《めいさい》された樹木に正面衝突《しょうとつ》してはヘタすりゃ鼻の骨くらいは折れるだろう。

「俺たちは今どこを歩いてるんだ？」

こういうときに頼《たよ》りになるのは長門だった。俺としては不本意なのだが命には代えられない。そうやって長門の正確無比なナビゲーションに従って山を下りているというのに、すでにそのまま何時間も経過しているのは最初に述べたとおりだ。

「変ねえ」

ハルヒの呟《つぶや》きにも不審《ふしん》な香《かお》りがこもり始めている。

「どうなってんの？　いくらなんでもここまで人の姿を見かけないなんておかしいわ。いったいどんだけ歩いたと思ってんのよ」

その視線が先頭の長門に向いている。長門が下りる方向を間違《まちが》えたのではないかと疑っている顔だった。そうとしか思えない状況《じょうきょう》ではある。ここは秘境でも何でもないスキー場なのだ。だいたいの見当を付けて斜面《しゃめん》を道なりに下りていれば、自《おの》ずと麓《ふもと》に到着《とうちゃく》しないとおかしい。

「しょうがないからカマクラ作ってビバークでもする？　雪が小やみになるまで」

「待て」

俺はハルヒを呼び止め、雪を掻《か》き分けるようにして長門の横に並んだ。

「どうなってる？」

ショートヘアを凍気《とうき》でごわごわにした無表情娘《むすめ》は俺をゆっくりと見上げて、

「解析《かいせき》不能な現象」

小さな声でそう言った。黒目勝ちの目は真摯《しんし》なまでにまっすぐ俺に向けられている。

「わたしの認識《にんしき》しうる空間座標が正しいとすれば、我々の現在位置はスタート地点をすでに通り過ぎた場所」

何だそりゃ。それじゃあ、とうに人里に入ってなければいかんだろう。こんだけ歩いてんのにリフトのケーブルやロッジの一つも見なかったぞ。

「わたしの空間把握《はあく》能力を超《こ》えた事態が発生している」

長門の冷静な声を聞きながら、俺は大きく息を吸った。舌先に当たった雪の結晶《けっしょう》が蒸発するように溶《と》けていき、発する言葉も同様に霧散《むさん》した。

長門の能力を超えるような事態？

妙《みょう》な予感はこれだったのか。

「こんどは誰の仕業《しわざ》だ」

「…………」

長門は思考するように沈黙《ちんもく》し、叩《たた》きつける雪の乱舞《らんぶ》を瞬《まばた》きせずに見つめた。

俺たち全員、腕時計《うでどけい》も携帯《けいたい》電話も持たずにゲレンデに乗り出していたから、現在時刻もよく解《わか》らなくなっていた。鶴屋家の別荘《べっそう》を出たのは午後三時頃《ごろ》だったかな。それから何時間も経《た》っているに違《ちが》いないのに、曇《くも》りまくった空はまだぼんやりと明るい。しかし厚い雲と吹雪のおかげで太陽の位置が全然解らん。ヒカリゴケに覆《おお》われた洞窟《どうくつ》の中にいるような不可解な明るさで、思わず俺は親知らずのさらに奥《おく》が金気臭《くさ》い痛みを訴《うった》え始めるのを感じた。

行けども行けども雪の壁《かべ》が立ちはだかり、天蓋《てんがい》は灰色一色。

どこかで体験したような光景とちょっと似ている感じがしないでもない。

まさか——。

「あっ！」

すぐそばでハルヒが叫《さけ》び声を上げ、俺は心臓が肋骨《ろっこつ》を突《つ》き破って飛び出すかと思うくらいに驚《おどろ》いた。

「おい、ビビらすなよ。デカい声を上げやがって」

「キョン、あれ見て」

ハルヒが風にも負けず一直線に指差す先——。

そこに小さな明かりが点《とも》っていた。

「何だ？」

目をこらす。雪交じりの風のせいでまるで瞬《また》いているように見えるが、光源自体は移動していない。交尾《こうび》を終えた蛍《ほたる》みたいに弱った光だ。

「窓から漏《も》れる光だわ」

ハルヒは声に喜色を浮《う》かべながら、

「あそこに建物があるのよ。ちょっと寄らせてもらいましょう。このままじゃ凍死しそう」

その予言はこのままいけば事実になるだろうな。だが建物だと？　こんなところに？

「こっちよ！　みくるちゃん、古泉くん。しっかりついてきなさい」

人間除雪車となったハルヒがザクザクと道を作って先頭を進み始める。寒さと不安と疲労《ひろう》感から来るものだろう、ガタガタ震《ふる》える朝比奈さんをかばうように支えながら、古泉はハルヒの後を追った。すれ違いざまに囁《ささや》いたセリフが俺の心をより寒くさせる。

「明らかに人工の光ですね。ですが少し前まであんな所に光なんかありませんでしたよ。これでも周囲に目配りしていましたから確かです」

「…………」

長門と俺は黙《だま》ったまま、スキー板で雪を蹴散《けち》らして道を作ってくれているハルヒの背中を眺《なが》めた。

「早く早く！　キョン、有希！　はぐれちゃダメよ！」

他《ほか》にどうしようもない。氷づけとなって百年後くらいのニュース記事になるよりは、少しでも生存の可能性に賭《か》けたほうがいい。それが誰《だれ》かの仕組んだ罠《わな》への入り口なんだとしても、他に道がないのならそこを歩いていくのが唯一《ゆいいつ》の方向だ。

俺は長門の背を押して、ハルヒが作り出した雪道を歩き始めた。


近づくにつれて光の正体が明らかになってくる。ハルヒの人並み外れた視力を賞賛してやってもいいな。それは紛《まが》うかたなく窓から漏れ出している室内灯の光だった。

「洋館だわ。すごい大きい……」

ハルヒは一旦《いったん》立ち止まり、顔を垂直に向けて印象を述べてから再び歩き出した。

俺もまた巨大《きょだい》な建物を見上げ、ますます暗澹《あんたん》たる感情を抱《いだ》く。白い雪と灰色の空の中で、その館《やかた》は影絵《かげえ》のようにそびえ立っていた。どこか禍々《まがまが》しく思ったのは見慣れない外見のせいだけではなさそうだ。館というより城に近い威容《いよう》を誇《ほこ》り、屋根の上には用途《ようと》不明な尖塔《せんとう》がいくつも突き出していて、光の加減か外装がやけに黒っぽい。そんな建物が雪山の直中《ただなか》に建っているのだ。これが怪《あや》しくないと言うのなら、全国の辞書の怪しいという単語の項目《こうもく》をすべて書き換《か》える必要がある。

吹雪《ふぶき》の雪山。遭難《そうなん》中の俺たち。方向を見失って歩いている最中に発見した小さな灯火《ともしび》。そして辿《たど》り着いたのは奇妙《きみよう》な西洋風の館――。

これだけの条件が揃《そろ》ってるんだ。次に出てくるのは今度こそ怪しい館の主人か、それとも異形の怪物《かいぶつ》か？　で、以降のストーリーはミステリかホラーのどちらに分岐《ぶんき》するんだ？

「すいませーんっ！」

早くもハルヒは玄関扉《げんかんとびら》に声を張り上げている。インターホンもノッカーもない。無骨な扉がハルヒの拳《こぶし》によって叩かれた。

「誰かいませんか!?」

殴打《おうだ》を繰《く》り返すハルヒの後ろに続き、俺はもう一度館を見上げた。

それにしても、あまりにも用意された感じがまとわりつく状況《じようきよう》設定と舞台《ぶたい》装置だ。これが古泉の仕掛《しか》けでないのは解《わか》る。これで館の扉を開いたら新川さんと森さんが最敬礼してたら最高なんだが……。長門が自分で自分の能力を超《こ》えていると証言したことからも、そうなってくれそうにないのは明らかだった。古泉たちが長門を出し抜《ぬ》けるとは思えないし、仮に長門を抱《だ》き込んでドッキリの一部に荷担《かたん》させているのだとしても、長門は俺にだけは嘘《うそ》を言わない。

ハルヒは猛吹雪《もうふぶき》にも負けないくらいの大声を張り上げていた。

「道に迷っちゃって！　少しでいいから休ませてもらえますか！　雪の中で立ち往生して困ってるんですっ！」

俺は振《ふ》り返って全員がいることを確認《かくにん》した。長門はいつものビスクドール的表情でハルヒの背中を見つめている。朝比奈さんはビクついた顔で自分の身体《からだ》を抱きしめ、くしゅんと可愛《かわい》くクシャミしてすっかり赤くなっている鼻先を擦《こす》る。古泉の顔面からもニヤケスマイルは消えていた。腕《うで》組みに傾《かし》げた首、やや苦い物を噛《か》んでいるような表情という思案顔をした古泉は、扉が開いたほうがいいか閉《と》ざされたままのほうがいいか迷っているようなハムレット的雰囲気《ふんいき》をまとっていた。

ハルヒの立てる騒音《そうおん》はこれが俺の家あたりならとうに近所迷惑《めいわく》レベルに達している。にもかかわらず、扉の内側からは何の返答もない。

「留守なのかしら」

手袋《てぶくろ》を脱《ぬ》いで拳に息を吐《は》きかけながらハルヒは恨《うら》めしそうに、

「明かりがついてるから誰かいると思ったんだけど……。どうする、キョン」

どうすると言われても即座《そくざ》に回答しかねる問題だな。トラップの匂《にお》いがする場所に勢いよく飛び込むのは直情径行な熱血ヒーローの役回りだ。

「雪と風さえ防げる場所があればいいんだが……。近くに納屋《なや》とか物置小屋がないか？」

しかしハルヒは離《はな》れを探すような回りくどいことをしなかった。手袋をはめ直した手が、雪と氷のこびりついたドアノブを握《にぎ》るのを俺は見た。祈《いの》るような横顔が、ふっと息を吐く。真剣《しんけん》な面持《おもも》ちのまま、ハルヒはゆっくりノブをひねった。

止めるべきだったのかもしれない。最低、長門のアドバイスを聞いてから判断すべきだったような気もする。だが何もかも時遅《おそ》く――。

まるで館そのものが口を広げたように。


扉が開いた。


人工の灯火が俺たちの顔を明るく照らす。

「鍵《かぎ》かかってなかったのね。誰《だれ》かいるんだったら、出てきてくれてもよさそうなのに」

ハルヒはスキーとストックを建物の壁《かべ》にもたせかけると、先陣《せんじん》を切って中に飛び込んでいき、

「どなたかーっ！　いませんかっ。お邪魔《じやま》しますけどーっ！」

しかたない。俺たちも団長の行動を模倣《もほう》することにした。最後に入ってきた古泉が

扉を閉め、何時間かぶりに冷気と寒気と耳障《みみざわ》りな風切り音とに一次的別れを告げることができた。やはりホッとしたのだろう、

「ふぇー」

朝比奈さんがペタリと座り込んだ。

「ねえ、誰もいないのーっ！」

ハルヒの大声を聞きながら、明るさと暖かさが骨に染《し》み渡《わた》っていくのが解った。ちょうど真冬の外から戻《もど》ってきた直後に熱い風呂《ふろ》につかったような感じだ。頭とスキーウェアに積もっていた雪がたちまち溶《と》けて床《ゆか》に水滴《すいてき》を作っている。暖房《だんぼう》が効いていた。

しかし、人の気配はない。そろそろ誰かが出てきて迷惑そうな態度を隠《かく》さずハルヒを追い払《はら》ってもよさそうな展開だったが、呼びかけに応じてやってくる登場人物は皆無《かいむ》だった。

「幽霊屋敷《ゆうれいやしき》じゃないだろうな」

俺は呟《つぶや》いてその館《やかた》の内部を見回した。扉を開けてすぐが大広間になっている。高級ホテルのロビーと言ったら話が早いか。吹《ふ》き抜けになっている天井《てんじょう》はやけに高いところにあって、これまたやけに巨大《きょだい》なシャンデリアが煌々《こうこう》たる明かりを灯《とも》していた。床に敷《し》かれているのは深紅《しんく》の絨毯《じゅうたん》だ。外装は奇怪《きかい》な城のようでも中身はかなり現代的で、真ん中には幅《はば》のある階段が二階の通路へ続いている。これでクロークさえあれば本当

にホテルに来たのだと錯覚《さっかく》するほどだ。

「ちょっと探してくるわ」

待てども現れない館の住人に業《ごう》を煮《に》やしたのはハルヒだった。びしょぬれのスキーウェアから脱皮《だっぴ》するように這《は》い出すと蹴《け》り飛ばすようにスキーブーツも脱ぎ捨てて、

「非常事態だからしょうがないと思うけど、勝手に上がり込んじゃって後から文句言われるのもイヤだしさ。誰かいないか見てくるから、みんなはここで待ってて」

さすが団長と言うべきか、いかにも代表者チックなことを言うと、ハルヒは靴下《くつした》のままですぐさま走り出そうとした。

「待て」

止めたのは俺だ。

「俺も行く。お前一人じゃどんな失礼をやらかすか不安だからな」

大急ぎでウェアとブーツを取り外す。途端《とたん》に身体が軽くなった。吹雪の山中を歩きづめることで蓄積《ちくせき》した疲労《ひろう》感を、まるごと衣服に託《たく》して脱ぎ捨て去った気分だ。俺はかさばる衣装《いしょう》を手渡《てわた》しながら、

「古泉、朝比奈さんと長門を頼《たの》む」

雪山脱出《だっしゅつ》の役にまったく立たなかった超能力野郎《ちょうのうりょくやろう》は、唇《くちびる》をひん曲げるような笑《え》みを浮《う》かべて会釈《えしゃく》で応えた。俺を見上げる朝比奈さんの心配そうな瞳《ひとみ》と、黙々《もくもく》と立ちつく

す長門を一瞥《いちべつ》してから、

「行こう。こんだけ広いんだ。奥の方まで声が届いていないだけかもしれん」

「あんたが仕切んないでよ。こう言うときはね、リーダーシップを取るのは一人にしたほうがいいの！　あたしの言うとおりにしなさいよ」

負けず嫌《ぎら》いみたいなことを言いつつハルヒはさっと俺の手首をつかんで、待機に回った団員三人に、

「すぐに戻ってくるわ。古泉くん、二人をお願いね」

「了解《りょうかい》しました」

古泉は普段《ふだん》の笑みに戻ってハルヒに答え、俺にもうなずきかけやがった。

たぶん、こいつは俺と同じことを考えている。

この館の隅々《すみずみ》まで捜索《そうさく》しても人の姿を発見することはできない。

なぜだか俺にはそんな予感があった。

まずハルヒは階上の探索行《たんさくこう》を選んだ。広間の大階段を上ると、左右に分かれる通路が長々と延びており、通路の左右両側にちょっと数える気にならないほどの木製扉《とびら》がついている。ためしに一つ開けてみる。すんなり開いた扉の中はこざっぱりした洋式

の寝室《しんしつ》だった。

廊下《ろうか》の両端がさらに階段になっていて、俺とハルヒはもう一階上を目指した。行く先はハルヒ任せだ。

「あっち。次、こっち」

ハルヒは片手で指さし確認《かくにん》しながら、もう一方の手で俺の手首を引いていた。新たな階に到着《とうちゃく》するたび「誰かいますか！」と至近で叫《さけ》ぶ大音声《だいおんじょう》に耳をふさぎたくも思うが、それすらままならないね。俺はハルヒの指が示すまま、ただ付き従うだけである。数が多すぎるのでランダムに扉を開け放ち、そのすべてが同じような寝室でしかないことを確認しながら俺たちは四階までやって来ていた。館の通路は常夜灯なのか、どの階も明かりに満ちている。

さて次はどの扉を開けようかと目で選んでいたら、

「こうしていると夏を思い出すわね。船を確認しに外に出たときのこと」

……ああ、そういうこともあったな。今と同じように俺はハルヒに引きずられて土砂降《どしゃぶ》りの中を歩かされたっけ。

俺がセピア色の記憶《きおく》フィルムを巻き戻していると、突然《とつぜん》ハルヒが立ち止まり、手首を捕《と》らわれている俺も止まる。

「あたしさ」

ハルヒはトーンを落とした声で話し始めた。

「いつの頃《ころ》からか忘れたけど、いつのまにかだけど……。できるだけ人とは違《ちが》う道を歩くことにしてきたの。あ、この道って普通《ふつう》の道路のことじゃなくて、方向性とか志向性とかの道ね。生きる道みたいな」

「ふうん」と俺は相づちを打つ。だからどうした。

「だから、みんなが選びそうな道はあらかじめ避《さ》けて、いつも別のほうに行こうとしてたわけ。だってさ、みんなと同じほうに行ったって大概面白《たいがいおもしろ》くないことばかりだったのよ。どうしてこんな面白くないことを選びたがるのかあたしには解《わか》らなかった。それで気づいたの。なら、最初から大勢とは違うほうを選べば、ひょっとしたら面白いことが待ってるんじゃないかって」

根っからのヒネクレ者はメジャーだからという理由なだけで、そのメジャーなものに背を向けたりする。損得度外視で自らマイノリティの道を選ぶのだ。俺にも多少そんな気《け》があるからハルヒの言ってることだって解らん話ではないさ。ただ、お前は極《きょく》端《たん》に走りすぎるあまりメジャーだのマイナーだのとは全然別次元に行っちまってる気がするぜ。

ハルヒはフフっと微妙《びみょう》な笑い方をして、

「ま、そんなことはどうでもいいんだけどね」

何なんだよ。俺の答えを聞くまでもないんなら最初から尋《たず》ねるな。この状況《じょうきょう》をどう思ってやがるんだ。悠長《ゆうちょう》に笑い話のできる場合ではないだろうが。

「それより気になることがあるんだけど」

「今度は何だ」

うんざり感を込《こ》めて返答した俺に、

「有希と何かあったの？」

………………。

ハルヒは俺を見ず、まっすぐ前の廊下の先を見つめているようだった。

俺の返事は一拍《いっぱく》以上遅《おく》れていた。

「……なんのこった。別に何もねーよ」

「うそ。クリスマスイブからずっと、あんた、有希を気にしてばかりいるじゃん。気がついたら有希のほうばっか見てるし」

ハルヒはまだ廊下の先を見通そうとしている。

「頭打ったせいじゃないわよね。それとも何よ。有希に変な下心を持ってんじゃないでしょうね」

長門ばかりを眺《なが》めている自覚なんか心情としてまったくない。せいぜいいって朝比奈さんと合わせてロクヨンくらいの割合……なんて言ってる場合じゃねえな。

「いや……」

口ごもらざるを得なかった。例の消失の件からこっち、俺が長門をそれなりに気にしているのはハルヒの読み通りだし、言葉の上だけでも否定語を使用するのは俺自身が気にする。しかし、まさかこいつに気づかれていたとは思わないから模範《もはん》解答も用意しておらず、真実をそのまま伝えるわけにはもっといかず。

「言いなさいよ」

ハルヒはわざとのように歯切れよく、

「有希もちょっと変だもの。見た目は前と変わんないけど、あたしには解るんだからね。あんた有希に何かしたでしょ」

わずか二言三言の間に下心から既成《きせい》事実に移り変わろうとしている。このまま放《ほう》っておいたら古泉たちの所に戻《もど》るまでに俺と長門は本当に『ナニかあった』ことにされてしまう恐《おそ》れがある。実際に何かがあったことは確かだから、咄嗟《とっさ》に完全否定するのも難しい。

「あー。ええとだな……」

「ごまかそうったってそうはいかないわよ。いやらしい」

「違うって。やましいことなんか俺にも長門にもねえんだ。えー……。実は……」

いつしかハルヒは俺にアーチェリーの的を見る目を注いでいた。

「実は？」

挑《いど》むような目つきのハルヒに、俺はやっとの思いで言葉をねじり出した。

「長門は悩《なや》み事を抱《かか》えてるんだ。そう、そうなんだよ。ちょっと前に俺はその相談に乗ってやったんだ」

考えるのと話すのを同時進行でやるのは辛《つら》いな。それが口からデマカセならなおさらだ。

「正直言ってそれはまだ解決してないんだ。何というか……つまり……ようするに長門が自分で解決しないといけないことだからな。俺にできるのは話を聞いてやって、長門がどうしたいのかを自分で決めさせることくらいでさ。長門はまだ解答保留中だから相談された手前、俺もまだ気になっている。それが目にでちまったんだろう」

「どんな悩みよ、それって。どうしてあんたなんかに相談するわけ？　あたしでもいいじゃないの」

疑念の晴れない口ぶりだった。

「有希があたしや古泉くんよりあんたを頼《たよ》りにするとは思えないわ」

「お前じゃなけりゃ誰《だれ》でもよかったんだろう」

キリキリと眉《まゆ》を吊《つ》り上げるハルヒを、俺は自由なほうの手で制してやった。ようやく頭が回り出してきたぜ。

「つまりこうなんだ。長門が一人暮らしをしてるわけは知っているか？」

「家庭の事情でしょ？　あれこれ聞き出すのはやらしいと思って、そんなに詳《くわ》しくは知らないけど」

「その家庭の事情がちょっと発展を見せているんだ。結果の如何《いかん》によって長門の一人暮らしは終わるかもしれん」

「どういうこと？」

「簡単に言えば引《ひ》っ越《こ》しさ。あのマンションを離《はな》れて、遠くの……親族のもとに行く可能性があるんだ。当然、学校も変わることになる。言っちまえば転校だ。来年の春、キリのいいところで二年に上がると同時に別の高校に……」

「本当？」

ハルヒの眉が緩《ゆる》やかに下がる。こうなればしめたものだ。

「ああ。だが長門は家庭の事情がどうあれ、転校はしたくないそうだ。卒業まで北高にいたいと言っている」

「それで悩んでたの……」

ハルヒはしばしうつむいて、だが顔を上げたときは再び怒《おこ》った顔になっていた。

「それこそ、だったらあたしに言えばいいじゃない。有希は大切な団員なのよ。勝手にどっか行くなんて許せないわ」

そのセリフが聞けただけでも俺は満足だよ。

「お前に相談なんかしたら余計に話がこじれると思ったんだろうよ。お前のことだ、長門の親族のもとに乗り込んで、転校絶対反対のデモ行進くらいするだろう」

「まあね」

「長門は自分でケリをつけたいと決心してはいるんだ。ちょっと迷っているだけで心はあの部室にあるのさ。だがずっと一人で考え込んでいても精神に負担がかかるから、誰かに伝えておきたかったんだろう。ちょうど俺が入院してて、長門が一人で見舞《みま》いに来てくれたときに聞いたんだ。たまたまそこに誰もいなくて俺だけがいたってことさ。それだけ」

「そう……」

ハルヒは軽く息をつき、

「あの有希がね……。そんなことで悩んでたの？　けっこう楽しそうに見えたのに。休み前だけど、廊下《ろうか》でたまたま出くわしたコンピ研の下っ端《ぱ》部員たちに最敬礼されてたわよ。満更《まんざら》でもなさそうな感じだったけど……」

俺は満更でもないような顔をする長門をイメージし、どうにも想像できずに頭を揺《ゆ》らした。ハルヒはパッと顔を上げて、

「でも、うん、まあ、そうね。有希らしいと言えば有希らしいわ」

信じてくれたようで俺も安堵《あんど》の息を吐《は》く。この嘘《うそ》エピソードのどこに長門らしさがあったのか我ながら不思議だが、ハルヒには長門がそういう感じの娘《こ》に見えているようだ。俺は話をまとめにかかる。

「ここで言ったことはオフレコにしとけよ。間違《まちが》っても長門には言うな。安心しろ、あいつなら新学年になっても部室でおとなしく本読んでいるさ」

「もちろん、そうじゃないとダメよ」

「だがな」

俺はハルヒにつかまれた手首の熱さを感じながら言い足した。

「もし、万が一にだ。長門がやっぱり転校するとか言い出したり誰かに無理矢理連れて行かれようとしてたら、好きなように暴れてやれ。その時は俺もお前に荷担《かたん》してやる」

ハルヒは目を二度ほど瞬《しばた》かせた後、俺をポカンとした顔で見上げた。そして極上《ごくじょう》の笑《え》みを広げて、

「もちろん！」

俺とハルヒが一階エントランスロビーまで戻《もど》ると、スキーウェアを脱《ぬ》いで待ってい

た三人が三様の対応で迎《むか》えてくれた。

　なぜか朝比奈さんは早くも半泣きの顔をして、

「キョンくん、涼宮さぁん……。よかったぁ、戻ってきてくれて……」

「みくるちゃん、何泣いてんのよ。すぐに戻ってくるって言ったじゃない」

　ハルヒは上機嫌《じょうきげん》に述べて朝比奈さんの髪《かみ》を撫《な》でているが、俺は古泉の表情が目障《めざわ》りだった。何だよ、そのアイコンタクトは。そんな意味不明なパスを送られても俺の胸には届かないぞ。

　もう一人、長門はぼんやりと突《つ》っ立って黒目をハルヒに向けている。いつも以上にぼんやりしているように見えたが、宇宙人的有機生命体にもラッセル車じみた雪中進軍は負担だったものと解釈《かいしゃく》して俺は納得《なっとく》した。長門が無謬《むびゅう》性の塊《かたまり》ではないというのは織り込み済みだ。今の俺はそれを知る側にいる。

「ちょっとよろしいですか？」

　古泉がさり気なく近づいて俺に耳打ちした。

「涼宮さんには内緒《ないしょ》にしておきたいことがあります」

　そう言われれば黙《だま》って耳を傾《かたむ》けるしかないな。

「あなたの体感でかまいません。あなたと涼宮さんがこの場を離《はな》れてから戻ってくるまで、どれだけの時間が経《た》ったと思いますか？」

「三十分も経ってないだろう」

途中《とちゅう》でハルヒの話を聞いたり嘘話を語ったりしていたものの、感覚的にはその程度だ。

「そうおっしゃるだろうと思っていましたよ」

古泉は満足げなのか困り顔なのか解《わか》らないような表情となりながら、

「残された僕たちにとってはですね、あなたと涼宮さんが探索《たんさく》に出かけてからここに帰還《きかん》するまで、実に三時間以上が経過しているんです」


計測してくれたのは長門だった、と古泉は語った。

「あなたがたの帰りがあまりにも遅《おそ》いので」

すっかり乾《かわ》いた前髪を弾《はじ》きつつ、こいつはニヒルに微笑《ほほえ》みながら、

「思いつきを試《ため》してみることにしました。長門さんに僕から見えない、離れた場所に行ってもらうよう依頼《いらい》したんです。秒数を正確に数えるよう打ち合わせて、十分後に戻ってくると約束して」

長門は素直《すなお》に従ったそうだ。このエントランスから横へ続く通路へ歩き、やがて角を曲がって姿を消し――。

「ところが、長門さんは僕が二百を数え終わらないうちに帰ってきました。僕の感覚では三分も経っていないのは疑いを得ない。しかし長門さんは間違いなく十分を計測したと言い張りましたよ」

長門が正しいに決まっている。お前が途中で居眠《いねむ》りをしたか桁《けた》を間違えたかしたんだろ。

「朝比奈さんも僕とほぼ同じ数だけを小声で数えていましたけどね」

そりゃあ……。やっぱり長門のほうが合っていると思うのだが。

「僕だって長門さんのカウント精度を疑問視したりはしません。彼女がこういった数学的単純作業で間違いを犯《おか》すはずはないですから」

じゃあ何だ、っていう世界だな。

「この館《やかた》は場所によって時間の流れる速度が異なる……または、存在する個々の人間によって主観時間と客観時間にズレが発生する。そのどちらかか、あるいは両方です」

古泉はいっそ清々《すがすが》しい面持《おもも》ちで朝比奈さんを乱暴になだめるハルヒを見て、また俺を見た。

「できる限り全員が一塊《ひとかたま》りになっていたほうがいいですね。でないと、どんどん時間の齟齬《そご》が生じることになる。それだけならまだいいのです。この建物の内部だけが時間的に狂《くる》っているのなら対処方法はないでもありません。しかし、僕たちが誘《さそ》い込まれるようにしてここにやって来た、それ以前から齟齬が開始されていたとしたらどうでしょう。突然《とつぜん》の吹雪《ふぶき》と、歩けども目的地にたどり着けない山下りに、あなたはどんな想像をしましたか？　僕たちはその時すでに別の時空間に紛《まぎ》れ込んでいたのだとしたら……」

ハルヒに髪をかき回されている朝比奈さんを眺《なが》めてから長門を見る。吹雪で変な形になっていた髪型はすっかり乾いて元に戻っていた。雪よりは暖かみのある白い肌《はだ》だ。

俺も古泉に囁《ささや》き返した。

「お前のことだ、長門と朝比奈さんとすでに話し合いの場を設けただろう。何か言ってたか？」

「朝比奈さんにはまるで見当がついていないようです」

それは様子を見れば解る。肝心《かんじん》なのはもう一人だ。

古泉はさらに声をひそめさせ、

「それが何も答えてくれませんでした。僕が先ほどの依頼をしたときも一言もなく歩き出して、戻《もど》ってきてからも無言です。本当に十分間だったのかと訊《き》いたらうなずいてはくれましたが、それ以外はどんな意思表示もなしです」

長門は赤絨毯《あかじゆうたん》の表面をじっと注視している。表情がないのは昨日も今日も同じだが、ぼんやり度が増しているような気がするのは果たして気のせいですませていいのかな。

俺が長門に気遣《きづか》いの声をかけようと動きかけた時、

「キョン、何してんのよ。みんなに報告しないといけないじゃない」

ハルヒが釣果《ちょうか》を自慢《じまん》するような声で一同を睥睨《へいげい》し、

「さっき見回ってきたんだけど、二階から上の部屋は全部ベッドルームだったわ。どっかに電話がないかと思ったんだけど……」

「ああ、なかった」と俺も追加情報を披露《ひろう》する。「ついでにテレビとラジオもなかった。モジュラージャックや無線機らしい機械の姿もな」

「なるほど」

古泉は指先で顎《あご》を撫《な》でながら、

「つまりどこかと連絡《れんらく》を取ったり、外界から情報を得る手段が何もないということですね」

「少なくとも二階以上にはね」

ハルヒは不安の欠片《かけら》もなさそうに微笑み、

「一階のどこかにあればいいんだけどね。あるんじゃない？　これだけデカい館だもん、通信専用の部屋がわざわざ用意されてるのかも」

ではは探しに行きましょう、とハルヒは旗の代わりに手を振《ふ》って、暗澹《あんたん》たる顔つきの朝比奈さんを引き寄せた。

俺と古泉、少し遅《おく》れて長門も歩き出す。

ほどなく俺たちは食堂に落ち着いていた。アンティークな内装が施《ほどこ》されているこのスペースは、入ったことがないからよくは知らないが三つ星級のレストランのような豪勢《ごうせい》な広さと煌《きら》びやかさを兼《か》ね備えている。白いテーブルクロスのかかった卓上《たくじょう》には黄金色に輝《かがや》くキャンドルまで立っていて、天井《てんじょう》を見上げるとそこにも豪華《ごうか》なシャンデリアが吊《つ》り下がり、SOS団メンバーを冷たく見下ろしていた。

「ホントに誰《だれ》もいなかったわねえ」

ハルヒは湯気の立ちのぼるティーカップを口元に持っていきながら、

「どうしちゃったのかしら、ここの人たち。明かりもエアコンも付けっぱなしで、電気代がもったいないわ。通信室もないしさ。どうなってんの？」

ハルヒがズルズル啜《すす》っているホットミルクティーは、このレストランみたいな食堂奥《おく》の厨房《ちゅうぼう》からカップやポットともども無断で拝借したものである。朝比奈さんが湯を沸《わ》かしている間にハルヒとそこら中を開けてみて回ったところ、棚《たな》には洗って乾燥《かんそう》させたばかりのようにピカピカの食器が並んでいるし、特大の冷蔵庫にはふんだんに食材が用意されているし、とてもじゃないがここが長らく無人の館として放置されていたとは思いがたい。まるで俺たちの到着《とうちゃく》と同時に全員が荷物をまとめて出て行ったような雰囲気《ふんいき》だ。いや、それすら疑わしいな。だったら少しは人間の気配か残り香《が》の一つでも残っているはずだ。

「まるでマリー・セレスト号みたいね」

ハルヒはちゃかしているつもりらしいが、あんまり笑えないな。

一階の探検は五人でおこなった。ぞろぞろと列になって歩く俺たちは扉《とびら》を見つける度《たび》に次々に開いていき、その度ごとに使えそうなものを発見していた。巨大《きょだい》な乾燥機《かんそうき》のしつらえられたランドリー室を見つけたり、最新機材が装備されたカラオケルームを見つけたり、銭湯みたいに広い浴室を見つけたり、ビリヤードと卓球台《たっきゅうだい》と全自動雀《ジャン》卓《たく》が設置されたレクリエーションルームを見つけたり……。

願えばその通りの部屋が新たに発生するんじゃないかと思えるくらいだ。

「可能性としては」

古泉がカップをソーサーに置き、キンキラの燭台《しょくだい》をもてあそぶように手に取った。そのままガメる気かと思ったが、細工を入念に鑑定《かんてい》するような目で見てすぐに置いた。

「この館《やかた》にいた人々は、吹雪《ふぶき》になる前に全員で遠くに出かけ、この悪天候のせいで足止めされているということが考えられます」

薄《うす》い微笑《ほほえ》みをハルヒに見せつけるように浮《う》かべ、

「だとすれば、吹雪が収まりしだい戻ってくるでしょう。勝手に上がり込んだ非礼を許してくれればいいのですが」

「許してくれるわよ。他《ほか》にしょうがなかったんだしさ。あ、ひょっとしたらこの館、あたしたちみたいに道に迷ったスキー客の避難所《ひなんじょ》になってるんじゃない？　それだったら無人なのも解《わか》らないでもないわ」

「電話も無線機もない避難所なんかないだろ」

俺の声は心持ち疲《つか》れている。五人で一階部分をのし歩いたあげくに解ったことはそれくらいだ。通信手段やニュースソースだけに留《とど》まらず、この建物の中には時計すらなかった。

それ以前に、この館は建築基準法と消防法を確実に無視している気がするんだがと思いつつ、

「どこの誰がこんなデカいだけで不便な避難先を作るんだ？」

「国か自治体じゃないの？　税金で運営されてるんじゃないかしら。そう考えるとこの紅茶とかも遠慮《えんりょ》なく飲めるしね。税金ならあたしだって払《はら》ってるから使用する権利はあるわ。……そうだ、お腹空《なかす》いたから何か作ってきましょうよ。手伝って、みくるちゃん」

思い立つと他人の意見に左右されないハルヒである。素早《すばや》く朝比奈さんの手を取る

と、

「えっ？　あっ、はっはい」

心配そうな瞳《ひとみ》を俺たちに向けながら厨房へと連行された。朝比奈さんには申しわけなかったし古泉の言う時間の流れも気になるが、ハルヒが消えてくれたのは都合がいい。

「長門」

俺は空になった陶磁器《とうじき》を見つめているショートカットの横顔に言った。

「この館は何だ。ここはどこだ」

長門は固まったまま動かない。そして三十秒くらいしてから、

「この空間はわたしに負荷《ふか》をかける」

そんなポツリと言われても。

解らん。どういうことだ？　長門のクリエイターだかパトロンだかに連絡《れんらく》を取って何とかしてもらうことはできないのか。異常事態なんだ。たまには手を貸してくれてもいいだろ？

やっと俺のほうに向いた顔には何の表情もない。

「情報統合思念体との連結が遮断《しゃだん》されている。原因解析《かいせき》不能」

あまりに淡々《たんたん》と言われたので飲み込むまでに少々時間がかかった。気を取り直して

俺は尋《たず》ねる。

「……いつからだ」

「わたしの主観時間で六時間十三分前から」

感覚が失《う》せてるから数字で言われても解りにくいなと思っていると、

「吹雪に巻き込まれた瞬間《しゅんかん》から」

黒目がちの瞳はいつものように静かな色をしている。しかし俺の心はあいにく静けさを保ってくれたりはしなかった。

「どうしてその時に言わなかったんだよ」

責めてるわけじゃないんだ。長門のだんまり癖《ぐせ》は通常のこいつであるという証拠《しょうこ》のようなものだから、しかたがないというよりはそうでなくてはならないからさ。

「ということはここは現実にある場所じゃないのか。この館だけじゃなくて……俺たちがずっと歩いていた雪山から全部、誰《だれ》かの作った異空間か何かなのか？」

長門はまた黙《だま》り込み、しばらくして、

「解らない」

どこか寂《さび》しそうにうつむいた。その姿がいつぞやの長門を想起させ、ちょっと焦《あせ》る気分がする。しかしだ、こいつにも解らないなんて言語を絶する現象がハルヒがらみ以外にあったとは。

俺は天を仰《あお》ぎ、もう一人のSOS団団員に言った。

「お前はどうだ。何か言うことはないか？」

「長門さんを差し置いて僕が理解可能な現象もそうありませんが」

興味深そうな目を長門に向けていた副団長殿《どの》は、やや姿勢を正した。

「僕に解るのは、ここが例の閉鎖《へいさ》空間ではないということくらいです。涼宮さんの意識が構築した空間ではありません」

言い切れるのか？

「ええ。これでも涼宮さんの精神活動に関してはスペシャリストですからね。彼女が現実を変容させるようなことがあれば僕には解ります。今回の涼宮さんは何もしていません。こんな状況《じょうきょう》を願ったわけでもない。まず無関係と言い切れます。何でも賭《か》けてください、即座《そくざ》に倍賭《ダブルアップ》けを宣言しましょう」

「じゃあ誰だ」

俺はうすら寒さを感じる。吹雪のせいでそう見えるだけなのか、食堂の窓から見える風景はひたすらグレー色だ。あの青白い《神人《しんじん》》がひょっこり顔を覗《のぞ》かせても別段おかしいとは思わないような背景だった。

古泉は長門を見習ったように沈黙《ちんもく》して肩《かた》をすくめた。緊張感《きんちょう》のない仕草だったが、それは演技だったのかもしれない。深刻な顔を見せたくなかったのだろうか。

「お待たせー！」

ちょうどハルヒと朝比奈さんがサンドイッチを山積みした大皿を抱《かか》えて来たからな。

俺の体内時計が勘《かん》で教えてくれるところによれば、そうたいして待ってはいないはずた。ハルヒと朝比奈さんが厨房《ちゅうぼう》へと消えてから実質五分にも満たないだろう。だが、さり気なくハルヒに聞いて明らかになった所要時間は最低でも三十分はかかっているらしく、料理を見る限りではどうやらそっちも正しそうだった。サンドイッチ用の薄《うす》切《ぎ》りパンは一枚一枚焼いてあるし、ハムやレタスにも下味がついてるし、卵を茹《ゆ》でて刻んでマヨネーズであえて具材にするのも五分ではすむまいね。てんこ盛りのミックスホットサンドの量は、二人がどんなに手抜《てぬ》きをしても相応の時間がかかりそうな手の込《こ》みようで、余談になるのを知りつつ言うと、これがかなり美味《うま》いのだ。ハルヒの料理の腕《うで》はクリスマス鍋《なべ》で身に染《し》みていたが、いったいこいつの不得意科目は何だろう。小学生時代に出会っていれば道徳の成績だけは勝っていただろうが……。

俺は自分の頭を小突《こづ》く。

こんなことを考えている場合じゃないんだ。心配すべきなのは今の俺たちの現況だけというわけにはいかないんだよ。

朝比奈さんは自分の作った料理の行方《ゆくえ》が気になるのか、俺が新たなサンドイッチに手を伸《の》ばすたびに息を詰《つ》めて見守って、安堵《あんど》した顔を作ったり緊張《きんちょう》したりしている。

前者の場合がハルヒの製作によるもので、後者が朝比奈さんのものなのだろう。まる解《わか》りだ。

彼女はまだ知らない。古泉にも言っていない。ハルヒには知らせるわけにはいかない。

長門と俺だけが知っていて、まだ実行していないことがある。

そうだ──。

俺はまだ世界を救いに過去に戻《もど》っていないんだ。

慌《あわ》てて行くこともないと思い、年明けでもいいかと考えていた。朝比奈さんに何と言おうか文案を練っていたということもあって、のんびりと年末気分を味わっていたのはマズかったのか？　このままこの館から出られないなんてことになれば……。

「いや、待てよ」

それではおかしなことになる。俺と長門と朝比奈さんは必ず十二月の半ばに時間遡《そ》行《こう》するはずなのだ。でないとあの時の俺が見たあの三人は何だったのだという話になる。てことは、俺たちは首尾《しゅび》よく通常空間に脱出《だっしゅつ》できるのか。そうであれば安心材料の一つにもなるが。

「ささ、どんどん食べなさいよ」

ハルヒは自らパクつきながら紅茶をがぶ飲みしている。

「まだまだあるからね。何ならもっと作ってきてあげてもいいわよ。食料庫《しょくりょうこ》、食べきれないほど大量の食材がたんまりあったからね」

古泉は微苦笑《びくしょう》してハムサンドを噛《か》みしめつつ、

「美味ですよ。非常にね。まるでレストランの味です」

太鼓持《たいこも》ちみたいな感想をハルヒに向けて言っているが、俺が気になるのはこいつではない。いかにも材料の無断使用を気にして食の進んでいない朝比奈さんでもない。

「…………」

長門だ。

ちまちまとした食べ方は本来のこいつのものではなかった。

宇宙人製有機アンドロイドは、まるでいつもの旺盛《おうせい》な食欲をどこかに置き忘れたかのように、手と口の動きが半減していた。

大半をハルヒと意地になった俺で平らげた軽食が終了《しゅうりょう》した後、

「お風呂《ふろ》入りましょうよ」

能天気にハルヒが提案し、誰《だれ》も反対しなかった。反対意見がないのは誰もが肯定《こうてい》しているからであると思い込むのもこいつの特性で、

「大浴場があったもんね。男女別にはなってなかったから順番よ、もちろん。団長として公序良俗《こうじょりょうぞく》と風紀の乱れは許容できないからさ。レディファーストってことでいいわよね？」

他《ほか》にすることとの思い当たるふしがないってのもあるが、とにかくこういう時はハルヒのようにサクサクと次に進む道を導き出す奴《やつ》がいるのはかえって助かる思いだ。それだけ気が紛《まぎ》れるからな。じっと考えていても何も思いつかないのであれば、機械的にでも身体《からだ》を動かしているほうが脳も刺激《しげき》を受けて、何やら思いつき電波を発信してくれるかもしれない。自分の脳みそに期待しよう。

「その前に部屋決めね。どこがいい？　どの部屋も同じだったけど」

古泉論によれば一部屋でまとまっているのがベストであるが、そんな提案をすればカエル跳《と》びアッパーが飛んできそうな気がしたので自重、

「全員近くの部屋がいいな。隣同士《となりどうし》と向かいで五部屋確保したらいいだろう」

俺が重々しいセリフを吐《は》くのと同時にハルヒは席を立った。

「じゃ、二階のどっかにしましょ」

颯爽《さっそう》と歩き始めるハルヒを俺たちも追う。途中《とちゅう》、エントランスに放《ほう》り出したままの

スキーウェアをランドリー室の乾燥機《かんそうき》にたたき込んでおいてから、階段を上る。館《やかた》の誰かが戻ってきたら飛び出せるように、とハルヒの配慮《はいりょ》によって階段近くの五部屋に仮住まいさせてもらうことにした。俺と古泉が隣同士で、その通路を挟《はさ》んだ対面《トイメン》に長門、ハルヒ、朝比奈さんが寝室《しんしつ》を確保する。俺の正面がハルヒの部屋だ。

さっきハルヒと見回ったときにも感じたが、余計なものの何もない文字通りのベッドルームだ。超格安《ちょうかくやす》ビジネスホテルだってもうちょっと何かあるぜ。古風な化粧台《けしょうだい》を除けばベッドとカーテンくらいしかない。窓は完全なはめ殺しで、よく見ると二重ガラスになっている。その防音効果か、外が相変わらずの風と雪の吹き荒《あ》れる悪天候だってのに室内は無音だ。逆に気味が悪い。

整理する手荷物もないので俺たちは部屋決めの後、すぐさま赤絨毯《あかじゅうたん》通路に集合した。

ハルヒはまた挑発《ちょうはつ》的な笑顔《えがお》で、

「解ってるわね、キョン」

何を解れと？

「決まってるでしょ、こういうシチュエーションに置かれた煩悩《ぼんのう》まみれの男が決まってするようなことをしちゃダメだからね。あたしはそんなステレオタイプが大っ嫌《きら》いだから！」

何をすりゃいいんだっけ？

ハルヒは女団員二人の腕《うで》を引き寄せ、静謐《せいひつ》な顔でされるがままになっている長門の横髪《よこがみ》に側頭部をつけながら、キッパリと叫《さけ》んだ。

「覗《のぞ》くなっ！」

「だからぁ……」


ハルヒだけが姦《かしま》しい三人娘《むすめ》たちが遠ざかるのを見計らい、俺は滑《すべ》るように自室を出た。外の猛吹雪《もうふぶき》など無関係とばかりに館の通路はしんとしている。空気は暖かい。だが心地《ここち》よさとは無縁《むえん》のものだ。心を寒くさせるような暖かさにありがたみは感じない。足を忍《しの》ばせて目指した先は隣の部屋だ。小さくノック。

「何でしょう」

古泉が顔を出し、歓待《かんたい》するような笑顔で口を開きかけた。俺が唇《くちびる》の前で人差し指を立てると、心得たように口を閉《と》ざす。俺も無言で古泉の部屋に滑り込んだ。忍び込むのは朝比奈さんのところにしたかったが、ここで遊んでいるヒマはない。

「お前に言っておくことがある」

「ほう」

古泉はベッドに腰《こし》をかけ、俺にも座るように手で促《うなが》した。

「それこそ何でしょう。気になりますね。他のお三方に聞かれては困るような話でしょうか」

「長門には聞かれてもかまわんけどな」

何の話か、それは言うまでもなかろう。

ハルヒの消失から始まって、俺が病室で目覚めるまでの様々な事柄《ことがら》だ。朝倉涼子《あさくらりょうこ》の復活、二度目の時間遡《そ》行《こう》と三年前の七夕、設定の違《ちが》っちまったSOS団のメンツたち、朝比奈さん大人バージョン、それから、これから俺がしなきゃならないはずの世界復活計画――。

「ちょいと長い話になるぜ」

俺は古泉の横に腰を下ろして語り始めた。

古泉は絶好の聞き役で、合間合間に適当な相づちを打ちながら最後まで優等生的聴《ちょう》講生《こうせい》の態度を保っていた。

要点だけをかいつまんでまとめたので予想したよりは長くかからない。俺としては細部まで長々と描写《びょうしゃ》したいところでもあったが、何にせよ優先されるべきは解《わか》りやすさと一般性《いっぱん》だと思っているので、俺もそのようにしてやった。

おとなしくオチまで聞き終えた古泉は、

「なるほどね」

とりたてて感動したわけでもなさそうに、微笑《びしょう》した口元を指でなぞりながら、

「それが本当だとしたら、興味深いとしか言いようがありませんね」

お前の言う『興味深い』ってフレーズは時候の挨拶《あいさつ》か。

「いえ、本当にそう思っているのですよ。実は僕にも思い当たるふしがあったものですから。あなたが話通りの体験をしたのだとしたら、僕の疑惑《ぎわく》も補強されるというものです」

俺は面白《おもしろ》くない顔をしていただろう。こいつが思い当たるものとは何だ。

「弱まっている可能性があるんですよ」

だから何がだ。

「涼宮さんの力。それから長門さんの情報操作能力もです」

何を言おうとしているんだ？　俺は古泉を見た。古泉は無害そうな微笑《ほほえ》みを違《たが》えず、

「涼宮さんが閉鎖《へいさ》空間を生み出す頻度《ひんど》を減じさせているというのは、クリスマス前にお話ししましたね。それと呼応するように、僕が長門さんから感じる……何と表現すべきでしょうか、つまりは宇宙人的な雰囲気《ふんいき》と言いましょうかね？　その手の感覚、気配みたいなものです。それが減少しているように思えるのです」

「……へぇ」

「涼宮さんは徐々《じょじょ》に普通《ふつう》の少女に向かおうとしている。加えて長門さんもまた、情報

統合思念体の一端末《いちたんまつ》の立場から外れようとしている――、そんな気がしてならないのですよ」

古泉は俺を見ている。

「僕にしてみれば、それ以上を望みようのない展開です。涼宮さんがそのまま現実の自分を肯定《こうてい》し、世界を変化させようと考えたりしなければ僕の仕事は終わったも同然ですよ。長門さんが何の力も持たない普通の女子高生になってくれたら大いに助かります。朝比奈さんは……そうですね、どうとでもできますから未来人でもけっこうですが」

俺を無視するように古泉は独白を続ける。

「あなたはもう一度過去に行って自分と世界を元通りにしなければならない。なぜなら、あなたはその過去において未来から来た自分と長門さんと朝比奈さんを目撃《もくげき》したから――でしたか」

そうとも。

「しかし現在の僕たちは全員揃《そろ》って吹雪《ふぶき》の山中に迷い込み、誰《だれ》かが用意でもしてくれたかのような怪《あや》しい館《やかた》にいる。長門さんにも理解できない、いわば異空間に閉じこめられているわけです。この状態が延々と続けば、あなたがたが過去に戻《もど》るすべはないと考えられますから、まさしくその理由によって、少なくともあなたと長門さんと朝比奈さんの三名だけは元の空間に戻らなければならない。いや、戻ることはすでに決定している……」

そうじゃないとおかしいだろう。俺がもう一つ緊迫感《きんぱく》を感じられないでいるのはそのせいなんだ。あの時俺は確かに俺の声を聞いた。しかして今の俺はまだあの時に戻っていないのだから、戻るのはこれからということになる。なら、このまままこうして吹雪の館にずっと滞在《たいざい》し続けるような事態にはならないはずで、脱出《だっしゅつ》できるのは既定《きてい》事項《じこう》だ。朝比奈さん（大）も言ってたじゃないか。『でないと、今のあなたはここにいないでしょう？』と。

「なるほど」

古泉はもう一度同じセリフを言って、俺に微笑みかけた。

「しかし僕には別の仮説があるんですよ。どちらかと言えば悲観的な仮説です。簡単に言うと、僕たち全員が元の空間に復帰できなくとも全然かまわないような理屈《りくつ》がね」

もったいぶらずに早く言え。

では、と前置きして古泉は用心深く声のトーンを下げた。

「現在の僕たちはオリジナルの僕たちではなく、異世界にコピーされた存在なのかもしれません」

俺が理解するのを待つようにこちらを見ているが、意味不明にもほどがある。

「解りやすく言い換《か》えましょう。たとえば僕たちの意識が、そのままスキャンされてコンピュータ空間に移し替《か》えられたとしたらどうでしょうか。意識だけはそのままに仮想現実空間へ移送されたとしたら」

「コピーだあ？」

「そうです。何も意識だけに限らない。統合思念体クラスの力を持つものならどうにでもできるでしょう。つまりこの異空間に紛《まぎ》れ込んだ僕たちはオリジナルの僕たちではなく、ある一定時刻から忠実にコピーされた同一人物なんです。オリジナルの僕たちは……そうですね、今頃《いまごろ》鶴屋さんの別荘《べっそう》で宴会《えんかい》を楽しんでいるのかもしれない」

ちょっと待ってくれ。意味するところの把握《はあく》が追いつかないのは俺が無学だからか？

「そういうわけではないでしょうが。もっと身近な例を挙げましょう。あなたがコンピュータゲームをしていると仮定しましょう。ファンタジー的なRPGです。何が出てくるか解《わか》らない洞窟《どうくつ》に入る前、一応セーブするのは当然の対策と言えます。仮にそこでパーティが全滅《ぜんめつ》したとしても、また元のセーブポイントからリプレイすることができますからね。あらかじめコピーデータを作製しておけばオリジナルは大切に保存しておいて、コピーにあえて無茶な行動を取らせることだって可能です。不都合があればリセットすればいいのですから。今僕たちが置かれている状況《じょうきょう》がそれだとしたらどうなります？」

古泉は諦観《ていかん》したような表情になってまで、しかしまだ微笑を消してはいなかった。

「つまりここは誰かが構築したシミュレーション空間で、僕たちはコピーされた実験動物です。このような状況下に置かれたとき、涼宮さんを含《ふく》めた僕たちがどのように反応するかを観察するための、まさにそのための場所なんですよ」

「古泉……」

呟《つぶや》きながら俺は猛烈《もうれつ》な既視感に襲《おそ》われていた。夏のエンドレスオーガストにも体験したような、理不尽《りふじん》な記憶《きおく》の断片《だんぺん》だ。何だろう。覚えているはずのない記憶が俺の頭の片隅《かたすみ》で叫《さけ》んでいる。思い出せ、と。

ようようにして俺は言った。

「以前にも似たようなことがなかったか？」

「雪山で遭難《そうなん》した記憶ですか？　いえ、僕にはありませんが」

「そうじゃない」

雪山は関係ない。これとは別に、俺たちが何か他の時空に放《ほう》り込まれたような記憶が……なんとなく俺にはあるんだ。そこは非常に非現実的なところで……。

「カマドウマを退治した時のことではないですか？　あれは確かに異空間でしたね」

「それでもない」

俺は懸命《けんめい》に頭を凝《こ》らした。ぼんやり浮《う》かんでくるのは、奇妙《きみょう》な格好をした古泉にハルヒ、長門に朝比奈さん、そして俺。

そうだな、古泉。何か知らんがお前は竪琴《たてごと》を持っていたような気がする。全員が古風な衣装《いしょう》を身につけていて、そこで俺たちは何かをしていた……。

「まさか前世の記憶を持っているんだとか言うのではないでしょうね。あなたに限ってそのようなことはないと考えていたのですが」

前世だの後世だのが本当にあるんだったら、人類はもっと解り合えているだろうよ。そんなもんは現世についてイイワケをしたがっている連中の戯言《たわごと》だ。

「もっともです」

くそったれ。思い出せない。異空間などに思い出はないと俺の理性が主張している。しかし俺の深い部分にある感性は別のことを訴《うった》えていた。

何だったのだろう。断片的なキーワードしか浮かんでこないが、そこには王様とか海賊《かいぞく》とか宇宙船とか銃撃戦《じゅうげきせん》みたいものが泡《あわ》のようにたゆたっている。これはどうしたことだ？　そんなもんはなかったという記憶はある。しかし俺の心の奥底でわだかまっている合わないピースは何だろう。正体がつかみきれない。

俺の苦悩《くのう》するような表情をどう見たか、古泉は平然と言葉を継《つ》いだ。

「長門さんにも解析《かいせき》不能で、かつここが彼女に負荷《ふか》をかけるような空間なのだとしたら、館《やかた》を含めて吹雪《ふぶき》の山での遭難を演出した者の正体はある程度推測できます」

俺は黙《だま》っている。

「長門さんと同等か、それ以上の力を持つ誰《だれ》かです」

それは誰だ。

「解りません。ですが、そのような存在が僕たちをこの状況に追いやったとして、このまま僕たちを留め置きたいと考えるなら、最大の障害となるのは長門さんでしょう」

古泉は下唇《したくちびる》を指でなぞりながら、

「僕がその何者かの立場なら、真っ先に長門さんをどうにかすることを考えます。単独ではほぼ無力と言っていい僕や朝比奈さんとは違《ちが》って、長門さんは統合思念体と直結していますから」

ハルヒよりよほど神様的な連中らしいからな。単数なのか複数なのかも解らないが。しかし親玉との連結が遮断《しゃだん》されていると長門は告白している。

「ひょっとしたら、その何者かは長門さんの創造主よりも強大な力を持っているのかもしれません。そうなればアウトですが……」

言ってる途中《とちゅう》で何やら思いついたような顔をして、ハンサム野郎《やろう》は腕《うで》を組んだ。

「朝倉涼子を覚えていますよね？」

忘れそうになっていたのだが今月になって忘れることはできないようなことが起きちまった。

「情報統合思念体内部の少数派で過激派、その一派がクーデターを成功させたというのはどうですか？　我々からすれば神も同然の知性体です。長門さんを孤立《こりつ》させ、僕たちを位相のズレた世界に閉じこめることなど簡単にやってのけるはずです」

思い出す。社交的で明るく優良なクラス委員長。尖《とが》ったナイフの切っ先。俺は二度まで朝倉に襲われ、二度とも長門に救われたのだ。

「いずれにせよあまり結果は変わりません。僕たちはこの館から脱出《だっしゅつ》できず、永劫《えいごう》の時をここで過ごすことになる」

竜宮城《りゅうぐうじょう》かよ。

「的を射て当を得た表現です。我々のこの状態は歓待《かんたい》と言ってもいいでしょう。欲しいと念じたものが用意されている。暖かく広い館、冷蔵庫に一杯《いっぱい》の食材、お湯を満たした大浴場、快適な寝室《しんしつ》……。館からの脱出に必要なものを除いてね」

それでは意味がない。こんなアンノウンスペースに留め置かれて怠惰《たいだ》な生活を満喫《まんきつ》できるほど俺はこれまでの人生に絶望していない。高校生活だって一年足らずで終《しゅう》了《りょう》するにはいくらなんでも短すぎるだろ。俺にだってここにいる連中以外にもう一度は会っておきたい人間がいるさ。谷口と国木田をその数に数えてやってもいいし、家族やシャミセンとこれっきりなのはさすがに悲しいぜ。だいたい俺は冬が大の苦手で、アイスランドの人には悪いが雪と氷に閉じこめられて余生を過ごすなんざ一生かかっても慣れそうにないんだ。夏の暑さとセミの喧噪《けんそう》をこよなく愛する男と呼んでくれ。

「それを聞いて僕も一安心ですよ」

古泉は大げさに息を吐《は》いた。

「仮に涼宮さんが異常事態に気づき、自らの能力を解放することになれば、どんな結果を引き起こすか解《わか》ったものではありません。これを仕組んだ者の目的はそれであるかもしれないのです。これと言った進展がないのなら、わざと刺激《しげき》的な操作をおこなって暴発を誘《さそ》う。よくある手ですよ。ここがシミュレーション空間で僕たちがオリジナルと切り離《はな》されたコピーなら、下手人も遠慮《えんりよ》することはないでしょうしね。あなただってゲームのキャラクターに無茶をさせても良心が痛むことは稀《まれ》なのではないですか？」

そう言われれば思い当たる過去がないでもないな。だが連中はあくまで数値でしかなく、俺は現実にこうして生きているつもりだ。

「まずはここを脱出することです。異空間にいるよりは現実的な遭難《そうなん》のほうがいくらかマシです。なんとかなる。いえ、なんとかしなければなりません。涼宮さんや僕たちを閉じこめておきたいと思うような存在は我々にとって明確な敵です。我々というのは『機関』や情報統合思念体じゃなくて、SOS団ですけどね」

何だっていいさ。俺と同意見なら、そいつは即座《そくざ》に仲間入りだ。

それきり俺は深い思索《しさく》の旅に出発し、古泉もシンクロするように考え込む顔で顎《あご》に手を当てた。

やがて——。

小さいノックが俺と古泉の間の沈黙《ちんもく》を打ち砕《くだ》いた。膠《にかわ》でも貼《は》り付いたような重い腰《こし》を上げ、俺は扉《とびら》を開く。

「あの……。お風呂《ふろ》空きましたよ。次、どうぞ」

風呂あがりの朝比奈さんはほどよく上気して、ぽわわんとした色気を無邪気《むじゃき》に振《ふ》りまいていた。湿《しめ》った髪《かみ》が一筋頬《ほお》に貼り付いているのが妙《みょう》に扇情的《せんじょう》で、裾《すそ》の長いTシャツから覗《のぞ》く素足《すあし》が艶《なま》めかしい。俺の精神状態が正常ならば、即刻《そっこく》抱《だ》き上げて自分の部屋の隅《すみ》っこに置いておきたいくらいだ。

「ハルヒと長門はどこです？」

俺が廊下《ろうか》を見ながら言うと、朝比奈さんはクスリと笑《え》みをこぼし、

「食堂でジュース飲んでます」

俺の食い入るような視線を感じたのか、少し慌《あわ》て気味に身体《からだ》の前と裾を押さえた。

「あ、着替《きが》えは脱衣所《だついじょ》にありましたよ。このシャツもそうなの。バスタオルと洗面道

具もちゃんと……」

照れ照れした感じの仕草がえもいわれぬ良い具合だった。

俺は振り返って古泉の動きを目で殺しておいて、素早く通路に出た。後ろ手にドアを閉める。

「朝比奈さん、一つだけ訊《き》きたいんですが」

「はい？」

ドングリ眼《まなこ》が俺を見上げ、不思議そうに首を傾《かし》げる。

「この館《やかた》についてどう思いますか？　俺にはめちゃめちゃ不自然なシロモノに思えますが、あなたはどうです」

朝比奈さんは長く艶《つや》やかな睫《まつ》毛《げ》をパチパチとさせてから、

「えーと、涼宮さんはこれも古泉くんの用意したミステリゲームの……えーと、ふくせん？　なんじゃないかって言ってましたけど……お風呂場で」

ハルヒはそうやって折り合いをつけていりゃいいが、朝比奈さんまで納得《なっとく》してもらっては困るな。

「時間の流れがおかしいのはどういう理《り》屈《くつ》ですか。あなたも古泉の実験に立ち会ったんでしょう？」

「ええ。でも、それも含《ふく》めてトリック……？　ってやつじゃないんですか？」

俺は額を押さえて溜息《ためいき》を押し隠《かく》した。どうやったら古泉にそんなことが可能なのかも解らんし、仮にそれがどうにかして俺たちを欺瞞《ぎまん》したトリックの一部なんだとしたら、ハルヒにも教えてやらないと不公平だろう。第一、時間は朝比奈さんの専門分野じゃないんですか。

俺は腹を決めて言った。

「朝比奈さん、未来と連絡《れんらく》はつきますか。今、ここでです」

「へ？」

幼顔の上級生はキョトンと俺を見つめ、

「そんなの、言えるわけがないじゃあないですかぁ。うふ。禁則ですよー」

おかしそうに笑い出してくれたが、俺は冗談《じょうだん》を言ったつもりもなければ、これが笑い事でもないと認識《にんしき》しているのだ。

しかし朝比奈さんはそのままクスクス笑いながら、

「ほら、早くお風呂入らないと涼宮さんに怒《おこ》られますよ。ふふ」

アブラナの周りを飛び交《か》う春先のモンシロチョウのような足取りで、小柄《こがら》な上級生はふわふわと階段に向かい、一度振り返って俺に不器用なウィンクを送り届けてから姿を階下に消した。

だめだ。朝比奈さんは頼《たよ》りにならない。頼ることができそうなのは……。

「くそ」

俺は絨毯《じゅうたん》に向かって息を吐《は》いた。

あいつに余計な負担はかけさせたくない。なのに、今ここで何とかしてくれそうなのはその一人しかいない。古泉は頭でっかちな推測を口にするだけだし、ハルヒは下手なつつき方をすればどんな暴発を起こすか解《わか》らない。いくら俺が奥の手を持っているとは言え、古泉の話を聞いた後では迂闊《うかつ》に使用することは難しい。この状況《じょうきょう》に俺たちを追い込んだ何者かは、まさにそれを狙《ねら》っているかもしれないんだ。

「どうすりゃいいんだ……？」


風呂につかって血行をよくすれば名案が閃《ひらめ》くかと期待したが、脳みそのできばえは自分がよく知っている通りで、何ら事態を改善するようなアイデアを生み出したりはしなかった。あまりに当然の結果で落胆《らくたん》すら覚えないのが情けない。

脱衣所には朝比奈さんの言ったとおり、バスタオルと着替えが用意されていた。丁寧《ていねい》にたたまれたフリーサイズのTシャツとイージーパンツが棚《たな》にずらりと並んでいる。適当に選んで身につけ、古泉とともに食堂へと向かった。

先に上がっていた三人はテーブルにジュースの瓶《びん》をずらりと並べて待っていた。

「ずいぶん長風呂《ながぶろ》だったじゃん。何してたの？」

俺としてはカラスよりは少しマシなくらいの入浴時間だったのだが。

ハルヒが渡《わた》してきたミカン水を飲みながら、俺の視線はどうしても長門じゃなければ窓の外へと向いてしまう。身体《からだ》が暖まったおかげか、すっかり機嫌《きげん》の圧力が上昇《じょうしょう》しているハルヒは終始ニコニコ顔で瓶ジュースをラッパ飲みし、朝比奈さんも自分の置かれている立場をまったく理解しない微笑《ほほえ》みを浮《う》かべ、それは立場を理解しているはずの古泉もそうだった。長門がいつもより小さく見えたのは、湿《しめ》った髪《かみ》がつつましく垂れ下がっているからか。

それにしても今何時頃《ごろ》なんだ。窓から見える外の様子は変わらずの吹雪《ふぶき》一色で、しかしなぜかぼんやりと暗い。完全な真っ暗闇《くらやみ》じゃないのがかえって不気味である。

ハルヒも時間の感覚が失《う》せているようで、

「娯楽室《ごらくしつ》で遊ばない？」

そんな極楽《ごくらく》な提案をする始末だった。

「カラオケもいいけど、久しぶりに麻雀《マージャン》したいわ。レートはピンのワンスリーでルールはアリアリ、でも真面目《まじめ》に手作りしたいからチップとご祝儀《しゅうぎ》はなしね。国士十三面と四暗刻単騎《スーアンコウたんき》はダブル役満でいいわよね？」

ルールにケチを付ける気はないが、俺はゆっくり首を振《ふ》った。今しないといけないのはカラオケでも賭《か》け麻雀でもなく、考えることだったからだ。

「いったん一眠《ひとねむ》りしようぜ。遊ぶんならいつでもできるだろ。さすがにちょっと疲《つか》れたよ」

雪に半分埋《う》もれたまま、何時間もスキー担《かつ》いで歩いていたんだ。これで疲労《ひろう》が蓄積《ちくせき》されていないのはハルヒの筋肉くらいだぜ。

「そうねえ……」

ハルヒは他の連中がどちらの意見に賛成なのかを見極《みきわ》めるように、一人一人の表情を確かめていたが、

「ま、いいわ。ちょっとお休みしましょ。でも起きたら全開で遊ぶんだからね」

渦状星雲《うずじょうせいうん》が二、三個入ってそうな輝《かがや》きを瞳《ひとみ》に宿らせて宣言した。

それぞれ決めておいた部屋に引っ込んだ後、俺はベッドに寝《ね》そべって打開策の脳内人格会議を実行していた。しかしこんな時に限ってどいつもこいつも己《おのれ》の無能ぶりを露呈《ろてい》するだけで、何一つ有益な提案を出しやがらない。全員が押し黙《だま》って誰《だれ》かが何かを言わないかとそればかりを期待しているうちに時は過ぎ、どうやら俺はうとうとしていたらしかった。なぜなら、

「キョンくん」

いきなりの呼び声に、思わず飛び上がったくらいだから。

ドアが開閉する音も、誰かが部屋に入ってくる足音や衣擦《きぬず》れ、気配すら感じていなかった。つまりそういうわけで俺は驚《おどろ》き、部屋の中央に立っている人影《ひとかげ》を見てさらに驚愕《きょうがく》した。

「朝比奈さん？」

光源になっているのはカーテンを開け放した窓からの雪明かりだけだ。しかし、その薄暗《うすぐら》い照明の中でもその人の容姿を見間違《みまちが》えるわけはない。いつも可愛《かわい》い部室の精霊《せいれい》のごとき存在、ＳＯＳ団専属マスコットの朝比奈さんだ。

「キョンくん……」

もう一度言って微笑み、朝比奈さんは遠慮《えんりょ》がちな足取りで歩いてきた。慌《あわ》てて座り直した俺の横に、剝《む》き出しの両脚を揃《そろ》えてちょこんと腰掛《こしか》ける。何だか明言できないおかしさを感じてよく見ると、廊下《ろうか》でおやすみを言ったときと服装が違っていた。ロングＴシャツ一枚みたいな格好ではない。かといってそれよりまとう布地が増えているわけでもなかった。

朝比奈さんは白いワイシャツ一枚という、まるで誰かの妄想《もうそう》を具現化したような衣《い》装《しょう》で俺を見上げていた。至近距離《きょり》から。

「ねえ……」

麗《うるわ》しい童顔が何かを求めるように、

「ここで寝ていい？」

二つの肺が口から飛び出るようなことを言った。（おかしい）

潤《うる》んだ目が俺の顔を確実に捉《とら》え、頬《ほお》をうっすらと上気させながら、朝比奈さんはしとやかに俺の腕《うで》にもたれかかった。（なんだこれは）

「一人だと不安なんです。眠《ねむ》れなくて……。キョンくんのそばなら気持ちよく眠れそうなの……」

熱っぽい体温がシャツを通して伝わってくる。火ぶくれができるかと錯覚《さっかく》するほどの熱さだった。柔《やわ》らかいものが押しつけられる。朝比奈さんは俺の腕を抱《だ》くように、顔を近づけてきた。

「いいでしょう？　ね？」

いい悪いの問題ではない。朝比奈さんにそこまでさせて断るような人間は男にも女にもいない。だから、いい。そうですね、このベッドは独り寝には広いですから……。

（まてよ）

うふ、と微笑んで彼女は俺の腕を解放し、ただでさえ開いていたシャツのボタンを外し始めた。くらくらするほどの柔らかい曲線が少しずつ露《あら》わになる。ハルヒによってバニーガールにさせられた時や、うっかり部室の戸を開けて着替《きが》えを目《ま》の当たりにしてしまった時に見て、パソコンのハードディスクに眠る隠《かく》しフォルダの中にある映像と同じ、あの胸元《むなもと》がすぐ目の前にあった。（きづけ。ちがう）

白いワイシャツのボタンは残すところ二つ……いや一つ。真っ裸《ぱだか》よりも扇情的《せんじよう》なシーンだった。モデルがいいからな。何と言っても朝比奈さんがこうしているんだ。

（おい）

朝比奈さんは上目で俺を窺《うかが》いながら、恥《は》じらうような誘《さそ》うような表情で微笑《ほほえ》んでいる。指が最後のボタンにかかった。目を逸《そ》らしていたほうがいいのだろうか。（よくみろ）

前のすっかり割れたシャツの内部に、息づく白い肌《はだ》がゆるやかに上下していた。あまりにも芸術的な、アフロディーテも貝の中にひっこみそうなスタイルで（ちがうんだ）、つややかな胸の丘《おか》の片方には（それだ）、アクセントのように一つの星が……。

喉《のど》の奥が空気を吐《は》き出す。

「くっ……！」

俺はバネ仕掛《じか》けのようにベッドから飛び退《の》いた。

「違う！」

よく見ろ、どうして気づかなかった？　それが俺の、朝比奈さんかどうか確認《かくにん》するすべは俺が一番よく知っているし、この前もそうやって確認しようとしたじゃないか。朝比奈さんのそこを見さえすれば、俺には解《わか》るんだ。

「あなたは誰だ」

――この朝比奈さんには左胸のホクロがない。

ベッドで半裸《はんら》をさらす彼女は、俺を悲しげに見つめながら、

「どうして？　わたしを拒絶《きょぜつ》するの？」

もしこれが本物の朝比奈さんだったら？（ちがうっつってるだろ）それでも俺は理性を保てただろうか。いや、違う。そんなことも問題じゃない。朝比奈さんが人目を忍《しの》んで俺を誘惑《ゆうわく》しに来るはずはない。その必要なんかないんだ。

「あなたは朝比奈さんじゃない」

俺はじりじり後ずさりながら、涙《なみだ》を溜《た》め始める魅惑《みわく》的な瞳《ひとみ》を見つめた。まったくどうかしている。こんな表情をさせるくらいなら朝比奈さんかどうかなんて関係ないんじゃないか？　（よせよ）

「よしてくれ」

俺は何とか口にできた。

「誰《だれ》だ。この館《やかた》を作った奴《やつ》か。宇宙人か異世界人かどっちだ。何のためにこんなことをする」

「……キョンくん」

その朝比奈さんの声は悲哀《ひあい》に沈《しず》んでいた。面《おもて》を伏《ふ》せ、悲しそうに唇《くちびる》を歪《ゆが》める。そして。

「！」

彼女はシャツの裾《すそ》を翻《ひるがえ》し、風のように走ってドアへ向かった。部屋を出て行く一瞬《いっしゅん》前、涙を浮《う》かべた瞳で俺を振《ふ》り向き、さっと廊下《ろうか》に出て行く。ドアが意外なくらいに大きな音を立てて閉まり、その音につられたように俺は中から鍵《かぎ》をかけていたことを思い出した。合い鍵がない限り、侵入《しんにゅう》することはできなかったはずだ。

「待ってください！」

咄嗟《とっさ》に丁寧語《ていねいご》を発しつつ、俺もドアに駆《か》け寄って開いた。

バン。やけに大きな音がした。いくら勢いをつけたとは言え、扉《とびら》一つが開いた効果音にしては腹に響《ひび》くなと思っていたら――。

「あれっ？　あんた……」

正面にハルヒの顔があった。俺の部屋の真向かい、自分の部屋の扉を開けて顔を出しているハルヒが、口をあんぐりと開けて俺を見つめている。

「キョン、さっきまであたしの部屋にいな……かったわよねえ」

通路に顔を出しているのは俺とハルヒだけではなかった。

「あの、」

ハルヒの右隣《みぎどなり》、Tシャツ姿の朝比奈さんも当惑顔《とうわくがお》で扉を半分開けており、左隣には、

「…………」

長門のほっそりした姿もあった。ついでに横を見ると、

「これはこれは」

古泉が鼻先を掻《か》きながら変な感じに目配せし、妙《みょう》な具合に微笑《びしょう》する。

音が大きく聞こえたカラクリが解った。五人全員がまったく同じタイミングで扉を開いたのだ。五重奏のユニゾンがその正体だ。

「何、みんな。どうしたのよ？」

ハルヒが最初に立ち直り、心持ち俺を睨《にら》むようにして、

「何で全員同時に一緒《いっしょ》に部屋から出てきたの？」

俺は偽《にせ》の朝比奈さんを追おうとして——と言いかけて気づいた。さっきのハルヒのセリフに気がかりな部分がある。

「お前はなぜなんだ。まさかトイレに行こうとしたわけじゃないよな」

驚《おどろ》くべきことにハルヒは少しうつむき加減に下唇を噛《か》み、それからようやく口を開いた。

「変な夢を見たのよ。いつのまにか、あんたが部屋に忍《しの》び込んでくる夢。全然あんた

らしくないことを言ったり、したりしたから、ちょっとおかしいなと思って……。そう、ぶん殴《なぐ》ってやると逃《に》げ出して……。え？　夢……よね？　でも、なんかおかしいわ」

それが夢だったとしたら、今は夢の続きになる。悩《なや》むように眉間《みけん》を寄せるハルヒを眺《なが》めていると、古泉が足を運んできた。

「僕と同じですね」

俺に顔を向けてジロジロと見てくる。

「僕の部屋にもあなたが現れました。見かけはあなたそのものでしたが、ちょっと振る舞《ま》いがね、気味が悪かったと申しますか……。まあ、あなたがやりそうにないようなことを、ね。してくれましたよ」

理由もなく怖気《おぞけ》がする。古泉のニヤニヤ面《づら》から目を離《はな》し、俺は朝比奈さんに注目した。本物だ。こうして見ていればすぐに解《わか》る。さっきの俺は何を勘違《かんちが》いしたんだ？　雰囲気《ふんいき》と言い仕草と言い、これが朝比奈さんでなくてなんだろう。

俺の視線をどう受け取ったのか、朝比奈さんは何故《なぜ》か顔を赤らめた。彼女のところにも俺が登場したんだろう、と信じかけていたのだが、

「わたしのところには涼宮さんが」

もじもじと両の指を絡《から》ませて、

「そのぉ、変な涼宮さんで……。うまく言えないけど、偽者みたいな……」

というか偽者だ。それは間違《まちが》いないが、しかし何だこの事態は。全員の部屋に俺たちのうちの誰かのバッタもんが現れただと？　俺のところに朝比奈さんで、ハルヒと古泉の部屋に俺、朝比奈さんのもとにハルヒ……。

「長門」と俺は言い、続けて訊《き》いた。「お前のとこには誰《だれ》がやってきた？」

朝比奈さんと同じくTシャツ一丁の長門は、ぼんやりした顔を静かに上げて俺を直視、

「あなた」

小さな声でポツリと言うと、ひっそりと両眼《りようめ》を閉じた。

そして——

「……有希!?」

ハルヒの疑問形的叫《さけ》びをBGMに、俺は信じられないものを見ていた。

長門が、あの長門有希がクタクタと崩《くず》れ落ち、見えない掌《てのひら》に押されたかのように、横倒《よこだお》しになっているのだ。

「どうしたの有希。ちょっと……」

誰もが絶句して動けない中、唯一《ゆいいつ》ハルヒだけが即座《そくざ》に駆け寄って小柄《こがら》な身体《からだ》を抱《だ》き起こした。

「わ……。すごい熱じゃないの。有希、だいじょうぶ？　ねえ、有希っ！」

首をがくんと落としたまま長門は目蓋《まぶた》を閉じている。無表情な寝顔《ねがお》だった。しかし長門が安らかに眠《ねむ》っているのではないということを、俺の本能が悟《さと》っている。

ハルヒは長門の肩《かた》を抱きながら、キッとした目で大声を発した。

「古泉くん、有希をベッドまで運んでちょうだい。キョン、あんたは氷枕《こおりまくら》を探してきなさい。どっかにあるはずだわ。みくるちゃんは濡《ぬ》れタオルを用意して」

俺と朝比奈さん、古泉の三人がしばし茫然《ぼうぜん》としているのを見て、ハルヒは再び大音声《だいおんじょう》で、

「早く！」


古泉がぐったりした長門を抱き上げるのを見てから俺は階段を早足で下りた。氷枕か。どこを探したらあるかな……。

そんなことを考えているのも、長門が気絶するように倒《たお》れた衝撃《しょうげき》から立ち直れていないからだろう。あり得ない光景だった。そのせいでニセ朝比奈さんが俺の部屋でやってたことや、他の連中の部屋にそれぞれ俺たちのうち誰かの偽者が発生したというミステリが、もうウザイくらいにどうでもよくなってきた。勝手にしやがれ。そんな

もん俺には関係ない。

「やろう《野郎》」

本格的にヤバい。ちくしょう、長門にはしばらく平和な人間的生活を味わわせてやりたいと思っていたのに、これじゃ逆目しか出ていないじゃねえか。

氷枕のあてもないまま歩いているうちに、俺は無意識に厨房《ちゅうぼう》にやって来ていた。俺の家では冷却《れいきゃく》シートは救急箱じゃなくて冷蔵庫に入っている。この館《やかた》ではどうだろう。

「待てよ」

大型冷蔵庫の取っ手を握《にぎ》る前に、俺はふと腕《うで》を止めた。氷枕を思い描《えが》き、強く念じてみる。

冷蔵庫を開けた。

「……やはりな」

キャベツの玉の上に、青い氷枕が載《の》っていた。

まったく用意がいい。便利すぎるぜ。しかし誰だか知らんが逆効果だ。おかげで決心が強まった。

こんなところに、これ以上いてはいけない。

キンキンに冷えた氷枕を抱《かか》えて食堂を出ると、館のエントランスに古泉が一人で立っていた。玄関《げんかん》の扉《とびら》を熱心に見ているが、いったい何のつもりだ。雪をかき集めてくるようハルヒに命じられでもしたのか。

俺は苦言の一つでも呈《てい》してやろうと近づき、古泉は俺に気づいて先に口火を切った。

「ちょうどよかった。これを見てもらえますか」

扉を指差す。

俺は文句を後回しにして指された方を見る。そこに奇妙《きみよう》なものを発見し、言葉に詰《つ》まった。

「何だ、これは」

言えるのはその程度だ。

「こんなものがあったとは気づかなかったが」

「ええ、ありませんでしたよ。この館に最後に入ったのは僕です。扉を閉めたときに見ましたが、その時にこんなものはなかったはずです」

館の玄関扉、その内側に形容しにくいものが貼《は》り付いていた。あえて近い表現を探すと、コンソールとかパネルとかになるだろうか。

木製の扉に、金属光沢《こうたく》のある五十センチ四方くらいのプレート——やっぱりパネルと言うのが一番か——がくっついていて、頭痛を催《もよお》しそうな記号と数字が並んでいた。

我慢《がまん》して目を凝《こ》らす。一番上にあるのが、

x－y＝（D－1）－z

その一段下にも記号が並んでいて、

x＝□、　y＝□、　z＝□

□の部分が凹《へこ》んでいる。まるでそこに何かをはめ込めと言わんばかりだった。俺が三つの窪《くぼ》みに困惑《こんわく》のにらみをきかせていると、

「ピースはそこにあります」

古泉が指差す先の床《ゆか》に、木枠《きわく》に並べられた数字ブロックが入っていた。よくよく見ると0から9までの数字が三列になって収められている。かがみ込んで摘《つま》み上げてみた。麻雀牌《マージャンパイ》のような形状で、重さもそれくらい。雀牌と違《ちが》うのは表面に彫《ほ》られた模様で、一桁《ひとけた》のアラビア数字のみが刻印されている。

計十種類の数字が三組、平らな木箱に詰められていた。

「この方程式の解答となる数字を」と古泉もブロックの一つを拾い上げて観察の視線

を据《す》え付けながら、「空いた部分に当てはめろということでしょう」

俺はもう一度、数式のほうに目をやった。途端《とたん》に頭が痛くなる。数学は俺の数多く存在する不得意科目の一つだった。

「古泉、お前には解けるのか？」

「どこかで見たような式ではあるんですが、これだけでは何とも解きかねますね。単純に両辺の数値を等しくするだけならいくらでも組み合わせがあります。これがもし、ただ一つの解を導き出せというのなら、もっと条件を絞《しぼ》ってくれないと無理ですね」

俺は四つのアルファベットのうち、異彩《いさい》を放っている一つに注目した。

「このDは何だ。答えなくてもいいみたいだが」

「一つだけ大文字ですしね」

古泉はナンバー0の石牌《せきはい》をもてあそびながら喉《のど》を押さえるような仕草をし、

「この数式……。知っているような気がします。ここまで出ているんですが……。何でしたっけね。見たのはそんな昔ではないと思うんですけども」

そのまま固まって眉《まゆ》を寄せている。珍《めずら》しい。古泉がしみじみと真面目《まじめ》な顔で考え事をしている図なんてな。

「で？　これに何の意味があるんだ？」

俺は持っていた牌を木枠に戻《もど》した。

「扉《とびら》の内側に忽然《こつぜん》と算数問題が発生したのは解《わか》ったが、それがどうしたんだ」

「ああ」

古泉はふっと我に返り、

「鍵《かぎ》ですよ。扉に鍵がかけられています。内側から開けるすべがありません。ノブをいくらひねっても甲斐《かい》なしなんですよ」

「何だと？」

「試《ため》してもらえば解りますよ。見ての通り、内側には鍵穴《かぎあな》もノッチもありません」

やってみた。開かない。

「誰《だれ》がどうやってしめたんだ？　オートロックでも内側からなら開くはずだろう」

「そんな常識論が通用しない空間だという一つの証明ですね」

古泉は意味なしスマイルを戻して、

「誰だか知りません。ですが、その誰かは僕たちをここに閉じこめておきたいのでしょう。窓はすべてはめ殺し、入り口の扉には固い施錠《せじょう》……」

「じゃあ、このパネルの数式は何だよ。暇《ひま》つぶしのクイズか？」

「僕の考えに間違《まちが》いがなければ、この数式こそが扉を開く鍵なのです」

古泉はゆったりした口調で言った。

「長門さんが作ってくれた、唯一《ゆいいつ》の脱出路《だっしゅつろ》だと思います」

俺が最近の記憶《きおく》を呼び覚ましてノスタルジーに駆《か》られているのもお構いなく、古泉は舌をすべらかに回し始めた。

「情報戦と言うべきでしょうか。何らかの条件闘争《とうそう》があったものと思われます。何者かが我々を異空間に閉じこめる。長門さんはそれに対抗《たいこう》して脱出路を用意する。それがこの数式なのではないでしょうか。解くことができたら我々は元に戻れますが、そうでなければずっとこのままという図式です」

古泉はコンコンと扉を叩《たた》き、

「具体的にどういう戦いがあったのかは解りようのないことです。これが精神生命体同士の情報戦なんだとしたら僕たちに想像しようもないことですから。しかし現実にはこのようなカタチとして現れた。このパネルがその結果なのでしょう」

謎《なぞ》めいた館《やかた》に不釣《つ》り合いな計算問題。

「偶然《ぐうぜん》ではありません。僕たちが奇妙《きみよう》な夢的なものを見たと思ったら、その直後に長門さんが倒《たお》れ、扉にこのパネルが発生する……。これらの連続した出来事は偶発的なものではなく、何らかの関係性があるに違いありません」

焦燥《しょうそう》を覚えているのだとしても古泉はそんな様子はまったく見せずに、

「きっとそれが脱出の鍵なんですよ。たぶん、長門さんによる」

パネルのどっかに『Copyright © by Yuki Nagato』と書いてあるんじゃないかと探しちまった。なかったが。

「これも推測ですが、長門さんがこの空間で使用できる力はそれほど大きくないのだと思います。統合思念体と接続を断《た》たれた今や、彼女には彼女単独での固有能力しかないのです。だからこんな中途半端《ちゅうとはんぱ》な脱出口しか開けなかったのでしょう」

推測にしてはやけにもっともらしいじゃねえか。

「ええ、まあね。『機関』は長門さん以外のインターフェイスとも接触《せっしょく》を図《はか》っていますから。ある程度の情報は僕のところにも回ってきていますよ」

他の宇宙人話を詳《くわ》しく聞きたくもあるが、今はいい。それよりこの妙なパズルを何とかすることだ。俺はパネルの記号と木枠《きわく》に入った数字の石を交互《こうご》に眺《なが》め、長門の控《ひか》え目な声を思い出した。

〝この空間はわたしに負荷《ふか》をかける〟

俺たちを吹雪《ふぶき》の館に導いたのが何者かは知らないが、長門を熱出して倒れるまでにした奴《やつ》を俺は許しちゃおかん。そんなゲロ野郎《やろう》の目論《もくろ》みに乗ってなどやるものか。何が何でもここから出て行って鶴屋さんの別荘《べっそう》まで戻ってやる。誰一人欠けることなく、SOS団の全員でだ。

長門はちゃんと自分の仕事を終えたんだ。俺には見えも聞こえもしなかったが、異空間にさまよい込んでからずっと不可視の〝敵〟と戦っていたに違いない。いつもよりぼんやりしているように見えたのはそのためだったんだろう。その結果、倒《ふ》れ伏しながらも小さな風穴を開けてくれた。後は俺たちが扉を開かせる番だ。

「ここを出るぞ」

俺の決意表明に対し、古泉は爽《さわ》やかに笑った。

「もちろん僕もそのつもりです。いくら快適でも、ここはいつまでもいたいと思う場所ではありませんからね。理想郷とディストピアは常に表裏《ひょうり》一体です」

「古泉」

そう呼びかける俺の声は自分でも驚《おどろ》くくらいにシリアスだった。

「お前の超能力《ちょうのうりょく》で穴をこじ開けられないのか。このままじゃマズい。長門がああなっちまった今、なんとかできそうなのはお前だけだ」

「それは過大評価というものですけどね」

古泉はこんな状況《じょうきょう》でも微笑《びしょう》を刻んでいた。

「僕は自分が万能《ばんのう》な超能力者と言った覚えはありませんよ。力を発揮できるのは限定された条件下のみです。それはあなたもご存じのはず——」

セリフを最後まで聞くことはなかった。俺は古泉の胸《むな》ぐらをつかんで引き寄せ、

「そんなことは聞いちゃいない」

唇《くちびる》を皮肉に歪《ゆが》める古泉を睨《にら》みつけ、

「異空間はお前の専門だろうが。朝比奈さんは頼《たよ》りになりそうにないし、ハルヒはアレだ。いつぞやのカマドウマみたいに、お前にできることもあるだろうよ。『機関』とやらは木偶《でく》の坊《ぼう》の集まりか」

木偶人形なのは俺もだ。なんもできない。落ちついてもいられないから古泉以下とも言える。思いつくのはここで古泉をぶん殴《なぐ》り、次に俺をぶん殴ってもらうことくらいだ。手加減抜《ぬ》きで自分で自分を殴れないからな。

「何やってんの?」

背後から鋭利《えいり》な声が突《つ》き刺《さ》さった。不機嫌《ふきげん》そうな声色《こわいろ》が、

「キョン、氷枕《こおりまくら》はどうしたのよ。あんまり遅《おそ》いんで見に来たら何? 古泉くんと組み手の練習して、どういうつもり?」

ハルヒが仁王立《におうだ》ちで腰《こし》に手を当てていた。柿泥棒《かきどろぼう》の常習犯を現行犯逮捕《たいほ》した近所の爺《じい》さんのような表情で、

「少しは有希のことも考えなさいよ。遊んでるヒマはないの!」

俺と古泉が遊んでいるように見えるのだとしたら、ハルヒも多少は心を別の場所に移送しているのかもしれない。俺は古泉の胸元から手を放し、いつ落としたのかも記《き》

憶《おく》にない氷枕を床《ゆか》から拾い上げた。

　ハルヒは素早《すばや》く氷枕を奪《うば》い取り、

「なにこれ」

　視線を扉《とびら》に付いている変な式へと向けた。

「さあ、それを二人で考えていたのですよ。涼宮さんには見当がつきますか？」

　古泉は乱れた襟元《えりもと》を指で引っ張りながら、

「オイラーじゃない？」

　拍子抜《ひょうしぬ》けすることに、あっさりとした感想を述べた。応じたのは古泉で、

「レオンハルト・オイラーですか？　数学者の」

「ファーストネームまで知らないけど」

　古泉はもう一度ドアの謎《なぞ》パネルを数秒間ほど見つめ、

「そうか」

　演出のように指をパチンと鳴らした。

「オイラーの多面体定理ですね。おそらく、これはその変形ですよ。涼宮さん、よく解《わか》りましたね」

「違《ちが》うかも。でも、このDってとこ、次元数が入るんだと思うから、たぶんよ」

　違おうが正解だろうがいい。とりあえず俺は当然のような疑問を抱《いだ》く。オイラーとは誰《だれ》で何をしでかした人だ。多面体定理って何だ？　そんなもん数学の授業に出てき

たか？　とも尋《たず》ねたいところだが、数学の授業はいつも半分寝《ね》ているので積極的に質問するのははばかられる。

「いえ、高校の数学では普《ふ》通《つう》は出てきません。ですが、あなたも聞いたことはあるはずですよ。ケーニヒスベルクの橋問題くらいはね」

それなら知ってる。数学の吉崎が授業中の雑談の一環《いっかん》として出してきたパズルの例題だった。あれだ、二つの中州《なかす》と川の対岸にかかった何本かの橋を一筆書きで渡《わた》りおおせるかどうかってやつだろ？　確かできないんだったよな？

「そうです」と古泉はうなずき、「そのパズルは平面上の問題ですが、オイラーはそれが立体にも当てはまることを証明したんです。彼は歴史に残る定理を幾《いく》つも発見していますが、多面体定理はその一つです」

古泉は解説する。

「あらゆる凸型《とつがた》多面体において、その多面体の頂点の数に面の数を足して辺の数を引けば、必ず答えが2になるという定理です」

「…………」

俺があらゆる数学的要素を窓から投げ捨てたいと考えているのが解ったのか、古泉は苦笑しつつ片手を背中に回し、

「では、解りやすく図にしてみましょう」

黒色フェルトペンを取り出した。どこからだ？　隠《かく》し持っていたのか？　それとも俺が氷枕を出した方法でか。

古泉はフロアに膝《ひざ》をつくと、涼しい顔で赤絨毯《あかじゅうたん》にペンを走らせた。ハルヒも俺も止めない。落書きくらいどうとでもなりそうな館《やかた》だ。

そうやって描《えが》き出されたのはサイコロのような立方体の図である。

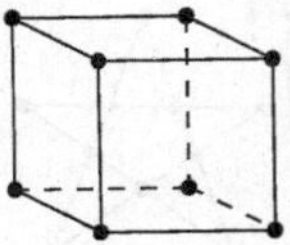

「見てもらえば解りますが、これは正六面体です。頂点の数は8、面の数はそのまま6です。そして辺の数は12。8＋6－12＝2……と、なるでしょう？」

これだけでは足りないと思ったか、古泉は新たな図形を描いた。

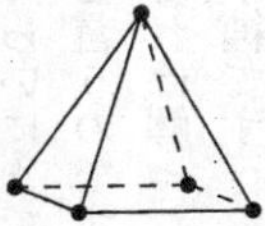

「今度は四角錐《しかくすい》です。数えると、頂点の数が5、面も5、辺は8あるのが解ります。

5+5−8で、答えはやはり2となります。このように、たとえ面の数をどんどん増やして百面体くらいにまで行っても出てくる解答が必ず2になるこの式を、オイラーの多面体定理と言うのですよ」

「そうかい。それは解ったよ。ところでハルヒの言った次元数とはなんのこった」

「それもまた単純です。この多面体定理は何も立体だけに作用する方式ではなく、二次元平面図にも当てはまるんですよ。ただしその場合、頂点+面−辺は必然的に1となるんですが、ケーニヒスベルクの橋問題はこちらの考え方です」

絨毯に別の落書きが生まれた。

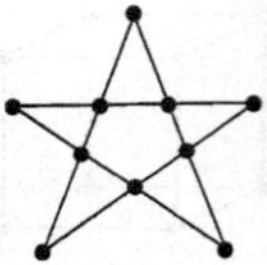

「見ての通りの五芒星《ごぼうせい》、一筆書きの星マークです」
自分で数えてみた。頂点の数はひいふう……10だ。面は……6だな。辺の数が一番多くなるのか、ええと合計15。てことは10+6−15だから——1だ。
俺が計算している間に古泉は四つ目の図を描き終えていた。北斗《ほくと》七星を描き間違ったような絵である。

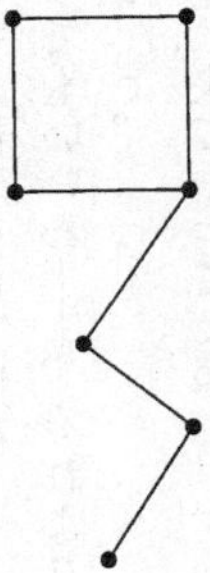

「こういうデタラメな図でもいいわけですよ」

面倒《めんどう》になってきていたが、せっかくなので暗算してやろう。えー……。点は7、面は1、そして辺は7か。なるほど、やっぱり1になる。

古泉は晴れやかな笑顔《えがお》でフェルトペンに蓋《ふた》をして、

「つまり三次元の立体ならイコール2、二次元の平面なら1になるのです。それを頭に置いて、この式を見てみましょう」

ペン先は扉《とびら》のパネルに向いていた。

「x−y＝（D−1）−z。xは頂点で合っているでしょう。となればそこから引き算されるのは辺しかないのでyは辺の数です。やや解《わか》りにくいのは本来左辺にあるべきz、すなわち面の数が右辺に移動してマイナス記号を付帯されているところですね。そしてこの（D−1）というやつですが、立体なら2、平面なら1となるはずですので、Dにあたるのは三次元なら3、二次元なら2となります。このDはディメンション、次元のDですよ」

俺は黙《だま》って聞き続け、頭を働かせることに集中している。うむ。とりあえずは解ったと思う。なるほど、これがオイラーさんの開発したナントカ定理だというのは理解した。

「それで？」

と俺は訊《き》いた。

「この数字クイズの答えはどうなる。xとyとzにはどの数字ブロックを入れてやればいいんだ？」

「それは」

と古泉は答えた。

「解りません。元となる多面体か平面図がないと」

それじゃ意味ねーだろ。どこにあるんだ、その元となる図形とやらは。

さあ、と古泉は肩《かた》をすくめ、俺をますます苛立《いらだ》たせる。

だが、その時だ。

難しい顔をして方程式を見ていたハルヒが、突然《とつぜん》すべきことを思い出したみたいに、

「こんなのどうでもいいわ――、それよりっ、キョン！」

やにわに叫《さけ》ぶなよ。

「後で有希を見に来てやってよね」

それはもちろんだが、どうしてそんなに居丈高《いたけだか》に言うんだ。

「だってあの娘《こ》、譫言《うわごと》であんたの名前を呼んだんだから。一回だけだけど」

俺の名前を？　長門が？　譫言？

「一体なんて言ったんだ？」

「だから、キョン、って」

長門が俺を愛称《あいしょう》で呼びかけたことなんか一度もなかった。というか、本名でもニックネームでも具体的に俺を指す名称で呼ばれたという記憶《きおく》そのものがない。あいつが俺を主語にするセリフを言うとき、それはいつも二人称代名詞だった……。

俺が不定形の感情の靄《もや》を胸の奥に感じていると、

「いや……」

古泉が異を唱える。

「それは本当に〝キョン〟でしたか？　別の言葉の聞き違《ちが》いという可能性はないでしょうか」

なんだこいつ、長門の寝言《ねごと》に文句を付けるつもりか。

しかし古泉は俺を見ずハルヒを見つめて、

「涼宮さん、これはけっこう重要なことですよ。よく思い返してみてください」

古泉にしては勢い込んだ声の調子で、ハルヒも少し意外そうにしながら目を斜《なな》め上に向けて考えるような様子を見せた。

「そうねえ。ハッキリと聞いたわけじゃないからキョンじゃなかったかもしんないわね。声、小さかったしさ。もしかしたらヒョンとかジョンとかだったかも。ギャンやキュンではなかったように思うわね」

「なるほど」

古泉は満足げに、

「最初の第一音が不明で、残りの語尾《ごび》だけが聞き取れたんですね。はは、そうか。きっと長門さんが言いたかったのはキョンでもジョンでもなく、〝ヨン〟ですよ」

「よん？」と俺。

「ええ、数字の〝4〟です」

「4がどうかし……」

俺はセリフを止めた。数式を見上げる。

「ねえ」

ハルヒは苛立ったように唇《くちびる》を尖《とが》らせて、

「こんな数字クイズにかまけてる場合じゃないわよ。有希のことを心配しなさいよ。もうっ」

氷枕《こおりまくら》を振《ふ》り回しながら目を三角に怒《いか》らせつつ、

「後でちゃんと見舞《みま》いに来るのよ！　いいわねっ！」

雄叫《おたけ》びを残し、足音高くさっさと階段を上っていった。それを見送って、完全に視界から消えたのを確認《かくにん》してから古泉は言った。確信に満ちた声と表情で。

「やっと条件が出そろったんですよ。これで解りました。x、y、zに当てはまる数字がね」


「先ほど僕たちが体験した現象を思い出してください。涼宮さんが夢だったのかと疑って、僕にはあやふやな実感がある偽者《にせもの》の件です」

古泉はまたペンを片手に腰《こし》を屈《かが》めた。

「誰《だれ》のところに誰の幻影《げんえい》が現れたのか、それを図にしてしまいましょう」

まず古泉は赤絨毯《あかじゅうたん》に点を一つ打ち、その横に『キ』と書き入れた。

「これがあなたです。あなたの部屋に来たのは朝比奈さんでしたね」

点から上に直線を延ばし、そこにも点を穿《うが》って『朝』と記す。

「朝比奈さんの部屋には涼宮さんが登場した」

『朝』を表す点から、今度は斜め左下に線を書き、点と『涼』の字を書く。

「涼宮さんのところにはあなたでした」

点『涼』から延びた線は点『キ』に合流し、直角三角形が完成した。

「そして僕の所にはあなたです。本当に、あなたらしからぬあなたと言えましたよ。気が狂《くる》ったとしてもあなたはあんなことをしないでしょうね」

点『キ』から下に線を引き、点『古』と書き入れた。

「長門さんもあなただと言いましたね」

この時点で俺も気づいた。俺を表す点から右に延ばされた線の先に点『長』が付けられて、古泉はペンにキャップをかぶせて終了《しゅうりょう》の合図をする。

「すべては関連していたのです。夢とも現実ともつかない偽者は、ですから長門さんが僕たちに見せた幻影です」

俺は古泉が描《か》いた最新の図形を見た。じっくりと。

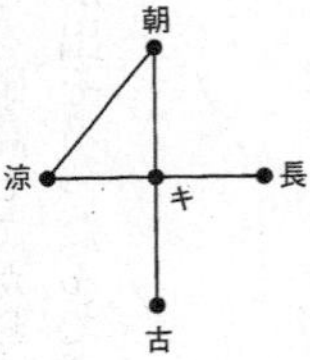

一筆書きの〝4〟だった。
「これを扉《とびら》の数式に従って計算すればいいわけです。僕たちが見た偽の僕たちとの相

関図ですよ。平面なのでDは自動的に〝2〟になりますね」

俺が頭で計算するより早く、

「それを当てはめてみると、頂点は僕たち人数分なので〝5〟、面の数はあなたと涼宮さんと朝比奈さんで構成された三角形だけですから〝1〟、辺の数は全部で〝5〟」

前髪《まえがみ》を指で爪弾《つまび》き、古泉は笑う。

「x＝5、y＝5、z＝1。それが解答です。ちょうど両辺ともに0になりますね」


感心したり賞賛してやる時間が惜《お》しい。

俺は数字ブロックを手に取った。三つ。答えが判明したなら、早速《さっそく》そいつに従ってやるのみだ。

だが古泉はまだ疑問を持っているようで、

「僕が怖《おそ》れているのは、これが消去プログラムではないかということです」

一応訊《き》いてやる。それは何だ。

「僕たちがコピーされ、シミュレーションによって存在させられているのだとしたら、わざわざこの異空間から出て行く必要はありません。オリジナルが現実にいるのであればそれで充分《じゅうぶん》ですからね」

古泉はひょいと両手を上向けて、

「この数式に正答することで発動する仕掛《しか》け、その正体は僕たちを消去することとなのかもしれません。僕たちはいわば自殺することになるわけです。さて、ここで変化のない満ち足りた人生を永遠に歩むのと、いっそのことデリートされてしまうのと、あなたはどちらがいいと思いますか？」

どっちも嫌《いや》だね。永遠に生きたいなどとは思わないが、今すぐ消えちまうのも断固として拒否《きょひ》する。俺は俺だ。他《ほか》の誰とも入れ替《か》わったりはしない。

「俺は長門を信じる」

我ながら落ち着いた声だった。

「お前のこともだ。俺はお前の出した解答が正解だと思っている。だが、それはこの方程式の答えまでだぜ」

「なるほど」

古泉は以心伝心の技《わざ》を会得《えとく》しているのか柔《やわ》らかに微笑《ほほえ》んだ。そして半歩ほど後ろに下がって、

「あなたにお任せしますよ。何が起ころうと僕はあなたと涼宮さんについていくことしかできません。それが僕の仕事であり任務でもあるのでね」

その割には楽しそうでよかったな。楽しい仕事なんて滅多《めった》にあるもんじゃないぞ。

古泉は笑顔《えがお》を幾分《いくぶん》か真面目《まじめ》なものに変化させ、

「僕たちが通常空間に復帰できたという仮定を前提とした話ですが、一つお約束したいことがあります」

平穏《へいおん》な声で言った。

「今後、長門さんが窮地《きゅうち》に追い込まれるようなことがあったとして、そしてそれが『機関』にとって好都合なことなのだとしても、僕は一度だけ『機関』を裏切ってあなたに味方します」

俺に、じゃなくて長門に味方しろよ。

「そのような状況下では、あなたはまず確実に長門さんに肩入《かたい》れするでしょうから、僕があなたの味方するのはそのまま長門さんを助けるという意味になりますよ。やや遠回りになるかもしれませんがね」

唇の片端《かたはし》を歪《ゆが》めて、

「僕個人的にも長門さんは重要な仲間です。その時、一度限りは長門さん側に回りたいと思います。僕は『機関』の一員ですが、それ以上にSOS団の副団長でもあるのですから」

古泉は完全に見守る目で俺を眺《なが》めていた。自分のターンを終え、意思表示の権利を放棄《ほうき》して満足しているような顔だった。ならば俺は遠慮《えんりょ》なく己《おのれ》の考えるところを躊躇《ためら》わずにさせてもらおう。

十二月半ば――。俺は元いた世界から一人で取り残され、いろいろ走り回ったあげく脱出《だっしゅつ》できた。だから今度だってそうするのさ。あの時と違《ちが》うのは、今回は俺一人じゃなくSOS団の全員でここを出て行くってことだ。竜宮城《りゅうぐうじょう》に用はない。消えるのは俺たちじゃない。この空間だ。

俺は躊躇《ちゅうちょ》なくブロックを所定の場所にはめ込んだ。

カチン。小気味いい音がした。金具の外れる音だと思う。

息を詰《つ》めてノブを握《にぎ》った。力を入れる。

緩《ゆる》やかに扉が動き出した。


「――――」

これまで俺は言葉にならない声を思わず上げてしまうような体験をしてきた。呆《あき》れ果てたり驚愕《きょうがく》したり恐懼《きょうく》したりとさまざまで、何度も「こりゃないだろう」と思ったりしてて、こんだけ時間と空間が牛の胃腸ぐらいに歪《ゆが》んでいるようなシーンに出くわせば、いくらなんでもそろそろ殺虫剤《ざい》の効きにくいゴキブリ並みの耐性《たいせい》がついていてもおかしくないとも考えていた。

撤回《てっかい》しなければならないようだ。

重い扉を開き終えた俺は、

「――――」

どうやっても声を発することが不能な状態に陥落《かんらく》していた。

自分の目が信じられない。どうして俺の視神経はこんな光景を脳みそに伝えてくるんだ。どこでおかしくなった？　網膜《もうまく》か水晶体《すいしょうたい》か。どこがイカレた。

明るい日差しが俺の目を眩《くら》ませる。明るい陽光が上空から降り注いでいた。

「――こりゃあ……」

クシャミが出そうなくらいの晴天が広がっている。吹雪《ふぶき》どころか雪片《せっぺん》のひとひらも舞《ま》っていない。どこまで行ってもただ青く、雲一粒《ひとつぶ》も浮《う》いていない空だった。あるのは……。

リフトのケーブルが視界を横切っている。ガタゴト動く登りのリフトにスキーウェア姿のカップルが乗っていた。

よろめいた足元が、どうしたことだ、やけに重い。

雪だった。俺は雪を踏《ふ》みしめている。キラキラと輝《かがや》く白い大地が目映《まばゆ》くて、俺の目はますます眩んだ。

ふと気配を感じて顔を上げると、猛《もう》スピードで滑走《かっそう》する人影《ひとかげ》がすぐ脇《わき》を通り過ぎた。

思わず小さくジャンプして視線を追わせる。俺を障害物のように避《さ》けて行ったのは、カービングスキーを履《は》いたスキーヤーだった。

「ここは……」

スキー場だ。疑いようがない。よく見なくてもそこら中にスキー客がいて、思い思いの滑《すべ》りを楽しんでいる様子が、ごくごく自然に目に入る。

横を向いた。どうも肩《かた》が重いと思ったらスキーとストックを担《かつ》いでいやがる。次いで足先に目を転ずると、俺の足はスキーブーツを履いていた。そして俺が着ているのは鶴屋家別荘《べっそう》を出るときに支給されたスキーウェア以外の何でもなかった。

背後を大急ぎで見る。

「あ……?」

朝比奈さんが子供の鯉《こい》ノボリみたいに口を開け、目を白黒させていた。

「なんと」

古泉も愕然と天を見上げている。二人とも見覚えのあるウェアで、当然のようにTシャツ姿なんかではない。

館《やかた》など影も形もなかった。それはもう、絶対的にあるはずがない。ここはただの穴場なスキー場なんだ。地図にない怪《あや》しい館の出る幕なんか水蒸気の一粒子《りゅうし》もない。

「うわっ⁉」

……ってことは。

「有希っ!?」

ハルヒの声が身体《からだ》の前から聞こえ、俺はいそがしく顔と眼球を動かした。

雪の上に倒《たお》れた長門を、ハルヒが取りすがるようにして抱《だ》き起こしているところだった。

「だいじょうぶ？　有希、そういえばあなた熱が……あれっ？」

ハルヒは巣穴から外を窺《うかが》うナキウサギのように周囲を見回し、

「変ね……。さっきまで館の部屋にいて」

そこで俺に気づいて、

「キョン、何だか変な気分がするんだけど……」

答えず、俺はスキーとストックを放《ほう》り出して長門の横に膝《ひざ》をついた。ハルヒも長門も吹雪前、スイスイとゲレンデを疾走《しっそう》していた時の衣装《いしょう》のままだった。

「長門」

そう呼ぶと、ショートヘアが小さく動き、ゆるゆると頭を上げた。

「…………」

果てしのない無表情、いつも変わらない大きさの瞳《ひとみ》が俺を見上げる。顔を雪まみれにした長門は、そうやってしばらくじっと視線と顔を固定していたが、

「有希っ！」

俺を突《つ》き飛ばしたのはハルヒだった。そうして長門を抱《かか》えるようにして、

「何が何だか解《わか》らないわ。でも……、有希、目が覚めたの？　熱は？」

「ない」

長門は淡々《たんたん》と答え、自分の足で立ち上がった。

「転んだだけ」

「ほんとに？　だってすっごい熱だった……ような気がするんだけど、あれ？」

ハルヒは長門の額に手を当てて、

「ほんと、熱くないわね。でも、」

周囲をぐるりと見渡《みわた》して、

「えっ？　吹雪……。館……。まさか？　夢……じゃないわよね。あれれ？　夢……だったの？」

俺に訊《き》くなよ。まともな返答をしてやるサービスは受け付けてないんだ。お前限定でな。

俺が知らんぷりを装《よそお》っていると、「おーいっ」という威勢《いせい》のいい声がそう遠くないところから聞こえた。

「どしたのーっ？」

ゲレンデの斜面《しやめん》がなだらかになるスキー場の麓《ふもと》で、二つの人影が手を振《ふ》っていた。

「みくるーっ、ハルにゃーんっ！」

鶴屋さんだった。彼女の近くには大中小の三つの雪ダルマが佇立《ちよりつ》して、ちょうど中規模雪ダルマと同じくらいの背丈《せたけ》の人影も付録のようについていた。こっちを見て飛び跳《は》ねているのは俺の妹だ。

俺は改めて現在位置を把握《はあく》した。

リフト乗り場からもそう離《はな》れていない、初級コースのそれもかなり下ったあたりに俺たち五人は群れている。

「まあ、いいわ」

とりあえずハルヒは深く考えることを止《や》めたようで、

「有希、おぶってあげるからあたしの背中に乗りなさい」

「いい」と長門。

「よくない」とハルヒは断じて、「よく解らないけど、自分でも何でか解らないけど、あなたは無理しちゃダメなの。熱はないみたいだけど、なんかそんな気がすんのよ。安静にしてなきゃダメ！」

ハルヒは有無《うむ》を言わせず長門を背負い、手を振り続ける鶴屋さんと妹のほうへ走り出した。新品の除雪車でもこうはいかんだろうと思えるくらいの、もし冬季五輪に人を背負っての雪上百メートル走があれば、ぶっちぎりの金メダルだろうと思える速度で。

その後。

鶴屋さんの連絡《れんらく》によって、新川さんが車を回してくれた。

長門は自分を病人扱《あつか》いするハルヒに抵抗《ていこう》するように、長門なりの健康体ピーアールをポツポツと訴《うった》えていたが、俺の目配せの効果が少しはあったのか、やがて黙々《もくもく》とハルヒの言うなりと化す。

車には長門、ハルヒ、朝比奈さんと妹が乗り込んで先に別荘《べっそう》へと向かい、俺と古泉と鶴屋さんは散歩する足取りで歩いて戻《もど》ることになった。

その最中に鶴屋さんが語ったところによると、

「なんかさぁ、みんな板担《かつ》いでザクザク歩いてスキー場降りてきたけど、何やってたのっ？」

ええと、吹雪《ふぶき》は？

「んーっ？　そういや十分くらい猛烈《もうれつ》に雪降った時があったかな？　でも、そんな言うほどのもんじゃなかったよっ。ただのニワカ雪さっ」

どうやら俺たちが雪の中を歩き回り、館《やかた》で過ごした半日以上もの刻《とき》は、鶴屋さんにとって数分もかかっていないようだった。

鶴屋さんはハキハキとした歩調と口調で、

「五人ともそろーりそろーり降りてきて、なぜに？　って思ってて、したらば、いっちゃん前の長門ちゃんがパッタリ倒《たお》れたね。すぐ起きたけどさー」

古泉は微苦笑《びくしょう》するだけで何も言わない。俺も言わない。外から俺たちを観測していた第三者、この場合は鶴屋さんだが、彼女にとって俺たちはそのように見えたのだろう。そして、そっちが正しいのだ。俺たちは夢か幻《まぼろし》の世界にいた。現実はこっち、オリジナルな世界はここだ。

しばらく黙《だま》って歩を刻んでいると、鶴屋さんは爽《さわ》やかにケラリと笑い、俺の耳元に口を寄せてきた。

「ねえキョンくんっ、話は変わるけどさっ」

なんすか、先輩《せんぱい》。

「みくると長門ちゃんが普通《ふつう》とはちょっと違《ちが》うなぁってことくらい、あたしにも見てりゃ解《わか》るよ。もちろんハルにゃんも普通の人じゃないよねっ」

俺はマジマジと鶴屋さんを観察し、その明るい顔に純粋《じゅんすい》な明るさのみを見いだしてから、

「気づいてたんですか？」

「とっくとっく。何やってる人なのかまでは知んないけどね！　でも裏で変なことしてんでしょっ？　あ、みくるには内緒《ないしょ》ね。あの娘《こ》、自分では一般人《いっぱんじん》のつもりだからっ！」

よほど俺のリアクション顔が面白《おもしろ》かったのだろう、鶴屋さんは腹を押さえるようにしてケラケラと笑い声を上げた。

「うんっ。でもキョンくんは普通だね。あたしと同じ匂《にお》いがするっさ」

そして俺の顔を覗《のぞ》き込んで、

「まーねっ。みくるが何者かだなんて訊《き》いたりしないよっ。きっと答えづらいことだろうしねっ。何だっていいよ、友達だし！」

……ハルヒ、もう準団員でも名誉顧問《めいよこもん》でもない。鶴屋さんも正式にスカウトしろ。もしかしたらこの人は俺より物わかりのいい的確な一般人を演じてくれるかもしれないぞ。

鶴屋さんはサバサバとした動作で俺の肩《かた》をはたき、

「みくるをよろしくっぽ。あの娘があたしに言えないことで困ってるようだったら助けてやってよっ」

それは……、……もちろんですが。

「有希は知らないって言うんだけど、みくるちゃんもあたしと同じようなことを覚え
幻覚《げんかく》を見たんだろ、と言いかけた俺に、ハルヒは続けて、
館に行って、お風呂《ふろ》入ったりホットサンド作って食べたり」
「ねえ、キョン。あたしさ、何だか妙《みょう》にリアルな夢を見ていたような気がするのよね。
んが来るのを待っていたのか、全員揃《そろ》ったところでハルヒが次のように述べた。
妹とシャミセンもそこで待機していた。遅《おく》れて長門の部屋に入った俺と古泉、鶴屋さ
まるで寝台《しんだい》に憑《つ》いた介護《かいご》の精のように、朝比奈さんとハルヒが長門の枕元《まくらもと》にいて、
な感情が揺《ゆ》れ動くことだってある、俺の馴染《なじ》みの長門そのままだった。
書しているひんやりした印象が顔面にも雰囲気《ふんいき》にも表れている。ふとした拍子《ひょうし》に微細
あの館《やかた》にいたときのようなぼんやり感は今や白皙《はくせき》の表情のどこにもなく、部室で読
別荘に帰り着くと、長門はハルヒの手によって自室で無理矢理寝《ね》かされていた。

聞こえていたのかどうか、古泉が肩をすくめる仕草をしたのが目の端《はし》に映った。

「あん時の映画、文化祭のヤツだけどっ。ひょっとして、あれ、本当の話？」

鶴屋さんは目をキラキラさせて、

「でもさぁ」

てたわ」

俺は朝比奈さんに目を泳がせた。愛らしいお茶くみメイドさんは、「ごめんなさい」と言いたげにうつむいた。

こいつは困ったたな。そんなもん幻覚かデイドリームでオチをつけようと思っていたのに、二人揃って同じ白昼夢を見る理屈《りくつ》にすぐさま思いが及《およ》ばない。

どうやって騙《かた》ろうかと考えていると、

「集団催眠《さいみん》です」

古泉がやれやれという顔を俺に見せながら口を挟《はさ》んだ。

「実は僕にもそれらしい記憶《きおく》があるんですよ」

「催眠術にかかってたっていうの？　あたしも？」と、ハルヒ。

「人為《じんい》的な術とはちょっと違いますが。そうですね、涼宮さんの性格から言って、もし今から催眠術をかけますよとあらかじめ告げたりしたら、かえって懐疑《かいぎ》的になって催眠術が通用することはないでしょう」

「そうかも」

ハルヒは思案する顔。

「ですが、我々は白い吹雪《ふぶき》しか見えない風景の中を一定のリズムで延々と歩き続けていました。ハイウェイヒュプノーシスという現象をご存じでしょうか。まっすぐな高速道路を車で走り続けていると、等間隔《とうかんかく》に立っている街灯の風景がドライバーに催眠状態を誘発《ゆうはつ》させ、眠《ねむ》らせてしまうという現象のことです。それと同様の状態に我々も置かれてしまった可能性は高いと思われます。電車に座って乗っているとよく眠気を催《もよお》しますが、あれも電車の揺れが一定のリズムを刻んでいるからなのです。赤ん坊《ぼう》を眠らせるときに背中をゆっくりとトントンと叩《たた》くのも同じ理屈なんです」

「そうなの？」

ハルヒが初めて知ったという顔をするのに対し、古泉は深くうなずきながら、

「そうなんですよ」

説得するような口調で、

「吹雪の中を行進している最中に誰《だれ》かが呟《つぶや》いたのでしょう。どこかに避難《ひなん》できるような館があって、そこがとても快適な空間ならいいのに……というようなことをね。何と言っても遭難《そうなん》中の我々は極限状態におかれていましたし、そんな精神状態ではどんな幻《まぼろし》を見ても不思議はありませんよ。砂漠《さばく》をさまよう者がオアシスの幻影《げんえい》を見るという故事はご存じでしょう？」

古泉め、強引《ごういん》にまとめにかかっている。

「うん……、まあね。あれがそうだったわけ？」

ハルヒは頭を傾《かたむ》けて俺を見た。

らしいぜ。俺もうんうんうなずきながら納得顔《なっとくがお》を作ってやった。古泉はここぞとばかりに、

「長門さんが転んだ音で僕たちは正気に戻《もど》ったんです。間違いありません」

「言われてみればそんな気もするけど……」

ハルヒはさらに首を傾《かし》げ、すぐに戻《もど》した。

「まあ、そうよね。あんな都合のいいところに変な館が建ってるわけないし、だんだん記憶もぼんやりしてきたわ。夢の中で夢を見ていたような気分」

そう、あれは夢だ。現実には存在しない館だった。俺たちには必要のない、ただの精神疲労《ひろう》から来る幻覚だったのさ。

気がかりなのは他の二名、SOS団じゃない部外者だ。俺は鶴屋さんを見る。

「うへっ」

鶴屋さんは片目を閉じて俺に笑いかけた。その表情が語りかけるものを解読すると、

「まっ、そういうことにしとけばっ」という暗黙《あんもく》の了解《りょうかい》が復号される。俺の勘繰《かんぐ》りすぎかもしれないな。それ以上鶴屋さんは何も言うことなく、いつもの調子の鶴屋スマイルで一切《いっさい》の余計なコメントを発することはなかった。

そしてもう一人、俺の妹はというと朝比奈さんの膝《ひざ》にすがりつくようにして、すっかり夢見時空をさまよっている。猫《ねこ》と同じで起きて喋《しゃべ》っているときはうっとうしいが

寝顔《ねがお》だけはやたらに可愛《かわい》く、朝比奈さんも満更《まんざら》ではなさそうに妹の表情を眺《なが》めている。この様子では朝比奈さんも妹も古泉の解説後半部分をほとんど聞いてはいまい。床《ゆか》で毛繕《けづくろ》いしているシャミセンが、俺を見上げて「にゃ」と鳴いた。まるで安心しろとでも言うかのように。

そんなことをやってるうちに、やっと冬合宿一日目の夜が到来《とうらい》した。

長門はベッドを離《はな》れたくて仕方がないようだったが、その度《たび》にハルヒは大騒《おおさわ》ぎして半ば押し倒《たお》すように布団《ふとん》をかぶせていた。

俺は思う。無理して寝かしつける必要はない。たとえそれで楽しい夢を見たとしても、しょせんは夢だ。大切なのは今ここに俺たちがこうしているということなのさ。いくら夢みたいな舞台《ぶたい》で夢みたいな大活躍《だいかつやく》をしてたとしても、目覚めとともに強制終了《しゅうりょう》される幻《まぼろし》なんかに意味はない。解《わか》ってはいるんだ――。

いろんなことが後回しになっている。結局あの館は何だったんだとか、ハルヒは古泉の作り話を本心から受け入れたのかとかな。今は長門で遊ぶことにかまけて、どうでもよくなっているみたいだが。

ハルヒのけたたましい声から逃《のが》れるように、俺は意味なく外に出てみた。都会では見ることのない星空とその光を反射する一面の白銀が闇雲《やみくも》に眩《まぶ》しく、けど何故《なぜ》かそんなに寒く感じない。

「だが」

明日は一年の最終日だ。古泉作の推理劇興行が待っている大晦日《おおみそか》、ハルヒもラストスパートに拍車《はくしゃ》をかけてくるだろう。

どうせだ。それまでゆっくり休んでいればいい。長門はこんな機会が滅多《めった》になさそうなヤツだった。いつ寝てるのか、そもそも寝る必要があるのかどうかも解らないが、この際である。思う存分睡眠欲《すいみんよく》を満たすべきだ。シャミセンを布団に放《ほう》り込んでやるのも妙案《みょうあん》だろう。湯たんぽ代わりにはなる。

見渡《みわた》す限りの雪原に向かって、俺は独り言を言った。

「今夜だけは吹雪《ふぶ》きそうにないな」

長門が夢を見ることが可能なのだとしたら、せめて今宵《こよい》だけでもいい夢が舞《ま》い降りろ。

そう願わないほうがいい理由など、俺にはまったくもって全然ない。

ついでに星々に祈《いの》っておく。今日は七夕ではなくまだ大晦日にもなってないが、別にベガとアルタイルに限った話でもないだろう。宇宙にはこんだけ恒星《こうせい》があるんだ。そのうちの一つに届けば何とでもしてくれるさ。

「新年を良い年にしてくれよ」

頼《たの》んだぜ、そこにいる誰《だれ》か。

ハルヒがくれた今

平《ひら》野《の》　綾《あや》（声優／女優）

テレビアニメ『涼宮《すずみや》ハルヒの憂鬱《ゆううつ》』の放送が開始されたのは二〇〇六年四月のことです。つまり、私が「ハルヒ」と出逢《であ》ったあの衝撃から、もう十三年近い年月が経ったことになります。

私の運命を大きく変えたといっても決して過言ではない、ハルヒとの出逢い。子役からスタートし、十四歳で声優を始めた私が、大学進学を機に本格的に声優業に取り組もうと決めたちょうどその頃、「こんなオーディションがあるんだけど、挑戦してみない？」と声をかけていただいたのが、すべての始まりでした。

資料として購入した原作小説の表紙の、愛らしいけれどなんだか生意気そうな女の子と、ちょっと不思議なタイトルに首を傾《かし》げつつページをめくってみて、読後の第一印象は「こんな女の子、出逢ったことない！」。

イラストの愛らしさに助けられる部分はありながらも、その傍若無人さといい、唯我独尊具合といい、こんな女性のキャラクターは今まで絶対にいなかったと思うほどの激しい個性に驚いてしまったのです。

　こんな強気な子、私にできるかな。

　この頃声優のお仕事では、実年齢より年上の落ち着いた役をいただくことが多く、同年代の役というだけでも珍しいのに、ここまで突き抜けた役を目の前にすると、やってみたいと思う気持ちもありつつも不安の方が大きかったのを覚えています。

　なにせ、当時の私はハルヒとは真反対のタイプで、普段の生活のテンポだってどちらかというとみくるちゃんに近いのです。ハルヒのあのスピード感を表現できるのかどうか……。臆病《おくびょう》な自分から脱却しようとオーディションに挑み、合格したと聞いた時は、自分の予期せぬ何か大きなものが動き出した予感がありました。

　言うまでもなく、アニメは声だけで表現するものではありません。絵や演出、音楽などあらゆる要素が重なり合っていて、声優はその最後の部分を任されるわけですから、やはり責任は重大です。

　私なりにハルヒにとって一番大切なものは何かを考えました。

　ハルヒがハルヒであるために大切なこと。

　それは常に「楽しい」と心から感じること。

　ハルヒはみんなを振り回している時はもちろん、不機嫌な時でさえ、心の中ではどこか「楽しい」のです。「いやだ！」と言ったことによって起こるなにかに期待しているのです。

キョンが怒っているのを見るのも楽しい。騒動になって、みんなが右往左往するのも楽しい。ハルヒの無意識にはそういう部分があると思います。

そして、それはたぶん、私たちが失っていく部分に重なっているのです。

子どものうちはわがままを言いたい放題言えるのが、成長するにつれて色々知り、学んでいくうちに、「あ、ここは引かなきゃ」「我慢しなきゃ」というのを覚えていく。それが大人になるということでもあると思うのですが、つまりハルヒの「わがまま」は、誰もが心の中に持っているけれど口には出して言えないものの、一番象徴的な部分なのかもしれない、と思うようになりました。

ですが同時に、ハルヒという女の子は、誰かに認めてほしい、自分をわかってくれる誰かと一緒にいたいという気持ちもとても強い。本当はすごくさびしがり屋なのでしょう。それに、根は素直ないい子です。育ちが良く、品があり、頭が良いから、思いつきで行動しているように見えて、案外しっかり考えていたりもします。

譲れない想いがあるがゆえに、孤立してしまいがちになる。

こういう性格、生きづらいですよね。でも彼女は踠《もが》くんです。

ハルヒの、ふとした本音がこぼれたのが、テレビアニメの十二話「ライブアライブ」（原作では『涼宮ハルヒの動揺』に収録）。

文化祭で軽音楽部のステージにピンチヒッターで出演し、見事ライブを成功させてメンバーから感謝されたハルヒは、いつもの彼女らしくない反応を示します。

そしてつぶやく、あるひと言……。

未読の方もいると思うので、どんな言葉かは伏せておきますが、あれにハルヒという女の子の本質が込められています。

アフレコの際、監督に「あのセリフで、ハルヒを摑《つか》んだかどうかがわかる」と言われていました。

ものすごいプレッシャーだったのですが、ようやく見せてくれた彼女の素顔に勇気をもらい、演じきることができました。彼女の強さにどれ程助けられたかわかりません。

ハルヒの魅力は、とても普遍的なものなのだと思います。

誰しも、大なり小なり人生において後悔があると思うのですが、「とりあえず、どんとやってみなさいよ!」と背中を押してくれるのがハルヒという子です。今回のリニューアル文庫化で、そんな彼女の魅力がより多くの方に伝わるとしたら、私としてもとてもうれしいことです。

もちろん、キャラクターを中心に読まなくても、十分楽しむことができる作品です。「学園ものでしょ」「ラノベはちょっと」というように、ジャンルで敬遠しているとしたら、それはもったいない限りです。ハルヒには、「物語」のあらゆる要素が詰まっているのですから。

作中のエピソードの中には、並行世界の存在を示唆するものがあります。ミルフィーユのように重なる多くの時間のひとつひとつに物語があり、今、小説として発表されているのは、その中のごく一部。谷川《たにがわ》先生の脳内には、まだまだたくさんの物語があるのでしょう。

私たちはその壮大な流れのほんの一部を見たに過ぎません。けれど、ハルヒはどんな世界にいても、私たちに元気をくれる絶対的な存在であり続けるのでしょう。

今の私があるのはハルヒのお陰。作品的に言えばハルヒは私にとっての『創造主』であり、平野綾の恩人です。

取材／門賀美央子

本書は、二〇〇四年十月に角川スニーカー文庫
より刊行された作品を再文庫化したものです。

涼《すず》宮《みや》ハルヒの暴《ぼう》走《そう》

谷《たに》川《がわ》 流《ながる》

平成31年 3月25日　初版発行
令和6年 10月30日　3版発行

発行者●山下直久

発行●株式会社KADOKAWA
〒102-8177　東京都千代田区富士見2-13-3
電話　0570-002-301（ナビダイヤル）

角川文庫 21496

印刷所●株式会社KADOKAWA
製本所●株式会社KADOKAWA

表紙画●和田三造

●お問い合わせ
https://www.kadokawa.co.jp/（「お問い合わせ」へお進みください）
※内容によっては、お答えできない場合があります。
※サポートは日本国内のみとさせていただきます。
※Japanese text only

ISBN 978-4-04-107418-3　C0193

◆◇◇

角川文庫発刊に際して

角川源義

第二次世界大戦の敗北は、軍事力の敗北であった以上に、私たちの若い文化力の敗退であった。私たちの文化が戦争に対して如何に無力であり、単なるあだ花に過ぎなかったかを、私たちは身を以て体験し痛感した。西洋近代文化の摂取にとって、明治以後八十年の歳月は決して短かすぎたとは言えない。にもかかわらず、近代文化の伝統を確立し、自由な批判と柔軟な良識に富む文化層として自らを形成することに私たちは失敗して来た。そしてこれは、各層への文化の普及滲透を任務とする出版人の責任でもあった。

一九四五年以来、私たちは再び振出しに戻り、第一歩から踏み出すことを余儀なくされた。これは大きな不幸ではあるが、反面、これまでの混沌・未熟・歪曲の中にあった我が国の文化に秩序と確たる基礎を齎らすためには絶好の機会でもある。角川書店は、このような祖国の文化的危機にあたり、微力をも顧みず再建の礎石たるべき抱負と決意とをもって出発したが、ここに創立以来の念願を果すべく角川文庫を発刊する。これまで刊行されたあらゆる全集叢書文庫類の長所と短所とを検討し、古今東西の不朽の典籍を、良心的編集のもとに、廉価に、そして書架にふさわしい美本として、多くのひとびとに提供しようとする。しかし私たちは徒らに百科全書的な知識のジレッタントを作ることを目的とせず、あくまで祖国の文化に秩序と再建への道を示し、この文庫を角川書店の栄ある事業として、今後永久に継続発展せしめ、学芸と教養との殿堂として大成せんことを期したい。多くの読書子の愛情ある忠言と支持とによって、この希望と抱負とを完遂せしめられんことを願う。

一九四九年五月三日

角川文庫ベストセラー

時をかける少女〈新装版〉　筒井康隆

放課後の実験室、壊れた試験管の液体からただよう甘い香り。このにおいを、わたしは知っている――思春期の少女が体験した不思議な世界と、あまく切ない想いを描く。時をこえて愛され続ける、永遠の物語！

陰悩録　リビドー短篇集　筒井康隆

風呂の排水口に○○タマが吸い込まれたら、自慰行為のたびにテレポートしてしまったら、突然家にやってきた弁天さまにセックスを強要されたら。人間の過剰な「性」を描き、爆笑の後にもの哀しさが漂う悲喜劇。

佇むひと　リリカル短篇集　筒井康隆

社会を批判したせいで土に植えられ樹木化してしまった妻との別れ。誰も関心を持たなくなったオリンピックで黙々と走る男。現代人の心の奥底に沈んでいた郷愁、感傷、抒情を解き放つ心地よい短篇集。

ビアンカ・オーバースタディ　筒井康隆

ウニの生殖の研究をする超絶美少女・ビアンカ北町。彼女の放課後《オーバースタディ》は、ちょっと危険な生物学の実験研究にのめりこむ、生物研究部員。そんな彼女の前に突然、「未来人」が現れて――！

幻想の未来　筒井康隆

放射能と炭疽熱で破壊された大都会。極限状況で出逢った二人は、子をもうけたが。進化しきった人間の未来、生きていくために必要な要素とは何か。表題作含む、切れ味鋭い短篇全一〇編を収録。

角川文庫ベストセラー

霧越邸殺人事件〈完全改訂版〉(上)(下)　綾辻行人

信州の山中に建つ謎の洋館「霧越邸」。訪れた劇団「暗色天幕」の一行を迎える怪しい住人たち。邸内で発生する不可思議な現象の数々…。閉ざされた〝吹雪の山荘〟でやがて、美しき連続殺人劇の幕が上がる！

Another (上)(下)　綾辻行人

1998年春、夜見山北中学に転校してきた榊原恒一は、何かに怯えているようなクラスの空気に違和感を覚える。そして起こり始める、恐るべき死の連鎖！　名手・綾辻行人の新たな代表作となった本格ホラー。

天地明察 (上)(下)　冲方丁

4代将軍家綱の治世、日本独自の暦を作る事業が立ち上がる。当時の暦は正確さを失いずれが生じ始めていた――。日本文化を変えた大計画を個の成長物語として瑞々しく重厚に描く時代小説！　第7回本屋大賞受賞作。

GOTH 夜の章・僕の章　乙一

連続殺人犯の日記帳を拾った森野夜は、未発見の死体を見物に行こうと「僕」を誘う……人間の残酷な面を覗きたがる者〈GOTH〉を描き本格ミステリ大賞に輝いた乙一の出世作。「夜」を巡る短篇3作を収録。

失はれる物語　乙一

事故で全身不随となり、触覚以外の感覚を失った私。ピアニストである妻は私の腕を鍵盤代わりに「演奏」を続ける。絶望の果てに私が下した選択とは？　珠玉6作品に加え「ボクの賢いパンツくん」を初収録。

角川文庫ベストセラー

死者のための音楽　山白朝子

死にそうになるたびに、それが聞こえてくるの――。母をとりこにする、美しい音楽とは。表題作「死者のための音楽」ほか、人との絆を描いた怪しくも切ない七篇を収録。怪談作家、山白朝子が描く愛の物語。

エムブリヲ奇譚　山白朝子

旅本作家・和泉蠟庵の荷物持ちである耳彦は、ある日不思議な〝青白いもの〟を拾う。それは人間の胎児エムブリヲと呼ばれるもので……迷い迷った道の先、辿りつくのは極楽かはたまたこの世の地獄か――。

スタープレイヤー　恒川光太郎

眼前に突然現れた男にくじを引かされ一等を当て、フルムメアが支配する異界へ飛ばされた夕月。10の願いを叶える力を手に未曾有の冒険の幕が今まさに開く――。ファンタジーの地図を塗り替える比類なき創世記！

ヘブンメイカー　恒川光太郎

〝10の願い〟を叶えられるスターボードを手に入れた者は、己の理想の世界を思い描き、なんでも自由に変えることができる。広大な異世界を駆け巡り、街を創り、砂漠を森に変え……新たな冒険がいま始まる！

僕と先輩のマジカル・ライフ　はやみねかおる

幽霊の出る下宿、地縛霊の仕業と恐れられる自動車事故、プールに出没する河童……大学一年生・井上快人の周辺でおこる「あやしい」事件を、キテレツな先輩・長曽我部慎太郎、幼なじみの春奈と解きあかす！